恐龙文明
三部曲 I

远望

[加拿大] 罗伯特·索耶 著

苏益群 译

四川科学技术出版社

图书在版编目（CIP）数据

恐龙文明三部曲 . Ⅰ, 远望 / (加) 罗伯特・索耶著；
苏益群译 . -- 成都：四川科学技术出版社，2025. 1.
(世界科幻大师丛书). -- ISBN 978-7-5727-1724-6

Ⅰ. I711.45

中国国家版本馆 CIP 数据核字第 20250T64D6 号

图进字：21-2021-42

世界科幻大师丛书

恐龙文明三部曲 Ⅰ：远望

SHIJIE KEHUAN DASHI CONGSHU
KONGLONG WENMING SANBUQU Ⅰ：YUANWANG

著　　者	［加拿大］罗伯特・索耶
译　　者	苏益群
出 品 人	程佳月
责任编辑	兰　银
特邀编辑	兰　搏
封面绘画	守望者
封面设计	施　洋
版面设计	施　洋
内文制作	贺　静
责任出版	欧晓春
出　　版	四川科学技术出版社

　　　　　成都市锦江区三色路 238 号　邮政编码：610023
　　　　　官方微博：http://weibo.com/sckjcbs
　　　　　官方微信公众号：sckjcbs
　　　　　传真：028-86361756

成品尺寸	140mm × 203mm	印　张	11.25
字　　数	230 千	插　页	3
印　　刷	成都兴怡包装装潢有限公司		
版　　次	2025 年 1 月第 1 版		
印　　次	2025 年 4 月第 1 次印刷		
定　　价	56.00 元		

ISBN 978-7-5727-1724-6

邮购：成都市锦江区三色路 238 号新华之星 A 座 25 楼　邮政编码：610023
电话：028-86361770

第一章

　　阿夫塞经常逃到这儿来。第一次跑上半山坡是在五百天①前,他第一次见到令人生畏的塔科-萨理德之后。

　　令人生畏?阿夫塞把牙齿磕得咔哒咔哒响②。选择这个形容词意味着他已经习惯了这儿的生活。而在当时,首次晋见这位占星大师以后,他用的词是"怪物"。

　　第一次逃上山的时候,他唯一的想法是赶快离开这座城市,回到遥远的家乡——卡罗部族,回到过去乡村男孩的简单生活。他肯定自己永远都不会适应这儿让人头晕目眩的、可怕的学徒生活;不能适应那些阴沉着脸的皇家卫兵;还有成百上千的人——十多

_____

　　① 天:昆特格利欧的时间单位,相当于地球上的十一小时四十三分钟。每天又划分为十部分,称为"分天",一分天从黎明时分开始计算。

　　② 磕牙是昆特格利欧恐龙的常见动作,相当于人类的面部表情,视使用环境,可以代表高兴、激动、不满等情绪。

个人挤在一个地方! 阿夫塞以前从未经历过这般拥挤,也从未接触过这么铺天盖地的体臭。他受不了这儿的紧张气氛,生怕不小心侵犯了别人的地盘,或者举止不符合规矩。他发现自己随时随地都得弯腰向前鞠躬致意,弄得他头都晕了。

但在那天,在这里,壮丽景象使阿夫塞平静下来了。他不再紧张。他的爪尖缩进去,尾巴悠闲地来回摆动,心满意足地走来走去。

很快,太阳落山了。它胀得大大的,像一只胖胖的卵,从通常的淡白色变成深紫色,然后落在城市西边凹凸不平的奇马尔火山锥后面,不见了。日落真美啊:一绺绺云朵像纱一样拂过逐渐黯淡的圆盘,不断把它染成紫色、红色和深蓝色。日落真好,不只因为云朵颜色变幻多端(今晚的晚霞特别绚烂)。不,阿夫塞喜欢日落,因为他喜欢夜晚,繁星满天的夜晚。

今晚有利于观测,阿夫塞想。只有火山周围有云,几乎一动不动。头顶上是一片清澈如洗的苍穹。

今晚恰逢奇数,多数成年人都在奇数之夜睡觉。正因为这个缘故,阿夫塞不睡。他喜欢半山坡上的平和安静。在这样的夜里,他的思想可以无拘无束,在自己的领地上任意驰骋。

当然,阿夫塞其实没有什么领地。他过的是最简单朴素的学徒生活。

然而,即使没有领地,他总还有星星。和往常一样,天空迅速变暗，真正的夜晚时间很短，偶数日子就要到了。

　　阿夫塞深吸一口气。空气像家乡朵格拉湖的山泉水一样清新，弥漫着野花的香味。他使劲抽动鼻翼，闻到一种大牲口的味道，也许是"甲壳背"（他弄不懂，这么大的动物是怎么爬上山的）；一些小动物也把尿撒在岩石上，留下了它们的味道；还有从火山口溢出来的淡淡的硫黄味，比他刚到大城市的时候要浓一些。

　　他骑坐在卵石上，尾巴悬着，遥看渐渐西沉的太阳。现在该朝山顶爬了。他的每只脚都有三个宽宽的趾头，爬行起来很方便。他很快便到了山顶，满意地把牙齿磕得咔哒咔哒响。接着，他爬到山的另一面，下边的首都被火炬照得透亮。阿夫塞半躺下来，仰望夜晚千变万化的天空。

　　阿夫塞的所有体重都压在右肩和右臀上，感觉很不舒服。但又能有什么别的办法呢？他试过面朝下趴在地上，像睡觉时的姿势。但这样一来，往上看就必须伸长脖子，拧着，这种姿势弄得他脖子都扭伤了，像针刺一样痛。

　　十天前，他曾问过塔科-萨理德，为什么昆特格利欧恐龙没有方便的身体姿势来观测星星？为什么肌肉发达的尾巴反而会妨碍他们面朝上躺下？萨理德轻蔑地盯着年轻的阿夫塞说，上帝就是这样安排的。上帝造了这些星星，只有上帝自己才能凝视。他们这些鼻口发皱又过分好奇的小毛头是没有资格观星的。

　　想到这些事，阿夫塞有点恼怒地甩动尾巴拍打泥土。他眨巴着眼睛，用瞬膜盖住双眼，但紫红的暮色仍然透了进来。他干脆张开瞬膜，不再想老萨理德的话，重新陶醉在眼前的美景之中，这才是最让他愉快的。

夜晚流逝，星星们急匆匆地从"大河"的上游向下游急速滑动。夜晚刚开始的时候。他能清楚地看到两个月亮："缓行者"和"大个子"。"大个子"的光亮部分呈月牙形，还能看到剩下的暗黑部分，黑黑的，圆圆的，把星星都遮住了。

阿夫塞张开拇爪，发现它的镰形轮廓和"大个子"在高度和形状上都一模一样。"大个子"的橘红色圆盘总会勾起他的好奇心——上面有一些斑点，但太小太暗，看不清楚。那是什么呢？阿夫塞还不十分清楚。看上去有点像岩石，但岩石怎么能飞过天空，飞到那上面去呢？

他把注意力转向"缓行者"，这几个晚上它都有点犟。一个劲儿地往上游奔而不是朝下游走。当然了，别的卫星有时也会这样，但从不像小小的"缓行者"那样固执。"缓行者"是阿夫塞的最爱。

总有一天，他会静下心来研究这些卫星。他读过很多跟它们相关的书，包括萨理德那三大册《夜之舞》。多么离奇古怪的书名！完全不像他所认识的萨理德。那个让他害怕的萨理德。

有的卫星很快滑过天空。有的却需要几十个夜晚的时间才从一道地平线滑到另一道地平线。但它们都有盈亏过程，也就是从饱满光亮的圆盘变成一个覆盖着星星的、简单的黑圈。这些变化意味着什么呢？阿夫塞重重地呼了口气。

他顺着黄道扫视天空，这条道是太阳每天必经的路线。道上有两颗行星，用肉眼可以看见。明亮的一颗叫凯文佩尔，另一颗血红色的叫达文佩尔。行星和卫星很相似，都是以恒星为背景移动。但它们看起来像针尖般细小，根本没有圆盘一样的脸，也看不到细节。而且它们在天空中的移动要隔几天或几十天才能观测到。有六颗阿夫塞熟悉的行星也像一些卫星一样奇怪地向后退行，但这些行星通常要花数个千日①时间才能完成这个动作。

现在靠近天顶的是"先知"星座。阿夫塞看过一本手抄本的老书，书上把这个星座称为"猎手"座，以"鲁巴尔"——"五个狩猎创始人"中最伟大的一个——命名。但对他们的崇拜现在几乎被官方禁止了，因此这个星座被重新命名为"拉斯克"——拉斯克是第一位朝觐"上帝之脸"的先知。

不管叫"鲁巴尔"还是叫"拉斯克"，星座图都一样：一个个亮点勾勒出肩部、臀部、肘部、膝部和长长的尾巴尖。两颗明亮的星星是两只眼睛。它就像一幅反转图像，阿夫塞想——当你紧盯着一个物体看了一阵后，又去看一个白色的表面，就会在视幻觉中产生这种图像——因为"先知"和鲁巴尔"的眼睛肯定与所有昆特格利欧恐龙的眼睛一样，都是全黑的。

在"先知"之上，是"大河"投射到上面的轮廓，若隐若现，横跨

————————————
① 千日：昆特格利欧恐龙的时间单位，一千日约等于地球上的一年零三个月。

整个天空,发出微弱的闪光。"陆地"在"大河"上朝着"上帝之脸"永无尽头地航行着。老萨理德就是这么解释那条黑夜中灰蒙蒙的光带的,但他却不能给阿夫塞讲清楚,为什么只有在某个固定的时间,"大河"才把它的轮廓反射到天上去。

萨理德!可恶的萨理德!阿夫塞花了整整五十五天,才骑着一头从一支商队那儿弄来的家养"角面",从"陆地"中部的阿杰图勒尔省卡罗部族,来到位于"陆地"最东面上游岸边的首都。

不用说,部族的任何一个孩子都被视为部族全体成年人的孩子——只有育婴堂的管理员才知道究竟谁是他的亲生父母。整个部族的人都因为他们中的一员被选为宫廷占星师学徒而骄傲。阿夫塞之所以被选中,是因为他在最近一系列的专业考试中成绩优秀。他充满自豪地整理好腰带、靴子、书和星盘(测量天体高度的仪器),奔向自己憧憬的未来。现在,他到这儿已经快五百天了。是啊,时间真够长的。他发现,在上一个四千日里,萨理德教过六个学徒,但他们最近全被开除了。看来,即使比那些学徒更加坚韧不拔,他那为占星事业而奋斗的美梦还是终将被他的老师碾得粉碎。

阿夫塞曾经把萨理德当成自己的偶像。他贪婪地阅读这位大师有关凶兆和吉兆的著作,有关"大河"反射在空中的论文,以及对每一个星座的重大发现。他多么盼望和这个了不起的人见面啊!但是,真正和他面对面时,他却感到非常失望。幸好阿夫塞很快就要出发去朝觐了。感谢上帝，这样他就可以离开老师很多天——可以自由自在地做些研究，不用看萨理德的脸色。

阿夫塞摇摇头，再也不去想什么萨理德。他到这儿来是为了享受夜晚的美景，而不是沉湎于自己的不幸。总有一天，星星会把它们的所有秘密告诉他。

不知不觉中，时间已过去了很久。月亮们急速滑过天空，时盈时亏。恒星在空中升起又落下。流星闪过夜空，在黑暗中划出一道道细细的金线。再没有比凝望这幅美景更让阿夫塞愉快的事了。永远那么熟悉，却永远那么变幻多端。

终于，阿夫塞听到翼指"噼噗噼噗"的声音。这是一种多毛的鸟，它们的叫声预示着黎明即将来临。他站起来，掸掉身上又脏又硬的枯草，转身四下看看。一阵清凉的微风拂过脸庞。他知道，空气本来是静止不动的，"大陆"——或者叫"陆地"，也就是他脚下的大地——始终平稳地航行在从地平线的这头延伸到那头的"大河"上，所以人们才会感受到扑面而来的风。至少老师是这样教他的。到现在，他已经明白了一个痛苦的道理：一个人不能对老师传授的知识表示怀疑。或许"陆地"真的漂浮在"大河"上面。因为，如果你挖一个深洞下去，不是经常可以发现水吗？

阿夫塞对船不太了解——尽管他的朝觐会走很长的水路——但他知道，船越大，摆动的幅度就越小。"陆地"大致是椭圆形的。根据那些走完了它的宽度和长度的专家们的说法，从首都的港口到最西端的弗拉图勒尔省有三百万步①距离,而从最北面的楚图勒尔省到最南端的爱兹图勒尔省贝尔巴角有一百二十万步。这样巨大的一只岩石筏子确实很有可能漂浮在"大河"上。航程并不总是平稳的,每一千日,地面总会发生几次摇动,有时是剧烈的摇动。

他对漂浮的说法总有点疑心。但他自己也亲眼见过,多孔的黑色玄武岩确实可以漂浮在盛水的盆子里,而"陆地"上到处都是这种玄武岩。另外,他实在想不出另一种对这个世界更好的解释——至少现在还没有。

阿夫塞肚子饿了,胃里咕咕叫。他张开大嘴,咆哮了两声。吃什么呢?他想吃"雷兽"。他最喜欢吃雷兽。不过他知道,即使最大的猎队也很难捕获这些大家伙。它们有柱子一样粗大的腿、长得仿佛没有尽头的脖子和尾巴。还是吃那些容易捕获的动物吧,他想,或许猎食一两头"铲嘴"。它们的肉很粗,头骨能发出令人震耳欲聋的巨声。但它们容易发现,也容易被杀死。

他缓步退回山顶。那儿视野开阔,四面八方尽收眼底。山脚下是沉睡的首都。远处是绵延的河滩——有时会被河水淹没,但现在正是露出得最多的时候,海滩清晰可见。再远处就是拍打着黑沙海岸的"大河"了。

阿夫塞不止一千次地想过,大河一点也不像他从前见过的内陆河。也不像克雷布河,他所在的卡罗部族就在它的北部地区活

---

① 步:昆特格利欧恐龙的长度和高度测量单位,一步约等于一米。

动。克雷布河实际上是一条迂回曲折的水渠，也是阿杰图勒尔省和弗拉图勒尔省的分界线。但这条河——"大河"——却从地平线的这一头延伸到另一头。这是合情合理的：它必须无边无际地大，足以使"陆地"在上面漂浮。

那些走遍整个"陆地"的人说，根本看不到"大河"的堤岸。但它肯定是，一条河，肯定是。因为教义上是这样说的。确实，有一个伟大的探险家——好像叫维科–尹利？或者是"长爪"加尔–达博？总之是他俩中的一个——他朝北面航行了很远很远之后，声称发现了"大河"的一处堤岸，覆满了冰雪，与"陆地"的最高峰一模一样。另一个探险家——阿夫塞一时想不起他的名字了——最终也证实北部的冰雪就是"大河"的一处堤岸，因为他朝南面航行了几乎同等的距离之后，也发现了类似的覆满冰雪的堤岸。然而这些说法都不完全可信，因为他们同时又声称，如果你分别朝南面或北面航行得足够远的话，"大河"就会往回流。这显然十分荒谬。

阿夫塞凝视着深深的河水。快了，他想，我很快就会在你身上航行了。

在最东边的天际，天空与河水交融，一束紫色光越来越明亮，蓝白色的太阳正在慢慢升起。恒星和行星们被赶走了，舞动的月亮变成了苍白的精灵。

第二章

塔科-萨理德是为伦-伦茨女王陛下服务的高级宫廷占星师，他的工场坐落在皇宫大厦下面迷宫似的地下室深处。阿夫塞走下有磨痕的狭窄的螺旋形大理石斜坡，手掌下的栏杆被磨得很光滑，感觉冰凉冰凉的。因为地震的缘故，石头建筑通常维持不了很久。但大家都想尽力使这座皇宫保存完好。因为皇宫的地点正是先知首次成功朝觐"上帝之脸"后的返回地，那已经是一百五十千日以前的事了。皇宫的修建就是为了纪念这次朝觐。现在，无数昆特格利欧恐龙的趾爪已经把斜坡抓出了很多爪痕，该换新的了。可是纽拉尔德峡谷附近的皇家大理石采石场在最近一系列地震后被迫关闭，合适的新鲜白色大理石还没有找到。

阿夫塞沿着曲曲折折的斜坡朝下面走着。他再次想到，首席占星师的工场不在楼顶，没有尽可能地靠近天空，这真是大错特错。他们相见的第一天，阿夫塞就问过萨理德为什么他的工作不是观测天空。萨理德的回答到现在仍然使他伤心。"我已经从高明的前辈们那儿得到了天文图，孩子。没有必要再去观测天上的星星，它们只不过在按照已经描绘好的路线移动而已。"

阿夫塞到了地下室，急急忙忙冲下宽宽的走廊。走廊两旁装饰精美的壁灯上点着雷兽油，把走廊照得透亮。他的爪子在石头地板上磨动着，发出尖利而急促的碰击声。

两边墙上，被一块块薄玻璃保护着的，是著名的"先知画毯"。这些画毯上的图画讲述了拉斯克航行到"大河"上游朝觐"上帝之脸"的故事。画的四周是一些模样可怕的昆特格利欧恐龙，弯着腰，做出攻击的姿势，尾巴和头部紧张地拉成一条直线。这些恐龙是邪恶的反叛者，是奥格塔罗特恐龙，是魔鬼。他们知道拉斯克说的是真理，却在光天化日之下撒谎。他们的脸扭曲着，手臂往前伸，左手全都奇怪地举着。拇指搭在手掌上，第二和第三根手指的爪尖张开，第四和第五根手指摊开。

画是平面的，所有形象都只是简单的轮廓，拉斯克航船也不是立体的。许多书上的插图也都是这样。最近，爱兹图拉尔省的宗教画师们已经研究出了让画面富于立体感的新技术，这样的图画越来越多。尽管如此，这些毯画还是相当迷人。阿夫塞刚来的时候在这里工作过。那时，他每天都早早地来到这里，花很多时间察看这些绘在真皮毯子上的精美油画。一百五十千日过去了，这些画依旧鲜艳夺目。

但今天不是来看画的。阿夫塞已经迟到了。他跳下过道,尾巴来回地拍打着。这一次,萨理德总算没有因为阿夫塞跑过大厅发出的噪声斥责他。

阿夫塞到了萨理德办公室的靳塔加木门前。金色纹理的门上雕刻着由恒星、行星和卫星组成的占星师印记图案。突然,里面传出一阵激烈而尖利的争吵声。

阿夫塞停下来,手放到有凹槽的黄铜锁杆上,这个锁杆是锁门的装置。隐私很重要。占地盘的本能永远不可能被完全克服。一个人把自己关在屋里总有他的原因。但阿夫塞发现里面显然不止萨理德一个人,再说进门前听听屋里的动静也不算什么坏事。他把另一只手放到右耳洞上,做成一个酒杯形状,以便听得清楚些。

"我不需要你的玩具。"是萨理德的声音。阴沉,尖利,像猎人磨得尖尖的爪子。

"玩具?"另一个声音比萨理德更加严厉阴沉。用昆特格利欧恐龙的话来说,是更加"卡–塔特",最后一个辅音还伴随着咬牙切齿的咔哒咔哒声。说话者显然很愤怒:最后的磕牙声很响,透过厚厚的木板传来,像岩石碰在一起。"玩具!"那个声音高声叫起来,"萨理德,孵你出来的蛋壳想必太厚了。你脑子有病吧。"

阿夫塞震惊不已,连瞬膜都颤抖起来。有谁这么大胆,敢用这种态度和宫廷占星师说话？

"我只是上帝的奴仆。"萨理德回答道。阿夫塞几乎能想象出来，老萨理德正神气活现地抬起他满是皱纹的鼻口，"我不需要你这种人来协助我工作。"

"你宁愿死抱着过时的教条，也不想学习与天体相关的新知识，对吗？"那个声音带着极度的厌恶。

阿夫塞还以为肯定会伴随着一阵尾巴敲击在大理石地面上发出的啪啪声，但是没有，"你真使女王蒙羞。"

不管这个陌生人是谁，阿夫塞喜欢他。他把耳朵紧紧贴在门上，不放过一个字。干燥的门板"嘎吱"响了一下——阿夫塞爪子的颤动把门弄响了。他吓了一跳。看来只好硬着头皮走进去了，而且还得假装刚到。

萨理德站在工作台后，干枯的手臂支撑着他的身体。绿色皮肤上布满黄色和黑色的老年斑。

对面就是那个陌生人。他的胸部厚实发达，圆头顶上扣着一顶红色皮帽。一条凹凸不平的黄色疤痕从鼻口尖一直划到左耳洞。他戴着一条灰色饰带，在肩部有手掌宽，但在臀部处细了一半。首都是个港口城市，这种饰带表明他是一位高级水手。

昆特格利欧恐龙的体积会随着年龄的增加而不断递增，直到死亡。陌生人的体积和萨理德差不多——有阿夫塞的两倍——因此阿夫塞断定他的年龄大概和萨理德一样。但他的绿色皮肤上几乎看不到萨理德身上那种老年斑。

"啊,阿夫塞。"萨理德说。他看了看墙上的新式挂钟,钟摆像老年人的赘肉,来回摆动着,"你又迟到了。"

"对不起,老师。"阿夫塞低声下气地说。

萨理德嘘了一声,"唰"地把尾巴转向阿夫塞。"克尼尔,这是我新收的徒弟,阿夫塞——遥远的卡罗部族最值得骄傲的儿子。"最后几个字充满嘲笑和挖苦,"阿夫塞,向瓦尔–克尼尔船长问好。"

他就是瓦尔–克尼尔!就在这里?关于他的故事,即使只有一半是真的,也很了不起。阿夫塞从地面上抬起尾巴,倾斜着腰部表示敬意。"见到您是我的荣幸。"他说。第一次觉得这套古老而烦琐的问候仪式确实能表达一些真实的情感。

克尼尔把头转向阿夫塞:昆特格利欧恐龙的眼睛是纯黑色的,如果不转过头,就不知道对方的眼睛看着何处。阿夫塞总是让自己的头部正面对着那些成年恐龙,以示礼貌,但很少有成年恐龙回应以同样礼貌的动作,因为像阿夫塞这样的未成年恐龙身上还没有刺上狩猎或朝觐的纹饰(即使是成年恐龙,不刺纹饰也会被人瞧不起)。但现在克尼尔却把头转向他,这个细小的动作使他对克尼尔的好感又增加了几分。

"你在和萨理德一起工作的时候能一直缩着爪子①,真了不

---

① 昆特格利欧恐龙在激动、兴奋、愤怒和恐惧时,爪尖会不由自主地伸出来。

起。应该是我向你表示敬意。"声音很低沉,阿夫塞不禁想起铲嘴的叫声。克尼尔向前走去,身子重重地倚在一根雕饰精美的拐杖上。阿夫塞这时才注意到他的尾巴几乎齐根截断,绿色的残尾上只长出了一掌长的黄色新肢。他壮起胆子,端详着克尼尔的伤口,只要他的头不转动,克尼尔就不会知道他的眼睛在看什么地方。但他还是很小心,竭力保持面不改色,尾巴也没有乱动。阿夫塞断定克尼尔的尾巴是在一百天前断的,也许发生了什么意外,脸上的疤痕恐怕也是那时候留下的。"你想当一名占星师吗,孩子?"克尼尔问道。

"这个职业适合我。"阿夫塞说,再次弯腰表示敬意,"能当占星师是我的无上荣幸。"

"祝你好运。"克尼尔诚恳地说,向门口走去,"萨理德,"他的声音越过宽阔的肩膀传来,"戴西特尔号十天内起航,在那之前我一直待在'橘红翼指'酒店。如果你改变主意,要用我的新仪器,尽快通知我一声。"

阿夫塞悄悄地磕着牙。他知道,萨理德是永远不会改变主意的。

"年轻人,"克尼尔说,"很高兴见到你。我相信,随着时间推移,你的理想之光一定会越来越亮。"克尼尔没法鞠躬——否则他会摔倒,因为他没有尾巴来平衡头部的重量——但他的态度很热情,这已经足够了。

阿夫塞微笑着，"谢谢您，先生。"

克尼尔一瘸一拐地走出房门。拐杖敲击着大理石地面，发出"踢踢踏踏"的声音，慢慢地消失在远处。

阿夫塞虽然不太情愿向老师提问，但还是忍不住想知道为什么伟大的克尼尔要到皇宫里来。

"他是个梦想家。"萨理德回答说。出乎阿夫塞意料，老师居然没有责备他的鲁莽，"他发明了一种仪器，据说可以看清远处的东西。是一根金属管子，两端装有镜片。很显然是'陆地'西岸的某个玻璃工匠给他造的。克尼尔管它叫'望远器'。"萨理德轻蔑地吐出这个复合词。他对新事物的仇恨是众所周知的。

"然后呢？"

"然后，这个傻瓜就认为这东西可以用于我的研究。他建议我用它去观察月亮——"

"太好了！"阿夫塞情不自禁地叫起来，但马上又蔫了。打断老师的话，等着挨训吧。趁老师还没骂出声，他赶紧温顺地补充道，"我的意思是，要真可以观测月亮的话，那可太好了。"

"你知道月亮是什么吗？"萨理德说，尾巴"啪啪"地敲击着地面，"它们是上帝的使者。"

"也许等朝觐的时候，克尼尔可以把他的望远器借给我，"阿夫塞说，"让我用它察看'上帝之脸'。"说这些话的时候他紧张得直哆嗦，话一出口马上就后悔了。

"察看？"萨理德咆哮起来。声音从他年迈而巨大的胸腔内突然进出，震得屋里的木头家具都晃动起来，"察看！一个小孩子没有资格去'察看''上帝之脸'！你只能跪下来，膜拜它，向它祈祷，为它唱圣歌。你竟然胆敢怀疑它！"

他伸出瘦如枯柴、布满斑点的前肢，指着房门，"现在就去礼拜堂，请求上帝的饶恕！"

"可是，老师，我只是想多了解一点我的造物主——"

"快去！"

阿夫塞的心沉下去，"是，老师。"他拖着尾巴，离开那间灯光黯淡的屋子。

第三章

阿夫塞痛恨礼拜堂,但不是所有的礼拜堂,家乡部族的礼拜堂他就很喜欢。那座小礼拜堂坐落在朵格拉湖边,留给阿夫塞很多欢乐的回忆。但这里的礼拜堂却让他厌恶不已。

这座设在皇宫里的礼拜堂!他本来希望这儿比其他任何地方更加神圣,因为女王本人就在这儿做祈祷。她保持着身体平衡,高贵的尾巴坚硬地挺着,和地面保持平行。高级祭司德特-耶纳尔博也是在这儿直接和上帝对话。

和他小时候见到的礼拜堂相比,这个礼拜堂没有什么特殊之处。同样是圆形的,只是比家乡的足足大出五倍;同样是木制地板,但家乡礼拜堂的地板上被大家的爪子抓出了很多痕迹,而这里却是崭新的,涂成淡绿色,附近玛达加树林的木材专门用来替换这里的地板;这个礼拜堂同样也是被一条水渠分成两个部分。水渠象征漂浮着"陆地"的"大河"。阿夫塞小时候去的礼拜堂，水渠宽度只能容下一队祈祷者。而在这里，阿夫塞却常常看见并排行进着六七队，甚至八队昆特格利欧恐龙，他们身上还全都披着宽宽的皮制饰带。

现在，大厅空无一人。大多数活动都在第五个偶数天举行，一船刚朝觐完"上帝之脸"的朝觐者返回时也会举行宗教仪式。阿夫塞从罪人门跨进来，脚步声在房间里回响着。他知道，从哪里走进水渠是很重要的。跨进这扇门、从最黑的玄武岩穹顶下穿过，意味着他已经最大限度地远离了世俗生活。

他走到水渠边，用脚趾试了试齐踝深的水。河水照例很冷，很不舒服。听说女王下来涉水的时候河水会事先加热。

阿夫塞跨进水渠，身体朝前倾斜着，和地板保持平行，尾巴抬起，平衡身体的重量。这件事，他永远都做不好，不得不稍微把腿张成八字形，这样感觉好些。在圣水里拖着尾巴被认为是对神的不敬。

他知道，高级祭司德特–耶纳尔博可能一直在密室里暗中观察他。阿夫塞按要求保持着鼻口朝前的恭敬姿势，但黑眼睛却滴溜溜往上看。碗形天花板上画着"上帝之脸"的油画，色彩艳丽，令人眼花缭乱。上帝的一只黑眼睛实际上是一扇窗户，耶纳尔博有时会从那儿往外窥视。这是一个宫廷小听差告诉他的。阿夫塞敢肯定，这一次，萨理德一定能收到一份对他评价良好的报告。

阿夫塞开始向河渠中部走去,罪人必须一直走到最西端。一千日前,在家乡的卡罗部族,有人向他解释过这个动作的象征意义。那是他第一次经历这么让人羞耻的事,原因是在游戏中不小心咬断了一个同伴的前爪。那个家伙几十天内就长出了新前爪,但他却向育婴堂的院长告发了阿夫塞。罪人走到河渠西边,意味着走进逐渐逝去的黄昏,让你想起等待着你的无边黑暗。但即使在这种时候,阿夫塞仍然喜欢黑夜,只是努力在院长面前掩饰着罢了。

到河渠尽头了,一直保持身体平衡的阿夫塞三次向上跃起。这个动作的本意是争夺地盘,但在这里意味着**我在这里划一条界限,把黑暗永远挡在外面**。这些都是《圣卷》上讲的。

跳跃仪式结束后,他掉转尾巴,慢慢地按原路返回,一路踩得水花四溅。那边是东边,是黎明,是阳光,是知识。

知识!阿夫塞苦笑着磕了磕牙。我们那点知识是多么不值一提。我们真正了解行星吗?了解卫星吗?萨理德这种人怎能抓住机会研究这些天体,了解它们的秘密?

"小伙子,注意你的尾巴!"

阿夫塞惊了一跳,爪子一下缩紧。他想得太出神,尾巴浸到水里去了。他赶紧抬起尾巴,四下张望,想找出回荡在大厅里的声音来自何处。

但他的姿势太别扭:腿撇着八字,尾巴翘起,头还来回晃动。

他终于失去平衡，"扑通"一声，一头栽倒在河里，圣水被溅得到处都是。肚子撞得真痛啊——他感到松动的小肋骨已经穿过前腹压进了内脏。他赶快站起来，惊恐地逃上岸。身上的水滑落在玛达加木制地板上，发出"嘀嗒嘀嗒"的声音，在大厅里响亮地回荡着。

他又开始四下张望，想找出声音来自哪里。啊，德特–耶纳尔博在那儿，站在这条模拟大河的源头，太阳升起的部位。这是一个体型中等的男子，长着特别长大的鼻口和耳洞，头部一侧显得有些高。耶纳尔博戴着办公饰带，绷得紧紧的，色彩艳丽。

"大人，"阿夫塞结结巴巴地说，"对不起，我不是故意——"

"你不是故意闯祸。"耶纳尔博看上去并没有发怒，"我知道。"

"我马上把这儿弄干净。"

"好，我想你会做好的。"耶纳尔博看着阿夫塞，"你就是那个从阿杰图勒尔省来的年轻人，对吧？"

"是的，先生。我叫阿夫塞，我家乡那个部族叫卡罗。"

"就叫阿夫塞？你这么大的孩子应该有首名了。"

阿夫塞低下头，"我现在还没有挣到首名。但我已经选好了一个，我希望自己能配得上它：'拉尔'。"

"拉尔。"耶纳尔博重复道，这个词源自先知的名字：拉斯克，"志向很高嘛。当然喽，如果不优秀就不会被选送到这里来了。你是塔科–萨理德新收的那个学徒，对吧？"

"很荣幸当他的学徒。"

　　"我想也是。"耶纳尔博说,"阿夫塞,你一定要用心。上帝以不同的方式和她的子民对话。对我这样的祭司,她用只有我们能听懂的语言直接对话;对像萨理德一样的占星师,她用恒星、行星和卫星的复杂运动来和他们对话;对其他人,她的交流方式更微妙,更间接。上帝和你对话了吗?"

　　阿夫塞的尾巴悲哀地摆动着,"没有。"

　　"我看你还没有纹饰。你的朝觐期是什么时候?"

　　"我打算马上去,但还没有计划好具体的航行时间。"

　　"在你这个年龄,该去朝觐了。你的体型正好合适。"

　　"是的。我从蛋里孵出来已经有十个千日了。"

　　"那你应该马上出发。"

　　"我还要和我的老师商量一下。"

　　"如果没记错的话,我以前在萨理德的学徒中见过你。我真怀疑你有没有和萨理德愉快合作的那一天。"耶纳尔博磕了几次牙,有些开玩笑地说。阿夫塞歪着头承认了。"这样吧,戴西特尔号马上就要出航。你愿意和瓦尔-克尼尔一块儿航行吗,小伙子?"

　　"我愿意!那真是太棒了!"

　　耶纳尔博又磕了磕牙,"我可以对萨理德施加一点影响。我去和他说。"

　　"谢谢您。"

　　"不客气。很显然你需要开导,要不然也不会到这儿来忏悔了。但最好的开导莫过于直接朝觐'上帝之脸'。"

"是这样。"

"好吧。现在再去走一遍。这次可要好好走，然后拿拖布把地上的水擦干净。"耶纳尔博转身要走，又补充道，"对了，阿夫塞。在朝觐之前，你应该参加一次狩猎。"

"为什么？"

"因为朝觐很危险。"

"但狩猎也很危险呀。"阿夫塞马上后悔自己说话太鲁莽，特别是在一位长者面前。但耶纳尔博客气地低下头。

"狩猎的危险相对要小一些。"祭司说，"只要你别加入最凶悍的狩猎队，那些猎人都是鲁巴尔教义的追随者。比如说，猎捕食草牲畜就不那么危险。在朝觐中死去的人比在仪式性狩猎中死去的多得多。每次'河震'都意味着船只再也回不来了。如果在远航中真的发生什么意外，而你又没有参加过狩猎的话，你的灵魂虽然将到达天国，但你却没有完成生命中的一个重要仪式。那很不好。"

"怎么不好呢？"

"这么说吧。我们都向往来生，在那里我们可以现出本性，就像蛇蜕下它的皮肤。在尘世生活中，本性使我们为争夺地盘相互杀戮，不能友好相处。然而，在天国，在上帝身旁，我们将拥有无限的疆域，可以永远享受同伴之间的亲密友情。参加集体狩猎活动以后，你才会深刻感受到这些。你必须做好充分准备，必须在狩猎活动中学会协作精神,把它作为你下一步行动的准则。再说说朝觐:如果你想认识天国中的上帝,你必须在你的世俗生活中看到现实中的上帝。"

"我期待着朝觐她的脸。"阿夫塞说。

"我会安排的。"耶纳尔博说着掉转尾巴。阿夫塞看着老祭司的背影很快消失在走道尽头。

德特–耶纳尔博走到外面蓝白色的天空下,在礼拜堂下面的斜坡上站住,不由自主地吸了一口气。皇宫占地很广。它必须建这么大。

虚饰的文明,祭司心想,嘴里轻蔑地哼了一声。上帝告诉我们要共同生活、共同工作,但直到今天,我们仍然没有做到这一点。

占地盘的本能真是根深蒂固。虽然育婴堂的院长们竭力打破孩子们的这种本能,但却收效甚微。耶纳尔博注意到周围还有其他孩子,他能嗅到他们身上的气味,听到他们的爪子在石头道上磨出的嚓嚓声。那边,就在庭院里,站着的是年幼的亨里斯,他甚至比那个来自卡罗部族的问题儿童阿夫塞还小。还有那个老巴尔–哈博特。他刚吃饱肚子,正傻呆呆地在一棵开花的树下打滚,发出扑腾腾的声响。耶纳尔博通常会抄近路到萨理德的办公室,但说服萨理德需要策略。他走了比较远的另一条路,以避开他人。走近路会碰上很多熟人,很烦。

耶纳尔博进入办公楼,走下螺旋形的大理石阶梯,穿过"先知毯画"——他停下来向拉斯克先知的画像行了一个地盘让步礼,闭上眼睛,以免看到在毯画四周围成一圈的那批撒谎的魔鬼。终于,他到了萨理德金色的靳塔加木门前。耶纳尔博对着占星师的印记行了个礼。这是应该的,研究恒星、行星和卫星的人难道不应该和研究上帝的人一样受到尊敬吗?更何况萨理德的研究也有吸引人的地方。

耶纳尔博用爪子敲了敲门上的小金属条。

每人敲击这根铜条的方式都不尽相同,里面的人一听就知道谁在外面。但萨理德还是吼了一声表示询问,耶纳尔博表明身份后获准进入。祭司按了按有凹槽的黄铜条,门开了。

萨理德比耶纳尔博高出一个手掌——因为他比耶纳尔博大二十千日;此刻,他正腹部朝下趴在木质厚板床上。板床中部有一个角度,刚好使身体的重量离开自己的大腿和尾巴。床用一个石基座支撑着,一直延伸到萨理德的肩部。他的头舒服地朝下探着,看着书桌上的东西,斑斑点点的手臂悬空放到桌子上,刚好与床平行。

萨理德的书桌上有两个一模一样的罐子,分别盛着墨水和稀释剂。他正在一片皮革上写最后一排象形文字。他写下一个耶纳尔博不认识的复杂的科学符号,左手最长的那根指爪上浸着墨水。耶纳尔博弯下腰,向占星师行了一个地盘让步礼。萨理德摆动手

25

臂还礼。除了那根正在写作的指爪,他其余的爪子都收缩着。

"很荣幸见到你,尊敬的占星师。"耶纳尔博说。

"我也很荣幸。"萨理德的回答毫不热情。

两人之间出现一阵尴尬的沉默。之后,萨理德终于不耐烦了,"找我什么事?"

"你新收的徒弟——叫阿夫塞,对吧?他今天早上到礼拜堂来了。"

萨理德呼了口粗气,"是我让他去的。他亵渎了上帝?"

"哦,他没那么糟吧。"耶纳尔博轻声说,"你不会揪住他的尾巴把他扔一边去吧,像扔你前面那五个徒弟一样。"

"前面六个。"萨理德更正道。

"不管怎样,阿夫塞走过了圣河。他赎罪了。"

萨理德转头看着耶纳尔博,点点头。

"那就好。"

"但他还没有朝觐过。"

"是的。"

"他快长到我肩膀那么高了,这种个头的小伙子,应该送出去见见世面了。"

"成不成熟不能只凭高度来衡量,耶纳尔博。这一点,你应该很清楚。"

"不错。但有什么比远航更能让人尽快成熟呢?你那个育婴堂的老同学瓦尔–克尼尔就在城里,想必你知道?"

"是的。克尼尔今天早上还和我谈过话。"

"戴西特尔号十天后就要起航去朝觐了。"

"我非常清楚。"萨理德站起来,全身的重量落到尾巴上。他身下的板床因释去重负发出"嘎吱"一声轻响,"你,耶纳尔博。就凭你,偶然见到这孩子,和他说过几句话,就认为比我——比一个带了他五百天的老师更知道什么对他更好。是不是?"

"这个……"

"你想插手管我的事?"

"萨理德,我只是为这孩子着想。"

"难道我不为他着想? 你这样认为吗?"

"哦,大家都知道你——"萨理德的尾巴拍打着地板,"我会训练这孩子的思维,我会教他怎样思考。"

"那是自然,那是自然。我没有侮慢你的意思。"萨理德从地板上抬起尾巴,摆动一下身体。这个姿势很慢,很谨慎。但却清楚地向耶纳尔博表明,他已经侵入了属于萨理德的地盘。

耶纳尔博退缩了,"对不起,占星师。我只是向你建议,让阿夫塞跟着克尼尔去航行或许很合适。"

但萨理德的恼怒并没有平息,"耶纳尔博,也许你应该对我多一点信任。去问问克尼尔吧。"他张开爪子,在腿上敲得咔咔响,"他会告诉你,我已经安排阿夫塞上戴西特尔号了。"

耶纳尔博眼睛上的瞬膜颤动起来,"你已经安排好了?"

"当然。"

"萨理德,我、我,对不起。我不知道。"

"还有事吗?"

"是的,但是——"

"如果你退出我的地盘,我会感到十分荣幸。"耶纳尔博惊讶地摇着尾巴,那是他现在唯一能做的动作。

第四章

狩猎！阿夫塞激动地用尾巴敲击着礼拜堂的地板。所有年轻的昆特格利欧恐龙都向往着加入猎队，按照仪式要求猎取食物。

可阿夫塞还是有点害怕。因为狩猎太难了，又有危险。但如果想马上开始朝觐，他就必须立即加入一支猎队。

这里大多数学徒都比阿夫塞年长——他毕竟只是个刚来首都不久的新人——只有少数人能在第一次狩猎中成功，并得到纹饰。想到这里，阿夫塞不禁抬手摸了摸脑袋左侧。纹饰的位置就在那里，在耳洞上方。有没有其他人也没得到纹饰呢？

迪博。

自然是那个比阿夫塞还矮三个指头的迪博。迪博在音乐和诗歌上很有天赋，但在数学和自然科学上却需要阿夫塞帮忙。迪博喜欢恶作剧,常常把阿夫塞搞得相当狼狈,而自己却毫发未损。

迪博是这个王国的王储。

迪博肯定能够被说服参加狩猎。虽然他有血红色的皇家饰带,但在大家眼里,那毕竟只是一种空洞的荣耀,因为饰带不是他自己挣来的。而一个猎手的纹饰到哪儿都被人看重,人人都可以努力得到。当然,一个堂堂的王子即使没有纹饰也照样能过好日子,但人们却永远会把他与那些没有本事获得纹饰的人——比如那些和翼指鸟争抢烂肉的乞丐——相提并论。

阿夫塞知道,很多人都时不时地自己捕杀一些猎物来吃。他们认为那样做很刺激,多余精力也得以宣泄。还有一些人把捕猎作为职业——这些家伙天性凶残,无法与其他人和平相处,所以只好从事这种职业。但如果放弃狩猎这个成长过程中最重要的仪式,就意味着你永远不懂什么是团队情谊,因而也永远不能成为社会的一员。

是的,迪博是最佳选择。他的地位高,拉上他可以使他俩排到前面,早点加入狩猎队。但上哪儿去找他呢?

阿夫塞望着白亮的太阳。它太小了,像一个燃烧的亮点,正快速滑过天空——不是那种可以用肉眼看到的快,但几十下心跳①的时间过后,就能看到太阳的位置发生了明显地变化。

正午快到了。

---

① 心跳:昆特格利欧恐龙的最小计时单位,约等于地球上的0.42秒。

和其他人一样,迪博也在奇数晚睡觉。也就是说他今天不睡觉。一般人通常在睡觉前吃饭,因为饱食之后会很慵懒。但迪博和别人不同。他的好胃口是众所周知的,这会儿他说不定又到哪儿狼吞虎咽去了。

阿夫塞穿过斜坡来到庭院。他深吸一口气,四周扫视一下。没有迪博。

他急急忙忙冲进饭厅,看了看那个盛着零散牙齿的垃圾箱。箱子底部只有十来颗亮白色的昆特格利欧恐龙牙。弯弯的,呈锯齿状。小的和阿夫塞拇爪的长度差不多,大的比他最长的指爪还要长。牙齿这么少,意味着皇宫里大多数恐龙还没有吃饭。

阿夫塞在装饰着精致陶瓷花纹的垃圾箱前看了一会儿,"咔"地一磕牙齿。在皇宫里,即使一个垃圾桶也称得上是艺术品。

他走进头等餐厅。几千日前的大地震以后,餐厅的石头天花板出现了裂痕。餐桌中央是一道排放血水的沟槽。餐桌很破旧,木质的顶端布满坑坑洼洼的爪印。三女一男正在桌边坐着,互相隔得很远。每个人都在咔嚓咔嚓地大啃肉骨头。

阿夫塞向离自己最近的人行了个让步礼,这才走进餐厅的最里面。不出所料,迪博就在那儿。

这时的王子看上去一点也不尊贵。因为刚吃了一只角面,他的鼻口上糊满干血,胸前满是牲口的油脂和血点,还有不少他自己淌下的口水。大家都知道王子贪吃。为什么不呢?饲养牲口的畜牧场紧挨着餐厅,女王的孩子吃的肉都是最好的。

看着迪博用牙齿和爪子撕咬那块又干净又新鲜的臀肉,阿夫塞充满忌妒。要知道,他们这些占星师学徒只有在节假日才能享受到如此美味。

"很荣幸见到你,迪博。"阿夫塞说道。

这种问候通常用于自家的长辈,但对皇室成员也必须表达这种敬意。皇室成员是一个相互有着血亲关系的特殊群体,是拉斯克先知的直系后代,是一小撮精英人物。

迪克胸前撑着一块板床,与桌子成一个斜角。他抬头看了看。"阿夫塞!"他用一只装饰精美的碗从桌上舀起一碗水,大口大口地喝下去,"阿夫塞,你露出蛇皮了!"迪博高兴地笑着,"你肚子上的钉形褶边变硬了! 你的上半身有壳了! 看在上帝的分上,见到你真高兴!"

阿夫塞轻轻磕着牙,迪博的溢美之词真是既好笑又令人尴尬。"只要时间允许,我也很高兴来看你,迪博。"

"吃过了吗? 看你皮包骨头,瘦得像翼指。"

就一头昆特格利欧恐龙而言,阿夫塞确实单薄了些。但只有和迪博相比,他才称得上是"皮包骨头",像王子这种吃法要花大价钱的,不是每个人都负担得起。

"还没有,"阿夫塞说,"我一会儿就吃。我喜欢在偶数晚睡觉。"

"那好，那好。以后一定抽空告诉我，别人在睡觉的时候你都干了些什么。恶作剧，我敢肯定是恶作剧！"

阿夫塞开玩笑地磕磕牙，"那是。"

"无论如何，你一定得多吃点。我的朋友，吃饱了才睡得香。你看，你是唯一一个在偶数晚睡觉的人。"迪博乐得直磕牙，牙齿发出一连串清脆的撞击声，"啊，阿夫塞！总有一天，你醒来后会发现尾巴被别人打了一个结！"

"真要这样，"阿夫塞说，"我就把尾巴砍下来，让那个恶作剧的坏蛋把它全部吞下去。"

"呸。别在我吃饭的时候说这种事。"

这下轮到阿夫塞笑了，"还有更好的时候吗？"

迪博点点头表示让步，"那倒也是。还能有什么时候呢，我的朋友？"他边说边指着臀肉，"这东西就快吃完了。我要撤下它，另外挑几只翼指来吃。但只能再吃一点点。我想，你肯定也喜欢来点。"

"那当然。"

"太好了！"迪博用爪掌拍拍板床边，"屠夫！"他叫道，"我说，屠夫在哪儿？"

一头身穿红色罩衣的昆特格利欧恐龙出现在门口。他的四肢像昆虫一样粗长，鼻口向下拉着，样子很忧郁。

"再拿一块臀肉来。"迪博吩咐道，"要上好的，带血，血要多。

再来点水。"

听了王子的吩咐，屠夫快步跑出去。

"好了，阿夫塞，你的鲜肉马上就来。对了，你来找我有什么事？不会又是唱歌吧！我真的喜欢你，喜欢你那功能不全的肠胃。但是，看在月亮的分上，如果你又想强迫我听你唱歌的话。我可得用鹅卵石堵住耳洞，消除噪声了。"

迪博的音乐天赋像他的好胃口一样有名，阿夫塞不得不承认，在他面前，自己那点歌唱才能简直不值一提。但他仍然热爱音乐，热爱它那数学般的精确。

"喂，"阿夫塞说，"不瞒你说，我还真想和你谈谈唱歌的事。"

一丝佯装的惊恐从王子脸上闪过，"别来这一套！看在上帝卵壳的分上，不要！"

"我想说的也和上帝有关。我要去朝觐。"

迪博用爪掌拍打着板床，"好啊！虽说你皮包骨头，但个头暴露了你的年龄。我们确实该把你送去远航了。"

"的确是这样。但——"

屠夫来了。他的前肢很长，不用弯腰就能把臀肉放在桌子上，正好对着排血槽。这块肉比刚才迪博啃咬的那块更大。鲜肉上冒着热气，想来那牲口刚被宰杀不久。阿夫塞抬头看看屠夫，只见他狭长的口鼻上鲜血淋漓，一定是他亲手宰杀的。

"谢谢你，屠夫。"迪博说。他从不用心记人的名字。阿夫塞到这儿还不到五百天,连他都知道这个单薄瘦长的屠夫名叫鲍尔-坎杜尔。

"真好。"阿夫塞说,"谢谢你,尊敬的坎杜尔。"

屠夫鞠了一躬,迈着像昆虫一样的步伐出去取水。

"行啦,别光站在那里,你的壳都快长出来了。"迪博对阿夫塞说,"趴下来,吃吧。"

阿夫塞弯下身子,像做俯卧撑一样趴在另一块倾斜的板床上。木质板床承受住他身体的全部重量。"迪博,我希望你和我一块儿去朝觐。"

迪博的脸埋在臀骨架子里,撕下骨头上还有一丝热气的鲜肉,狼吞虎咽地吞下,这才抬头,愣愣地看着阿夫塞。

"我?"

"是的,你。你总要去朝觐的,对吧?"

"你说得不错。可我还没认真想过这事呢。我母亲不会让我乘驳船出行——"

"我要搭乘戴西特尔号,和瓦尔-克尼尔船长一道。"

"是吗? 就这次?"

"耶纳尔博已经为我说妥了。"

"你是说戴西特尔号? 看在先知爪子的分上,那可是一艘好船! 搭乘它肯定棒极了,肯定的! 想想吧,我们会遇到多少有趣的事!"

"我想也是。你到底去不去?"

"得我母亲点头才行。皇族成员属于人民,身不由己啊。"

"如果你过三百天还不回来,你的人民也许能吃到更多的肉呢。"

迪博"噗"地放了一个臭屁。"这倒是实话。"他"咔咔"地磕着牙,大笑起来,"很好! 那就让我们做好出发的准备吧。"

"太好了。戴西特尔号十天后起航。"

"这么快?"一大块肉卡在迪博牙缝里。他用爪子剔下它,仔细瞧瞧这块不听话的肉,然后用磨得光滑圆润的中指挑起,一点点地啃得精光,"好啊。那就一言为定!"

"还有一件事,迪博。"

"你吃了我的食物,还说服我陪你一道去朝觐。还有什么要说的?"

"耶纳尔博说,朝觐前应该参加一次狩猎。"

"他说的? 现在? 啊,那可真有意思。只是,狩猎嘛——"迪博扭头看着别处。

"你害怕了?"

"害怕?"迪博的声音有点闷哑,"你说的可是女王的儿子啊,你这个未来的占星师。"

"不错。既然你不害怕,为什么不和我一块儿去狩猎呢?"

"可是——"鲍尔-坎杜尔进来了,托着一个浅盘,里面放着几碗水。

迪博停住不说了。

"味道怎么样?"坎杜尔问道。声音拉着长腔,长得像他的身材。

"味道好极了。"迪博说,语音里带着一丝不易觉察的颤抖。

"年轻的迪博。"坎杜尔说道。他字斟句酌,说出的每个词都拖得很长,"我知道我没资格说话。但我刚才听到了你们的一些谈话。如果你允许的话,我想发表点意见。"

迪博惊讶地看着他,好像第一次发现坎杜尔的存在。"说吧,屠夫。"

坎杜尔在水中浸了浸鼻口,显得干净多了。看得出他正盯着桌上的臀肉。"没什么,我年轻的王子。我只是想说,自己捕获的猎物吃起来比桌上现成的肉更香。"

迪博看着坎杜尔。屠夫的鼻口呈现出正常的绿色,表明他说的是真话。

迪博把目光转向桌上的肉,张开鼻孔,尽情享受着这诱人的气味。"好,真是这样的话,我一定要试试。阿夫塞,走,咱们打猎去!"

"你不害怕了?"阿夫塞说。

迪博又把头埋进摆在面前的肉里,"我连你的歌声和铲嘴都受得了,还有什么比那更可怕的?"

第五章

阿夫塞想,与女王本人见面恐怕要比听我的歌声更可怕。

阿夫塞见过几次伦–伦茨女王,但都离得远远的。她整天表情严肃地处理国事,还经常接见朝觐或狩猎归来的团队。但现在,阿夫塞马上就要觐见女王了。他永远忘不了那天早上他走进萨理德办公室时那名占星师脸上的表情。

"年轻的阿夫塞,"萨理德的声音带着一丝激动的颤抖,"女王叫你马上到她的办公室去。"

阿夫塞眼睛上的瞬膜一阵跳动,"女王想见我?"

"是的。"萨理德点点头,"你可能做了一件了不起的好事,也可能做了一件骇人听闻的坏事。我猜不透到底是什么。"

阿夫塞冲上宽阔的螺旋形斜坡,来到地面。穿过宫廷后院,前面是一幢装饰华丽的建筑物。女王的办公室就在里面。皇家卫兵把守着入口。但他们只会对付那些可能游逛到城甲的野兽，不会为难一位昆特格利欧恐龙，哪怕是阿夫塞这样的年轻恐龙。

不出所料，阿夫塞只按规矩向卫兵行了个让步礼，就急急忙忙跳上斜坡，通过那扇巨大的拱门。它是皇宫的入口。

皇宫没有一点衰败之气。是的，地震频繁地冲击着这座建筑物。但每次破坏之后，宫殿都会重新修缮。阿夫塞到了"石卵大厅"。大厅的墙壁由成千上万块圆滚滚的卵石砌成。这些卵石被劈为两半，磨得闪闪发亮。每个切成半块的岩石里都镶嵌着一排排水晶。多数水晶呈紫色，其余有的呈蓝白色，像太阳的颜色，还有的和昆特格利欧恐龙的皮肤一样，呈绿色。

阿夫塞听说过这个美轮美奂的大厅，家乡卡罗部族的祭司就曾经说起过。但他现在没时间领略它的奇妙。不能让女王久等啊。他快步穿过被切成半圆的卵石。卵石这种最常见的东西竟会变得如此漂亮。真让阿夫塞惊叹不已。

石卵大厅前面是一间巨大的圆形接待室，地板上铺满色彩各异的光滑石板。接待室有四道门。每扇门上都挂有印记。印记用上等的红色特拉加木制成，上面详尽地刻着屋主的名字。王国每一份正式的官方公告上都有女王的印记，连阿夫塞当初收到的征召他到首都的公文上也有，所以他毫不费劲就找到了她的门。但敲门之前，他还是踌躇了一下，充满崇敬地看了看这个不一般的印记。它有五个手掌那么高，雕工精美。上面是绘着女王头像的浮雕,背景的"上帝之脸"顺着木质纹理刻制而成,弯弯曲曲,非常迷人。

椭圆形的印记上方是一枚卵,据说是拉斯克先知本人的。外壳上有一些细细的网状裂痕,表明曾经破碎过,但又黏合起来,象征着先知很可能会在未来的某一天再次降生,回到他的人民中间,为他们传授新知识,给他们带来伟大的真理。

石卵的下方是某个猎手的锯齿形镰状牙。牙的右边镶着一枚弯曲而坚硬的利爪——可能是某个昆特格利欧恐龙在狩猎时脱落的,表明女王在精神上和猎手一起出征。有她的神力相助,即使最凶猛的野兽也终将被捕获,变成餐桌上的美味。

再下面是一片波浪形曲线,代表"大河"。曲线中央的那个椭圆形就是漂浮在"大河"之上的"陆地"。

印记底部是两个昆特格利欧恐龙的头部剪影。他们背对背地行让步礼,表明无论脸朝向哪一边,所有的地盘都属于女王。这两张脸有很明显的个体特征,左边那张脸,从它的皱纹和老年斑上判断,阿夫塞断定是宫廷占星师塔科-萨理德。而右边那张脸,有着长长的鼻口和高高的耳洞,正是首席圣殿祭司德特-耶纳尔博。看到这里,阿夫塞的心跳加快了。常言说,"人人臣服于女王"。这句话的含义其实比一般人所想象的深得多,那就是:连星星和教堂都必须向女王鞠躬行让步礼。

阿夫塞吸了口气,镇定下来,用爪子敲了敲门框上的金属板。

铜板里面是空的,叮当的敲门声清越响亮。

阿夫塞紧张地等待着。终于,回复来了:"**哈哈特丹**。"意思是"我允许你进入我的地盘"。

阿夫塞按动控制杆,门开了,他进入女王的办公室。这里和他想象的不大一样。啊,那就是女王的御座,一张装饰华丽的板床。它比普通板床更垂直一点,一根光滑的玄武岩支柱把它撑得高高的。御座前面的办公桌非常朴素,没有任何修饰,上面放满各类文稿和书写用的皮纸。一个人趴在板床上,头朝下,正专心写着象形文字。阿夫塞不想打扰她,在门口静静地站着。

毫无疑问,她就是女王:又圆又大的头上纹有各种各样的纹饰。书桌下面安装着许多小金属轮,在举行重要的官方会议时,移动起来可以更方便一些。

女王终于抬起头来。她的脸很年轻,但却很憔悴。她眯起眼睛看着阿夫塞。"你是谁?"她问道,声音冰冷低沉。

阿夫塞的心急速地跳了一下。难道弄错了?他没有被召见?

"阿夫塞。"他低声说,"宫廷占星师塔科–萨理德的徒弟。"

女王侧着头,记起来了,"啊,对,阿夫塞。萨理德肯定很喜欢你。你到这儿,呃,有四百天了吧?"

"四百九十二天,陛下。"

"哦,很不容易,我想。"她的声音听上去不像是开玩笑,"这段时间里,你和我儿子迪博成了好朋友?"

"是的。我很荣幸。"

"迪博告诉我,你希望他和你一块儿去朝觐和狩猎。"

阿夫塞的尾巴神经质地摆动着。他向迪博提出这个请求合不合适?他的鲁莽会受到什么惩罚?"是的,陛下。我向他提过。"

"迪博是皇族成员,是王子。当然,从某种程度上说,他和其他人一样,同样必须经历这些成人仪式。"

阿夫塞不知道该说什么,只好向女王行了一个让步礼。

"来,靠近点。"她说。

是应该快步跑近她,把尾巴抬起来呢,还是应该慢慢走,让尾巴垂在地上?他选择了后者,希望没有选错。按照惯例,两个恐龙在一起时,体积小的一方靠近体积大的一方,应该不会引起争斗。尽管如此,阿夫塞还是觉得太靠近女王可能不合规矩。他在离女王十步远的地方迟疑地站住了。

伦茨点点头,好像示意他做得很对。她抬起左手,三只代表她身份的金属镯子发出叮叮当当的响声。"我可以让他和你一块儿去。但是,"她张开第一只指爪,"你——"她又张开第二只,"要——"然后是第三只,"保证——"第四只,"他——"最后是第五只,"安全归来。我说明白了吗?"她问。

阿夫塞鞠了一躬,表示自己明白,然后赶紧离开了女王的办公室。

第六章

　　阿夫塞吐了口唾沫,强迫自己再爬高一点。他很想让迪博和自己一起来。但鲍尔-坎杜尔,就是那个给他们讲了三天狩猎故事的屠夫,反对他的这个建议。"必须单独一个人加入猎队。"他照例拖着长腔说。迪博今天出发得比他早,因为阿夫塞得把萨理德交代的事情做完才能离开。迪博出发后,阿夫塞一直没有见到过他,也没在集合地点见到其他任何人。

　　一日将尽,太阳胀得大大的,变成紫色,再慢慢落下山去。爬山太费劲。一开始到处是噪声:有铲嘴交配时透过盘缠的肉冠传出的叫喊声;还有翼指抓到蜥蜴时的尖叫声;以及从港口的船舶上传来的、渐渐远去的钟声和鼓声。很快,所有声音都消失了,只剩下他自己怦怦的心跳。

　　"猎手圣坛"建造在一堆巨大的岩石上,与齐马尔火山一般高。这个锥形石堆并不是自然形成的。根据传说,"五个狩猎创始人"——鲁巴尔、卡图、霍格、贝尔巴和梅克特——中的每个猎人在每一次成功的狩猎之后,都要搬一块石头垒在这里。后来,他们各宗的祭司把这个传统延续下去。直到拉斯克先知首次朝觐"上帝之脸"之后,对五人的崇拜才被废止。当然,那已经是十二代以前的事了。从那以后,这个石堆再没有被垒高过。

这对阿夫塞来说是件好事。石堆现在已经够高的了。他叮叮哐哐地爬上石堆。石块有的凹凸不平,有的光滑圆润——或者是因为雨水的冲刷,或者是由于石块之间的冲撞磨损,以及恐龙爪子的抓扒。他的手臂努力向上抓着,后脚尽可能踩实,以稳住全身重量。他尽可能快地爬过松动的地方。石堆不堪他身体的重负,哗啦啦晃动着。阿夫塞已经有一千日没有干过这样的体力活了。他背的那个大背包也没起到好作用,铲嘴皮做的背带深深勒进他的双肩。

阿夫塞怀疑到底有多少人真正爬到了石堆顶端。这个高度令他头晕目眩。可怜的迪博怎么办?那个胖乎乎的迪博,他能爬上去吗?他是不是已经不好意思地躲起来了呢?

阿夫塞所在的地方是近岸的一座低矮山坡。这座小山挡住了由东向西不停吹过来的冷风。在这里,扑面而来的寒风充分证明:"陆地"正在"大河"上快速行驶。风吹着阿夫塞的皮肤,冰冷刺骨。他刚才都快热死了,本希望风可以让他凉快些。可恰恰相反,砭人肌骨的冷风让他觉得更难受了。

斜着向上看去,远远的上方就是石堆顶端,以及顶上的"猎手圣坛"。

从远处看,圣坛显得很小,只是一个简单的框架,像没完工的木头建筑。为了往上爬,阿夫塞用脚掌踩碎岩石,寻找稳当可靠的支撑点。过了好久,圣坛仿佛还是那么遥远。终于,他听到了风吹过灰色木头架子发出的呼啸声。阿夫塞拼尽最后一丝气力,爬上锥形石堆的顶部。

太阳在不断胀大、变暗,最后落在圣坛后面。他面前的岩石也随之映上圣坛那网格状的影子。圣坛的大梁奇怪地弯曲着,在微弱的阳光中变成了深紫色。阿夫塞站起来,松了松背上的包,吃力地走近圣坛。

他精疲力竭了,上气不接下气地喘着。为了站得更稳,他抓住圣坛的梁柱。这是一根短短的、末端呈球形的圆柱。他的鼻孔沾满沙子;脚掌流着血;膝盖和尾巴都被擦伤了;壳质的爪骨鞘也因为爬磨掉下许多碎屑。

梁柱又硬又冷,在逐渐黯淡下去的暮色中闪闪发光,这是因为涂抹了松香的缘故。阿夫塞退后几步,这样可以更好地看看这座圣坛。它并不十分巨大:只有二十步长,十步宽,可能是他身高的两倍,被设计成一个斜条格的、弯曲的骨骼架子,让人不寒而栗。

这可是货真价实的骨骼架。看在先知爪子的分上,这玩意儿全是用骨头做成的!

阿夫塞摇摇摆摆向后退了几步,重新审视这梦魇般可怕的建筑物。他的头顶是上百根多节的脊椎骨柱子。连起来的股骨建成了圣坛的拱门;肋骨和一些小骨头拼成整齐均匀的圣坛。透过骨头之间的宽大缝隙,阿夫塞看到圣坛中央有一个巨大的、由昆特格利欧恐龙颅骨组成的球体。颅骨空空的眼窝瞪着四面八方。

他的尾巴不由自主地来回摆动。直觉告诉他,赶快逃,逃离这个邪恶的地方。离开这个倾斜的、啪啪作响的岩石堆,回到安全之地。

不行。

不,不能这样做。

这是一种测试,肯定是测试。所有这一切:艰难的攀爬、可怕的建筑,等等,都是在测试。是为了剔除那些不适应残酷的狩猎活动的人,以及那些过分敏感脆弱、不敢直面死亡的家伙。

可是……可是……可是……

出发以来,阿夫塞一直没有碰到知道迪博去向的人。狩猎的大多数仪式仍然以对"五个初创猎人"的崇拜为基础。鲁巴尔的祭司们以怪异出名,而非残忍。他们中间,残忍的人只占少数。

不。他绝不能因为害怕而放弃。阿夫塞跨进圣坛之门,那是一个用肩胛骨做成的框架。寒风呼啸而过,发出怪异而痛苦的声音,就像四周这些骨头过去的主人临死时的哭喊。阿夫塞透过紫红的暮色审视每一个角落。他的背包里还带着一样礼物——一个从家乡卡罗部族带来的星盘,但他不知道该把它放在哪儿。

"那副白色颅骨,球体前面。"阿夫塞吓了一跳,猛地一跃转身,张开爪子击打地面,警惕地面对着闯入者。黑暗中走出一个人:身体结实,穿着一件狩猎用的黑色皮制束腰外衣。

阿夫塞犹犹豫豫,好像自言自语地问道:"你是德姆-皮罗恩图?"

来人并不答话。身影的轮廓在迅速降临的夜幕中显得非常巨大。

"我要找德姆-皮罗恩图。"阿夫塞又说了一遍。

他已经嗅出了闯入者的体味,发现这是个女人。她发出的体味和阿夫塞以前见到的任何人都不一样。他产生了一种奇怪的感觉,突然之间,他变得情绪激动,精神振作,仿佛刚才没有经历那一番让人精疲力竭的攀爬。他取下背包,身上顿时轻快了许多,"我带了一件礼物给皮罗恩图。"他边说边拉扯着腰部的带子,"没有人教我该怎么做才合适,但这东西对我、对我想要从事的职业都意义重大。"

她的眼睛一眨不眨地望着他。阿夫塞希望她能说点什么,因为他不知道自己说的是不是蠢话,"这是一个测量天体的装置。"

他说着,取出一个装饰精美的东西。三个可以绕着同一个轴心任意旋转的黄铜盘。他把它端到对方面前,让她能清楚地看到那磨得锃亮的金属。看得出来,制造的时候很下了一番功夫。

"猎手不需要机械装置就能找到正确的路径。"她的声音像鹰爪一样尖利。

阿夫塞结结巴巴地说:"我……对不起。"他竭力想理解她的表情,"我不想对你无礼。"接下来是一阵沉默,只有风声呼啸而过。

阿夫塞终于又开口道:"你是德姆-皮罗恩图吗?"

黑影跨向旁边,挡住拱门出口。"德姆-皮罗恩图死了。"她说,"上个偶数天死的。她死了,其他人就有食物吃了。"

德姆-皮罗恩图,皇家狩猎队队长,死了?

"怎么死的?"阿夫塞好奇地问,他已经顾不得小心了。

"被三只角面用獠牙刺死的。对一个猎手来说,这样的死很光荣。"

"我的礼物——"

"——对她已经没用了。"

阿夫塞叹息一声,把星盘放到岩石地面上。

"别放那儿,小家伙,"女人的爪子张开,指着那座颅骨球体,"放在她的颅骨附近。皮罗恩图的颅骨,白色的那个,就在那儿,在中间,面朝外。"

阿夫塞的心猛然跳动了一下。这些可怕的东西堆在一起,宽度超过了他的身高:两百副颅骨组成了一个球体。颅骨的眼窝大大的,中间有一道与鼻口相连的孔隙。鼻孔是椭圆形的。下颚由左右两块各不相连的骨头构成,这样撕咬猎物的时候嘴就可以尽量张大。鼻口则是一堆呈锯齿状、像匕首一样尖利的骨头。

颅骨永远那么令人恐怖:这些没有眼珠的空洞、过去盛装大脑的罐子,看上去似乎飘浮在地面上,相互之间也没有接触。肯定下面有什么东西支撑着,阿夫塞想,也许是薄薄的玻璃或水晶。夜里光线很暗,看不清楚。他伸出一只前爪,想摸摸颅骨之间的空隙,但马上又缩回来。他宁肯不知道自己的猜测是否正确。

"我从来没来过这样的地方。"阿夫塞背对着陌生人大声说。即使只听到自己的声音也让他感到很安慰。声音毕竟表示,除了寒风的呼啸,这儿还有温暖和生命,"一座用死人骨头构成的建筑。"长年累月风吹雨淋,球体里面的颅骨逐渐变暗,成了深棕色。但已故的皮罗恩图的颅骨却一眼就能看出来:它比所有颅骨都白。

阿夫塞弯下腰,把星盘放在颅骨球体悬空部分的下面,正对着皮罗恩图颅骨的鼻口。他有点不自在地站起来,透过她的颅骨缝隙,看了看这个他童年时代起就珍藏着的铜盘。陌生人沉默了几下心跳的时间。

"这些骨头都是已故的狩猎队长的。"她终于开口了,"这儿安息着每个人的狩猎之魂。"

他转身对着她,"狩猎之魂？那只是神话啊。"

"你太无知了。"陌生人张开手臂,"我能听见他们。"她闭上双眼,"他们是爱尔博-司达尔克和托尔-迪普拉、萨尔-克里姆森、司嘉利和霍德-玛拉特。还有滑皮-克里姆森和托尔-卡特克特。以及我的前任德姆-皮罗恩图。"

阿夫塞甩甩尾巴,他明白了,"你就是新任狩猎队长?"

"是的。"她的声音像玻璃一样纯净,"我的名字叫杰尔-特特克丝。"

"很荣幸见到你。"

夜色越来越浓,周围的一切如梦如幻。虽然看不出杰尔-特特克丝的黑眼睛到底在朝哪儿看,阿夫塞仍然感到很不舒服,觉得自己被对方彻彻底底地审视了一遍。从头部到脚爪,从鼻口到尾巴尖。然后,杰尔-特特克丝说话了,"唔。你说说看,什么是狩猎?"

阿夫塞记不起《狩猎宝典》上是怎么说的了,但还是根据自己的理解给出了适当的解释。"狩猎是一种仪式,它能净化仇恨和残暴的情绪;同时,狩猎也是一种为自给自足生活做出的努力;还有,这种活动,能使我们充分感受兄弟情谊和团队合作精神。"

"那么,谁是最伟大的猎人?"

阿夫塞扭动着尾巴。这个问题有点刁钻。狩猎创始人有五个,选择任何一个都可能亵渎圣人。虽然对狩猎的宗教崇拜几乎没有了,但人们仍然对这五个人充满敬意。鲁巴尔的这一支现在仍有很多追随者。许多不太清楚内幕的人都把对"五大创始猎人"的崇拜和鲁巴尔崇拜混为一谈。如果必须挑一个的话——阿夫塞突然有了主意："喏，你，杰尔-特特克丝，皇家狩猎队队长。你是最伟大的猎人。"

阿夫塞看见特特克丝的下颚动了一下，但风声太大，听不清楚她是不是觉得好笑，磕了磕牙。

"你这样的马屁精在王宫里会大有出息的。"她说，"但是你错了。最伟大的猎人是就要出现的那个人。正如鲁巴尔的预言，这个猎人将比我伟大，他是一位雄性——是的，雄性——他将带领你们进行最伟大的狩猎。"

阿夫塞以前听说过这个故事。他尴尬地用尾巴抽打了自己一下，责备自己没有及时记起来。"是的，"他说，"是那个人。"

特特克丝好像满意了。她朝着阿夫塞轻轻地点了点头，"那么你是——?"

"阿夫塞，来自卡罗部族，在阿杰图勒尔省。我到这儿来学习占星术，是塔科-萨理德的学徒。"

"那你为什么要爬'猎人圣坛'? 你到这儿来干什么?"

"我想参加下一轮狩猎。"

"你说你叫阿夫塞?"她脸上毫无表情，"是迪博王子的朋友，对吗?"

"是的。"

"今天早些时候迪博上来过。他带的礼物是宝石。"阿夫塞很高兴他的朋友已经来过了，"迪博很有钱。"

"更不用说还很有影响力。"特特克丝说,"因为他,你们已经被排到了前面。"

"太好了——"

寒风尖啸,但她刺耳的声音压过了呼啸的风声:"小家伙,你真的相信如果在狩猎中遇到什么危险,王子的威力可以保护你吗?"

阿夫塞沉默了。

"看看这儿!"她指着那些飘浮在空中的颅骨,"他们都是伟大的猎人,有上千日的狩猎经验。但他们却在狩猎中死去了。有些人整个儿被野兽吞没,甚至找不到他们的颅骨,没法纪念他们。"

阿夫塞挺直身体,"我不害怕。"

"年轻人,害怕很有用。害怕是老师。那些不知道什么时候该害怕的人最后都死了。"

阿夫塞有些些糊涂。"我不害怕。"他又说了一遍。

"你撒谎!"特特克丝厉声说。天完全黑下来了,从阿夫塞鼻口的颜色看不出他是不是在说谎。

"我不怕狩猎。"阿夫塞强作镇定。他的尾巴在凹凸不平的灰色岩石间不自在地抽动着。

"你怕我吗?"特特克丝问。

阿夫塞很不服气,"不。"

特特克丝突然动了起来,黑色身影在夜色中模模糊糊地一晃。

阿夫塞本能地张开爪子:因为她向他冲过来了—— 一头昆特格利欧恐龙向另一头昆特格利欧恐龙发起进攻。他不知该怎么办;同类之间通常是不会相互攻击的,但是强大的本能使他不再犹豫。他迅速扑向左边,躲避和她身体的直接冲撞。她的体积足有他的两倍!

但特特克丝没有直冲过来,她绕着圈旋转着,呼呼生风。突然,她一把抓住阿夫塞的手臂,把他抛向空中。

他重重地摔倒在身边的骨头柱子上,满嘴都是咸丝丝的血。阿夫塞想,书上写得对,地盘争斗的本能是无法消除的。他向前一跃,手臂伸出,爪子张开,嘴巴也张得大大的。

特特克丝迎头撞上来,肌肉发达的腿支撑着她庞大的身躯。他们扭斗在一起。

阿夫塞仰面朝天摔倒在地,尾巴歪在一旁,这种姿势对恐龙来说是最痛苦的。

特特克丝用她三只爪趾的脚猛地踩在他的胸口上,使他动弹不得。她的脚趾弯曲着,尖爪刺破了他胸部的皮肤,他顿时感到一阵钻心的疼痛。

两人这样僵持了足有五下心跳的时间,寒风在他们身边呼啸而过。终于,特特克丝说话了:"你现在怕我了吗,占星师?"

阿夫塞的眼睛羞愧地眯成了一条缝,用低得几乎听不到的声音说:"怕。"

特特克丝松开她的脚爪。令阿夫塞吃惊的是,她弯下腰,伸出一只手帮他站了起来。"很好。"她说,"要学会倾听内心的恐惧。只有这样,你才能活下来。"

特特克丝向阿夫塞点点头,他感到他们之间已经有了一种本能的沟通。她抬头看着天上的星星,看着那颗冉冉升起的"先知(猎人)","我们明天天亮时出发。"

第七章

走在最前面的特特克丝突然停步,周围是齐胸高的杂草。在她身后十步远的阿夫塞也停住脚步。迪博在阿夫塞后面,他继续往前走了一步才发现有情况,于是也停了下来。

特特克丝举起右臂,五个指爪张开,爪尖收起。用猎人的话来说,这个手势就是:发现猎物踪迹。

阿夫塞很惊讶,猎物的行踪是怎么暴露的? 脚印? 被踩踏的植物? 风把它们身上的味道吹过来了? 不管是什么,总之发现它们了,他感到自己的心提到了嗓子眼儿。

除了阿夫塞、迪博和特特克丝,这支猎队另外还有六人。三个是老手,体积都比阿夫塞大一半。另外三个也是第一次狩猎。

阿夫塞一直没有和迪博谈过在圣坛遇到特特克丝的事,但他对这个胖王子的敬意大大增加了。因为他知道,王子也同样经历了攀爬的辛苦，以及看到死人骨头的恐惧。

特特克丝握紧中间几个指爪。第一指和第五指摊开，尽量伸长。这个手势的意思是："雷兽"！

雷兽！没有比它更美味的猎物了。只见特特克丝转了转手腕，然后停下。一次，两次，三次。每次转动都表示雷兽体积上的增加：体积小、体积中等、体积庞大。这个大家伙足够让整个皇宫的人饱餐一顿了。

阿夫塞听见迪博在高兴地磕牙。

特特克丝转到右面，开始在杂草丛生的地上缓缓挪动。那三个有经验的猎手立即紧紧跟了上去。阿夫塞、迪博和另外三个新手犹豫了一下，也一个个蹑手蹑脚地跟在后面。

这儿的地势和"陆地"上——除玛尔图勒尔省以外——的其他地方一样，山峦重叠。到处都是凸起的岩石。猎队朝山坡上走去。到这时，就连阿夫塞也能发现猎物经过的痕迹了。长长的杂草不只是被压塌，很多地方都被碾碎了；嚼得稀烂的果子扔得到处都是。

大家全都兴奋起来。阿夫塞又闻到了昨天从特特克丝身上散发出来的那股味道，可能那就是大伙儿兴奋的原因。猎队里雌性稀少。她们的身体一直很热，通常是最理想的猎队队长。她们散发出的那种特别的体香能唤起猎队成员休眠已久的动物本能，使他们头脑清醒，为即将到来的战斗做好准备。

太阳很小,发着耀眼的白光,直射在他们身上。经验丰富的几个猎手悄悄朝前移动,声音比沙沙的风声还轻。虽然阿夫塞他们弄出的声响稍大一些,但毕竟受过一千日的狩猎训练,这时候总算派上了用场。猎物没有被惊动。

阿夫塞感到自己的垂肉在微风中不停摇摆,驱散热量。他把尾巴抬高了点,使它完全暴露在空气中。往前,再往前,爬上山,又下到山的另一面。他们就这样跟着雷兽的足迹不停地走。

特特克丝一直走在最前面。终于,她又举起手臂。这一次爪子全都张开了。阿夫塞怎么也想不起这个手势的含义。低头一看,这才发现自己的爪子也张开了。大家都很激动,他想。爪子张开只是本能的动作。

特特克丝等了几下心跳的时间,也许是要确信每个人都注意到了,这才用中爪和拇爪搭成一个圆圈,意思是:我看见它了。

阿夫塞发现他后面的迪博向前急冲了一步,立即又停住了。他是想冲上去看看他们的猎物。幸好受过的训练使他冷静下来,没有被猎物觉察到。

特特克丝的两只手臂都举了起来,双掌张开。两只手掌上的每一个指爪都代表一个猎队成员:有经验的那几个猎人用左掌代替,几个新手用右掌代替。通过伸出不同的指爪,特特克丝可以指挥每一位队员。这时,她举起左掌的第一根指爪,指了指离她三十步远的地方。体积最大的那个有经验的猎手朝那里挪了过去。她

57

又用同样的办法安排了另外两个有经验的猎手。

然后,她举起右掌的第一个指爪,示意迪博到最东边的那个位置。迪博摇摆着朝那儿挪去。随后,她再命令两个新手——都是雌性——沿着坡脊到那边半山腰去。只剩下阿夫塞了。特特克丝让他留在自己身边,阿夫塞很高兴。

阿夫塞拨开杂草。从这儿,他可以看到整个山谷,看到发生的一切。

雷兽:山一样高大;棕色皮肤,宽大的背部满是蓝色斑点;巨大而顾长的脖颈;小得滑稽的头;柱子般粗壮的腿;摆动起来呼呼生风的尾巴。

真是个大家伙!仅仅肩部就有阿夫塞身体的八倍高。它现在正伸出长在颈部末端的脑袋,悠闲地吃着哈玛塔加树上的叶子。这家伙完全站直了,到脖子的顶端足有阿夫塞的二十倍。尾巴的长度有四十步。

雷兽还没有看见他们。它把脑袋深深埋进一棵大树的顶部,树叶唰唰地往下掉。这些巨兽大部分醒着的时间都在不停地吃。它们用小钉般的牙齿啃下大量植物,吞进狭窄的喉咙,经过长长的脖颈,到达那"隆隆"作响的肠胃。

雷兽正处于最易受攻击的位置。它在周长数十步的一圈稀疏的树林间走动着。哈玛塔加树没有树枝,树干呈纯白色,只在树的顶部有树叶。这些树分布很均匀,恰好排成一个天然围栏。雷兽那由粗渐细的尾巴伸得笔直,毫无遮拦。

　　特特克丝左右看看,审视了一下她的猎队。然后举起手臂,很快做了一个向下砍的手势,意思是马上攻击。

　　没有必要埋伏了。要从山谷中出来,唯一的路径是退到山腰。而这正是这九个昆特格利欧恐龙冲过来的方向。特特克丝突然从胸腔发出一声怒吼,猛地冲了出去,背部几乎和地面平行,尾巴在后面飞扬起来。

　　阿夫塞也跟着冲了出去,兴奋地吼叫着。其他七个昆特格利欧恐龙也冲过来了,霎时间一片地动山摇。

　　雷兽的头埋在树叶当中,不能及时察觉周围的声响。这为他们的攻击赢得了时间。

　　这家伙的长脖子四下摇动着,小脑袋笨拙而缓慢地转向这九个朝它猛扑过来的小动物。这畜生全身上下显得最聪明的地方就是它的黑眼睛,阿夫塞现在看得很清楚,这双眼睛惊恐地睁得大大的。它开始奔逃,每一步都震得大地剧烈颤抖。阿夫塞从自己的肩头看过去,看见了迪博。因为一直保持奔跑的姿势,胖迪博的肚子把地上的尘土都蹭干净了,臀部也高高抬起。

　　特特克丝第一个抓住雷兽。她跳上它后腿前面的右胁腹。钢锥般的爪子扎进那山一样庞大的腹部。血水顿时如小溪般涌出,流过巨兽浅棕色的皮肤。另一个经验丰富的猎手快步越过阿夫塞,飞快地赶了上去。随后,阿夫塞也扑向巨兽,向它的胁腹狠狠咬去。但接下来的情景让他惊呆了——

——他的做法太愚蠢了。突然间,他发现一堵棕色的墙向他飞掠过来,发出"嗖嗖"的声音,撕裂了空气。是雷兽的尾巴,足有半个阿夫塞那么宽,朝他横扫过来。他掉头就跑,企图躲开这致命的一击。可他还是被擦了一下。顿时,他感到肺部被猛地一撞,差点窒息。

阿夫塞眼前金星直冒,感到自己被高高地抬起,巨兽的尾巴扫得他飘了起来。几下心跳过后,他发现自己的身体离地面已经很远很远。他本能地张开手臂蒙住脸。转眼间,他的身体重重地朝地上摔去——

上帝救我呀!

——他眼前一片漆黑。

全身剧痛。他躺在灌木丛中,荆棘刮刺着他的皮肤。他的右腿受了伤,刚才全身的重量都压在那条腿上。

现在他离雷兽只有三十步。这头庞然大物不停地用尾巴拍打着身体的一侧,试图赶跑紧紧攀在上面、相比之下小得可怜的特特克丝。几个猎队队员攀在雷兽的另一侧,将大块大块的皮肉从它身上撕咬下来,就连胖迪博也在狠咬巨兽的右后足踝。

看在先知的分上,真是一头巨兽!阿夫塞以前从不知道雷兽会有这么庞大。干吗非咬死它不可?不如只咬下一点肉就算了。

不,阿夫塞想。他不能在第一次狩猎时失败。决不能。他身体前倾,调整成奔跑的姿势,重新朝巨兽冲去。

地上淌满了血。但这个大家伙仍然精神十足,保持着格斗姿势。它的腹部已被撕开,但内脏似乎完好无损。

雷兽的尾巴又开始急速挥动起来。有一个新手——好像是叫普鲁德？——像阿夫塞刚才一样被打得飞了起来。但普鲁德遭到的这一击更重,更凶狠。重击声甚至盖过了阿夫塞奔跑的脚步声。只听得普鲁德的骨头发出一阵碎裂的噼啪声,被雷兽尾巴当场打死。一会儿过后,他的尸体才"砰"的一声,落到远处的岩石上。

*我决不退缩。*阿夫塞咬紧牙关,锯齿状的尖牙交错排列。*我决不当逃兵。*

巨兽抬起右前脚。一个老猎人正打算进攻它肩膀下的软肉,但巨兽有着五个坚硬爪子的脚掌猛地朝她压来。它的脚掌呈圆形,巨大的圆形阴影罩住了那个倒霉的昆特格利欧恐龙,要将她一脚踩死。猎人慌忙逃跑,但巨兽的腿像巨大的铁锤似的砸了下来。它没有踩中她的身体,却踏住了她的尾巴。即使在远处,阿夫塞也能听见尾骨被砸碎的噼啪声。那个昆特格利欧恐龙的双腿顿时被绊住了,"砰"的一声,面朝下倒在地上。雷兽还不尽兴,又抬起它的左前脚,准备对倒在地上的猎人做致命一击,结果她的性命。

就在这时,胖迪博突然冲了过来,嘴上还沾着几根芦苇一样的东西,那是从雷兽脚踝上咬下来的筋腱。他啐掉筋腱,狠狠一口,咬断了倒地猎人的尾巴。

雷兽的大脚狠狠地朝迪博踩去,顿时泥土四溅。尘埃落定时,阿夫塞只见刚才尾巴被钉住的猎人已经退到了几十步以外的安全处,残肢上淌着鲜血。迪博也逃脱了这致命的一脚。

雷兽气急败坏。现在,阿夫塞靠近了它,非常近。

攻击的时候,多想想那些使你愤怒的东西。特特克丝在狩猎前曾这样告诫过他。

萨理德。阿夫塞深深地吸了口气。想想可怕的塔科-萨理德吧。

他把双腿缩到身体下面,使尽全身力气向巨兽冲去。跃向空中时,地上的草皮都被掀得飞了起来。

阿夫塞重重地撞上了巨兽的右前腿,就在膝盖上面。他尝到了自己流出的血。他抓爬着,想用爪子挖出可以攀附的地方,尽可能高地登上这个庞然大物的巨腿。巨兽的皮肤很硬,他不得不用爪子刺穿它。他爬上去了。

巨兽明显觉察到这个进攻者有点不同。它身体一掀,人立起来。

阿夫塞听说过雷兽有这种本事,特别是前腿可以靠在树上保持平衡,这样可以吃到那些长得极高的植物。出于保命的本能,这家伙在前腿没有任何支撑的情况下也拼命地做出了这个动作。巨兽的躯体在空中立起的时候,阿夫塞能感到气流掠过身体带来的呼呼风声。

阿夫塞拼命稳住自己,死死抓牢巨兽的皮肤,不让自己掉下去。他相信对手这种半直立的姿势不可能保持太久,因为它的尾巴压在下面,几乎被弯成了一个直角。

然而,这是多么可怕的一刻啊……

终于,巨兽的上半身坍塌下来,前腿把地上的污泥溅得到处都是。透过它的肩膀,阿夫塞看到特特克丝和其他两个猎人被震倒在一旁,其中一个好像再也站不起来了。阿夫塞看了看身下的巨兽。它的肉在他面前展开,像一堵墙。终于,他爬到了它的肩部。

巨兽的长脖颈在阿夫塞眼前急速扭曲着,朝空中伸出去,像一条巨大的棕蛇,足有阿夫塞身高的十二倍。他向后看了一眼。只见特特克丝队长再次跳到巨兽身侧,在它粗糙的皮肤上撕咬了一个大洞,抓出了它的肠子。巨兽疯了似的猛烈摇晃着尾巴,把猎人们甩得远远的。阿夫塞感到身体下巨兽那山一样厚实的肌肉随着它的每一次呼吸不断地伸缩。

突然,巨兽又开始剧烈摇动起来,震得阿夫塞几乎呕吐。巨兽耸起双肩,差点把他甩下去。这家伙一阵狂奔,觅路逃生。

四周的大树限制了它的行动,但它还是在树丛中发现了一条路。它向前奔去,阿夫塞能感到身体下巨兽的肌肉在扭动。一旦让它走出这片树林,它就会躺下打滚,把特特克丝和其他猎人碾得粉碎。

阿夫塞又一次想起了他那位讨厌的老师萨理德,顿时勇气倍增,热血奔涌。他伸开手臂,把爪子深深挖进雷兽长脖子的底部。但他的手臂只能围住脖子的很小一部分。他于是直立起来,让脚爪也抠进雷兽的身体,这样能使手臂伸得更远。然后,他再次直立起来。

现在,他已经离开巨兽的肩部,到了颈部——

阿夫塞的脚爪再次向下抓去,借力把自己沿着巨兽的脖子向前推得更远一些。为了找到立足点,他的双脚把巨兽的硬皮撕得稀烂。

一次。

再一次。

阿夫塞感到厚皮下面巨兽的脉搏在急速跳动。他在它的脖颈上又往前跳了一次,再次直立起来,身子剧烈地晃动着。

巨兽就要冲到空旷地带了。一路上,身边的小树干稀里哗啦直往下倒。

阿夫塞朝前跳一次,又跳一次,再跳一次。他不敢朝下看,不敢知道他现在在多高的地方!

长脖颈在逐渐变细;现在阿夫塞的手臂已经能围住它的一半。但巨兽的小脑袋仍然在他的前面远远地立着,那个高度令人头晕目眩。他的爬行更加艰难了。

　　突然,雷兽摆脱了树丛的约束,把脖子弯成一个大大的弓形。现在阿夫塞不得不往下看。他惊叫起来。地面离他太远了,模模糊糊地在他眼前掠过,凉风拍打着他的身体。他继续爬着,抓着。雷兽那巨蛇般粗长的脖子被阿夫塞的爪子撕得稀烂,伤口血流如注。鲜血使得阿夫塞脚爪下的摩擦力减小,往前攀爬更困难了。

　　巨兽的长脖子猛然一低。地面顿时变大。紧接着它的脖子又扬起来。阿夫塞的耳朵被震得“嗡”的一声。但他不管不顾,继续向前攀爬。

　　长脖子再一次猛然垂下,耳部又是一阵痛苦的嗡嗡声:巨兽的长脖颈不断垂下扬起,阿夫塞只觉得天旋地转,天旋地转……

　　左手指爪的爪尖已经能触到右手爪尖,可以完全兜住巨兽的脖子了。

　　长脖颈突然朝左边急速摆去,隐约可见巨兽那棕蓝色的腹部。阿夫塞眼看就要夹在肋腹部和甩过来的脖颈之间,被压成肉饼。但长脖颈再也弯不过来了。它又摆回到右边,弯弯曲曲地向前伸,想把阿夫塞抛到空中。

　　阿夫塞逼近雷兽的头部。巨兽头部左右摇晃的时候,他能清楚地看见那方形的鼻口。还有比阿夫塞的拳头还大的黑黑的眼睛,时开时闭。就在这时,雷兽突然嘶叫起来,显然特特克丝又在下面攻击它了。雷兽从喉咙处爆发出一阵又一阵低吼,脖子随着吼声不断起伏。阿夫塞趁机向前一跃,到了脖子的末端。和它那硕大的身躯相比,巨兽的头真是小得滑稽,比阿夫塞的身体还小。它就在他面前,满是皱纹。鼻孔高高地翘在眼睛之间的穹形骨头上,呈喇叭形。嘴巴因为吼叫张得大大的,露出粉红色的肉和钢锥般的牙齿。

阿夫塞双爪略松,让自己的身体滑到长脖颈的下面。他竭力把下颚张到极限,连颚骨都"啪啪"地响起来。然后,阿夫塞拼尽全身力气,向巨兽脖子下的软肉大口咬去。雷兽上气不接下气地喘着。阿夫塞继续疯狂地咬啮,一次又一次,直到咬穿巨兽脖子下面最薄的那层皮肉。鲜血从巨大的伤口喷涌而出。咬一大口,再一大口,又一大口。他感到了从血口喷出的热气,那是从巨兽身体下面很远处的肺里吼叫出来的。

阿夫塞伸长脖子,只见巨兽的鼻孔已停止翕动,黑眼睛也闭上了,等待着最后时刻的到来。

突然,巨兽的脖子软了下来,像一棵巨大而柔软的树干,带着一阵疾风,猛然朝地面倒下去。

为了不被巨兽的身体压碎,阿夫塞跳了下来,但还是被它的脖子击中了。他感到自己被挑向空中,一阵雷鸣般的巨大响声之后,重新摔落在地。他失去了知觉。

第八章

　　"小家伙怎样了?"塔科–萨理德看着昏迷不醒的阿夫塞,声音中并没有流露出特别的关心。阿夫塞面朝下趴在一张大理石手术桌上,头部朝前伸出,下颚底部靠在冰冷的石头上。

　　首都的居民都跑出去享用狩猎的战利品——他们中大多数人从没见过这么多雷兽肉。但萨理德没去。大家都觉得,他留下来不是因为牵挂受伤的弟子,而是年龄太老,体积太大,行动不方便,已经不能为了这一顿肉走太远。但不管怎么说,他还是来了,到了医院。在这里,那些受过医学训练的人正竭尽全力为受伤的猎人们医治伤痛。那天的狩猎真是异常惨烈。

　　不幸的是,他们能做的很有限。喏,他们用清水擦洗伤口,用皮革包扎撕裂的皮肉,用夹板固定折断的骨头,用螺旋锯锯下毁损的残肢,使之可以再生。锯子不同于鲍尔–坎杜尔用的切肉刀,切割的时候会把伤口紧紧堵上，以封闭血管。只要有一处小小的断裂，昆特格利欧恐龙就会流血致死。

不过，除了全身青肿，加上一些很小的伤口之外，阿夫塞的四肢完好无损。他的伤在内部器官，从头部到躯体，许多器官都受到了损伤。据说某种植物的汁液可以预防感染，还听说在嘴里衔一棵玛卡鲁布草根能抑制呕吐，又有人说一些蜥蜴身上的毒液如果使用得当可以消除疼痛。但是，要唤醒一个昏迷中的恐龙，一个不断从右耳洞流出一勺勺鲜血的恐龙，一个现在只能微弱呼吸的恐龙——对医生或祭司来说可真是一件力所不及的事。

萨理德掉转满是皱纹的鼻口，目光从阿夫塞身上转向达尔-蒙达尔克医生。

蒙达尔克似乎陷入了沉思。他的下颚前后晃动着，尖尖的牙齿相互磕击，发出一阵清晰的响声。过了好一会儿，他才开口回答萨理德："从狩猎场抬回来之后，他一直昏迷不醒，他的肩膀被撞得很厉害——看到这儿的青肿了吗？——我们已经把他的肩胛骨复位了。但头部这一侧的伤势仍然很重。我们还在他的脑门上敷了一些哈玛塔加叶子。那东西，用二十次大概有一次能起作用，到现在还没有反应。"

要说昆特格利欧恐龙的身体构造，蒙达尔克比任何人都了解。几千日来，他一直在解剖恐龙尸体，试图了解每一个器官的作用；如何工作；为什么残肢可以再生，眼睛之类器官却不能；血液的用处是什么,等等。

医院的房间里都有烧煤的铸铁炉子,屋里很热。只要身体暖和起来,新陈代谢过程就会加快,治愈伤痛的速度也就比平常快些。足有几下心跳的时间,屋里只能听见火焰的噼啪声。最后,蒙达尔克又继续说下去。看样子他好像很犹豫,不知是不是应该说出自己的想法。他歪着头,说:"高级祭司耶纳尔博在这儿。王子迪博是和阿夫塞一块儿进来的,然后出去了,说马上就回来;连那个瘦高个的宫廷屠夫坎杜尔——是叫这个名字吧?——也在这里。因为阿夫塞的缘故,我们这里真是蓬荜生辉。这个为女王观察星星的年轻人为什么如此重要?"

耶纳尔博俯身看着阿夫塞,用平日精心保养的指爪刺破了阿夫塞左耳洞上方的皮肤,刺了一个漩涡图案。接着,他给图案涂上紫黑色的颜料,形成猎人的纹饰。通常只有高级祭司的家庭成员才会由他亲自刺纹饰,但耶纳尔博一定觉得对阿夫塞的受伤负有一定责任。如果阿夫塞没有活下来,至少他会带着一个通过仪式的纹饰进入天国。

萨理德皱着眉头,好像觉得蒙达尔克的问题让人反感。"阿夫塞是我的学徒。"他最后说,"他有——有卓越的思想,是一个少见的天才。"

"根据他今天的出色表现,"蒙达尔克说,"可以预见,他一定会成为一个伟大的猎手。"

"不。"萨理德一字一句地说,"不,这是他第一次、也是最后一次狩猎。他的思想太敏捷,太有价值,不能浪费在虐杀牲畜这种事情上。"

"但我们需要食物。"

"我们需要很多东西,不只是新鲜肉食。如果我们——"萨理德停了一会儿。

蒙达尔克轻轻地张开嘴,做了个询问的姿势。

萨理德明显感到自己应该再说点什么。他终于说道:"我们会面临艰难时期,大夫。实实在在的艰难时期。"

蒙达尔克的尾巴来回摆动着。因为恐惧,他的爪子张开了。"星星显示出我们的命运,而你能读懂天上的预兆!"

耶纳尔博的视线从阿夫塞转向占星师。萨理德闭上双眼,他显然感到不舒服。或许是这个医生太了解他,太清楚他的意思了。但也可能他根本不知道他刚才说了什么。

过了一会儿,萨理德轻轻磕着他的牙齿。"你也许误解我了。"他说,"我是一个占星师,但并不是说,我的话都是上帝的启示。也许我只是想表达一个简单的意思。那就是,作为恐龙,我们的进步取决于下一代是否有敏锐的思想。"

蒙达尔克似乎还想说点什么。但就在这时,俯卧在他们面前的阿夫塞发出一声低低的呻吟,声音是从胸腔深处而不是喉咙里传出的。耶纳尔博马上移开。医生靠上前去,把自己的耳洞贴近阿夫塞的胸部。

"怎么样？"萨理德急切地问。

"他的心跳更稳定了。"蒙达尔克把手掌放在阿夫塞的前额上，"体温已经高于周围的温度，这意味着他体内的新陈代谢已经加强。"他叫道，"帕特尔，拿几碗血来！"

蒙达尔克的医疗队训练有素。不一会儿，一个小伙子端着一个浅盘走进来，上面放满了用黏土做的半球形碗，碗里是红色的液体。从身量上看，帕特尔的年龄和阿夫塞差不多。他把盘子放在桌上，端起一碗走向阿夫塞。他扳开阿夫塞的下颚，把血水注入他短短的鼻口，让血顺着喉咙流了下去。

蒙达尔克离开大理石手术桌，示意萨理德和耶纳尔博跟他过来。他轻声说："动物的血液能够使他不再脱水。还有，血的味道通常能够唤醒病人。他现在正在努力恢复意识。"

帕特尔给阿夫塞灌了三碗血水，很多血水从张开的鼻口溢出来，在手术桌上流了一大摊。突然，阿夫塞咳出一口血水。帕特尔立即停住不灌，把阿夫塞的头转向一侧，让他直接把血水吐在桌子上。

"他快醒了？"耶纳尔博问。

蒙达尔克弯下身子，紧紧抓住阿夫塞的肩膀。萨理德惊讶地眨着瞬膜。"身体接触常常可以产生反应。"蒙达尔克抱歉地说。

但阿夫塞的咳嗽很快停止了。蒙达尔克轻轻摇晃着他，没用。

医生轻声命令道:"草根。"

"他不行了?"萨理德问。

蒙达尔克的回答直截了当:"我不知道。"

突然,屋里响起另一个声音:"你要救活他,蒙达尔克。"

大家转过头来。"迪博王子——"所有人都向他行让步礼。

"我说过我会回来的。"迪博说,他看了看耶纳尔博,"很高兴你能来。"他说,又转向萨理德,"很高兴你也在这里,占星师。"

萨理德似乎有些不自在,很快朝门口走去。他朝蒙达尔克行了个让步礼。"你把他照顾得很好,非常感谢。"然后又不假思索地加了一句,"哦,还有,请不要对阿夫塞说我来过。"说完,老占星师急匆匆穿过走廊,完全不像一个身体庞大、上了年纪的老人。

"你采取了什么治疗措施,大夫?"迪博问。

"能做的都做了。"蒙达尔克道。

迪博又转向耶纳尔博,"你呢?"

"我做了我能想到的所有祈祷。"高级祭司说。

迪博摇摇摆摆地走向手术桌,"那么,让我来试试吧。"

黑暗中……

有一种声音。

音乐?

是的,音乐。是一首民歌,《拉斯克的远航》。

如此美妙,如此迷人……

他朝东方航行。

河水拍打他的船沿。

终于,

一阵和风,

从波浪间升起。

音乐响起来了。

不要睡觉。

别睡,快醒过来!

但黑暗是如此温暖,如此诱人……

不能陷进去。

醒来! 回到光明中来。

真难啊,就像要没有茸角的婴儿冲开蛋壳。

还是睡吧,放松,休息。

太累了。

不……

不!

他努力睁开眼睑。光线透过内瞬膜射了进来。努力,再努

力:把眼睛睁开。

音乐多美啊!

"迪……博……"

王子停止了歌唱,高兴地把尾巴撞得砰砰响。"阿夫塞,你的耳洞塞住了吗?我知道你不会离开我们的。"

阿夫塞虚弱地磕了磕牙,"把这支歌唱完吧。"

迪博把身体倚在尾巴上。歌声又响起来了。

第九章

阿夫塞和迪博漫步在首都的卵石大街上。

"你太棒了!"阿夫塞微微鞠了一躬,"我只是做了当时唯一能做的事。"

"简直不可思议! 全城的人都在谈论这件事。从来没有人在第一次狩猎中就表现出这么高超的技巧。"

"你也很棒。"

"对了,那个瘦高个的宫廷屠夫——叫什么名字来着?"

"鲍尔-坎杜尔。"

"坎杜尔,是的。他每次给我带食物来的时候都要问那次狩猎的事。听他讲话很好玩。他在我面前一向拘谨,但这次却禁不住老是想打听一些你杀死雷兽的细节。他说要是能亲眼看见当时的场面就好了。我一次次地给他讲,你怎样跳上那个大家伙,怎样攀上它那摇摆不定、长得没有尽头的脖子,怎样终于撕开了雷兽的喉咙。他喜欢这个故事!"

"可能会有点添油加醋吧。"阿夫塞轻轻说道。

"不,我没有一点夸大。我们本来是死定了的。"

"唉,"阿夫塞说,"坎杜尔恐怕没有机会参加这种集体狩猎了。毕竟,他的时间大多花在屠杀畜牧场的牲口上,很难见到一场真正的狩猎。我知道大多数人一千日左右只参加一次狩猎。我相信,坎杜尔因为要做宫廷屠夫,参加的次数更少。"

迪博幽默地拍打着肚子,"是啊,这是事实。把我喂饱可真要算是一份全职工作呢。"

阿夫塞磕磕牙,"没错。"

"岂止是坎杜尔觉得你了不起,就连特特克丝也承认,决定进攻这个庞然大物时,她高估了自己的能力。要是我当了国王,我就要你当皇家狩猎队的队长!"

阿夫塞停了下来,下颚张得大大的,"什么?千万别那样——我,我是一个占星师,一个学者。"

迪博也停下脚步,轻声说:"和你开玩笑呢。你被胃里的食草动物撑迷糊了?我知道,星星才是你的最爱;我不会把它们从你身边抢走。"

阿夫塞放心地叹口气,开始往前走,"谢谢。"

"但那真是一场惊心动魄的搏斗……"

"别忘了我差点丧命。"阿夫塞回答说。

"哦，那是，你被摔得够呛。但如果你头一回就这么能干，下一次，即使猎队里一半的人都被击倒了，你照样可以干掉雷兽，不成问题。"

阿夫塞恭顺地磕了磕牙。

微风卷起他们的饰带，不一会儿，他们看到了下面的港口。岸边长着很多杰博克沙加树。这种树特征明显，枝叶全部朝西，这是长期以来风向的单一性造成的。

二十艘船停泊在港口。有的小巧可爱，有的是巨大的货船。"大河"一直延伸到地平线。靠近"陆地"的河水翻卷着碎浪，但远处的"大河"却十分平静。天空是深深的、清晰的紫色，上面飘浮着一缕缕弯曲的云朵。

河岸上有好几种动物。一队角面站在一只货船旁边，品种和阿夫塞从卡罗部族骑过来的角面不同。长角从它们的眼睛和鼻口上伸出，头部后面长着一大块有褶边的骨头，遮住了脖子。在它们附近的是一头被驯化的小雷兽，被当作起重机，长脖颈上悬挂着一个支架，正从一艘三桅船的甲板上搬运一堆东西，看上去像暖气炉。一群翼指在空中打旋，有的还偶尔猛扑下来抓一些东西吃。

首都的商人们挤在一起，全然不顾通常的礼节，向货船上的船长大声呼叫着他们的报价。他们都想弄到来自弗拉图勒尔省最好、最新的紫铜、黄铜器具，以及来自贝尔巴角、打着制作者标记的金手镯和挂件,还有玛尔图勒尔高原上生长的稀有商品、布匹等。

很容易就在一片帆樯林立中找到戴西特尔号,它的四根桅杆——两根在船体前面的左舷,两根在船体后面的右舷——比港口里其他任何船的桅杆都高。

昆特格利欧恐龙的船只通常不太大,一般在沿岸航行,运送货物。阿夫塞记得一个叫嘎拉朵雷特尔的故事,说的是一阵暴风雨把船吹进了"大河"深处,一连几十天都无法到达"陆地",争抢地盘的野兽本能得不到释放,船员们不得不相互残杀,直到全部死去。船上、甲板上摆满了腐烂的昆特格利欧恐龙尸体,一半被翼指吃掉了,另一半被冲回了帕尔鲁德矿业镇附近的河岸。

但戴西特尔号是一只适宜远航的大船。虽然只能容纳三十个人,但它的体积却十分庞大。它有一对船身:像两个巨大的扣结起来的菱形。各单元的空间都尽量做到最大化。对昆特格利欧恐龙来说,身处狭地,没有自己的地盘,肯定是一件不舒服的事。戴西特尔号的四层甲板为每一个乘员都提供了尽可能宽大的空间。从理智上说,每个人都知道船上还有其他同伴。但只要在生理上感到自己是独立的、自由的,那么,相互争斗的兽性本能就可以得到有效克制。

"陆地"在"大河"上漂流着,方向恒定的风不断刮来。戴西特尔号的巨大红帆和风向保持平行,使船身不至于剧烈晃动。这艘船沿着拉斯克先知走过的那条著名航线航行过,所以每面船帆中央都绘着先知的徽记。第一次朝觐之后，他们有了在船帆绘上拉斯克印记的权力；第二次得到的是绘上刻有他名字的古老雕像的权力；第三次以后，戴西特尔号有资格绘上他面对"上帝之脸"时的头部剪影；第四次得到的是朝觐队的饰章。这个朝觐队是拉斯克本人创立的，四次朝觐之后，瓦尔-克尼尔和其他船员都成了这个组织的成员。

"好漂亮的船！"迪博说。

阿夫塞点头同意，"是啊。"

港口传来戴西特尔号独特的鸣响：洪亮的五记钟声和两记鼓声，之后是低沉的五记钟声，两记鼓声。接着又是洪亮的五记钟声和两记鼓声。如此不断地重复。

"这次航行要花很长时间。"迪博说。

"做任何一件有意义的事都要花时间。"阿夫塞说。

迪博看着他，"啊，咱们现在可真的成熟多了。"他幽默地磕磕牙，"是的，我想你是对的。不过长途航行还是太麻烦了。上帝要照顾这个世界，为什么偏偏要到那么遥远的地方去呢？"

"她在保护我们，提防着上游的障碍物，以确保'陆地'安全地漂浮在'大河'上。"

"可我还是想，"迪博说，"她为什么从来不直接到'陆地'上来照看我们？'陆地'上也有很多危险啊。"

"嗯，也许她认为女王已经把人们照顾得够好了。毕竟，上帝的神圣旨意是通过你母亲的统治实现的。"

迪博望着河水,"是的。确实如此。"

"而且总有一天,你会成为国王。"

迪博抬头眺望远处的地平线,恒风拂过他的面庞。他说出了一个字,或者至少阿夫塞认为他说出了一个字。但是风声太大,阿夫塞没听清这个字是什么。

"你害怕了,迪博? 担心你以后要承担的责任?"

迪博的目光转向阿夫塞。胖王子的表情显出少有的严肃,"换了你,你不会害怕吗?"

阿夫塞意识到自己勾起了朋友的烦恼,他不想这样。他轻轻行了一个让步礼,"对不起。反正你母亲的年龄才三千千日左右,还要统治很长时间。"

迪博沉默半晌,"但愿如此。"他说。

迪博是王储,因此被第一个迎上戴西特尔号。船员们"砰砰叭叭"地敲着几块石头,表示对王子的尊敬。阿夫塞只能和其他乘客一道排队上船,但也没有耽搁很长时间。

从码头到戴西特尔号的前甲板有一条木头跳板。阿夫塞肩膀上扛着一包自己的随身衣物,刚要跨上跳板,就听见有人在叫他的名字,声音很低沉。他转过头,吃惊地看到萨理德跟跟跄跄朝他走来。

"老师?"阿夫塞跨下跳板,惊讶地问。

萨理德站在离阿夫塞两步远的地方,身上的蓝绿色绶带一直延伸到臀部。照理说,在公开场合,两人不应该挨得这么近。他把手伸进臀部的一个小口袋里,掏出一个用软皮缠着的小东西。

"阿夫塞,我——"萨理德的模样很不自在。阿夫塞以前从未见到占星师有这种表情。烦躁,有过;愤怒,那是常事。不自在?不安? 从来没有。

"阿夫塞。"萨理德终于又说话了,"我有一个,呃,一个礼物给你。"

他打开皮包的结。里面是一个呈六面体的水晶球。深红色,直径有阿夫塞最长的手指那么长,闪闪发光。

阿夫塞非常惊讶,第一次觉得不知道该怎么办才好。最后,他伸出手接过它,把它举在眼前,对着阳光。水晶球像火一般耀眼。

"太美了。"阿夫塞说,"这是什么?"

"是旅行者水晶,孩子。据说它可以为远航的人带来好运。我——它是我第一次朝觐的时候得到的。"

阿夫塞疑惑地摇摆着尾巴,说:"谢谢您。"

"路上多加小心。"萨理德说。说完,老占星师掉过尾巴,走了。

阿夫塞凝视了一会儿老师的背影,然后朝木头跳板走去。戴西特尔号随着波浪的起伏上下摇动,厚厚的跳板也随之轻轻晃动。他走上甲板。

啊,戴西特尔号!阿夫塞深深地吸了口气。这艘船大名鼎鼎。克尼尔的英雄事迹本身就是一个传奇故事。甚至在遥远的内陆,他的船也是众所周知的。

阿夫塞还不习惯甲板的轻微起伏,不得不倚仗尾巴平衡身体。一个戴红色皮帽的大副——很像那天克尼尔在萨理德办公室时戴的那种帽子——向阿夫塞打着手势,"过来,小伙子。别老站那儿挡道。"

阿夫塞越过肩膀向后望过去,发现有一个人正站在跳板上,很礼貌地停在半路,不想侵占阿夫塞的私人地盘。

阿夫塞对他身后的这个小伙子点点头,"对不起!"然后很快向前走了几步。

大副走近阿夫塞,问道:"你叫什么名字,年轻人?"

"阿夫塞。以前是卡罗部族的,现在在首都。"

"啊,你是萨理德的学徒。你的舱房是后甲板最高的那一间,紧挨舷窗。很容易找,门上刻有五猎手浮雕。"

阿夫塞鞠躬行了一个让步礼,"谢谢。"

"最好把你的行李收拾好,孩子。我们马上就要起航了。你会在门背后看到一张工作表,还有一张祈祷时间安排。我们是去朝觐'上帝之脸',祭祀活动自然会更频繁些。"

"谢谢。"阿夫塞再次表示谢意,然后向前去寻找那扇有五猎手浮雕的门。

　　走在甲板上感觉很不舒服。和所有昆特格利欧恐龙一样，阿夫塞也经历过几次地震。有一次，他亲眼看见一座巨大的建筑物在离他几步远的地方倒塌。起伏不定的甲板使他想起"陆地"的剧烈摇动。他告诫自己，不要走那些没有东西可扶的路面。

　　阿夫塞穿过前后船体的连接处，毫不费劲便找到了自己的舱房。门上五猎手的雕像非常精美。他能想象出当年艺术家们在这扇门上辛苦工作的情景：以前爪为工具，在木板上抓刨雕凿，弄得木屑纷飞。

　　每个猎人都被雕刻得栩栩如生：鲁巴尔是奔跑的姿势，背部与地面平行，尾巴高高扬起；贝尔巴正跃在半空中，手爪脚爪张开；霍格露出尖利的牙齿；卡图的头埋在一具尸体中，尾巴像树干一样立起；梅克特身穿一件祭司大袍，正在张嘴吞咽，口中还露出一只又小又瘦、只有一掌来长的尾巴。阿夫塞迷惑地想，对这样一个伟大的猎人来讲，这顿饭连塞牙缝都不够。

　　还有，看鲁巴尔和卡图的手指，那时的狩猎手势也很奇特：第二和第三根手指的爪子张开，第四和第五根手指摊开，拇指靠在手掌上。

　　阿夫塞记得曾经在其他什么地方见过这种怪异的手势。什么地方？对了，先知毯画。那些奥格塔罗特人，那些魔鬼。

　　真奇怪，阿夫塞想，一艘经常沿先知路线航行的船却雕刻着猎手教派的画像。拉斯克先知早已亲自将这个教派从一个主要的宗教派别废黜为一系列仪式,这些仪式一般只有杰尔–特特克丝这样经常狩猎的人才遵守。看来,戴西特尔号并不仅仅是一艘朝觐船。

舱房很小,有一个工作台,一盏灯,一个储藏槽,一桶装得满满的水,一扇小窗,上面挂着皮窗帘。地板上有足够的睡眠空间。

阿夫塞解开背包,把大部分随身用品放进储藏槽,把星空图、祈祷用书和一些他从萨理德那儿借来阅读的书在桌上放好。最后,将萨理德送给他的旅行者水晶摆放在桌子中间。门背后挂着日常时间安排。给他安排的不算什么重活,只是厨房杂活,还有清扫甲板,等等。他穿过舱房,拉起舷窗上的窗帘,凝视着外面繁忙的甲板。

房门"嘎"的一声开了。阿夫塞的指尖本能地抽动了一下,做出防御的姿势。但他马上意识到不妥,只有皇室成员才能不经招呼径直走进别人的房间。他转过身来,招呼道:"嗨,迪博。"

"嗨,伙计。"

王子把手放在屁股上,审视着这个房间,"还不错。"

"你的房间肯定更大。"

迪博磕着牙,"那当然。"

"我们什么时候起航?"

"马上开船。"迪博说,"所以我来找你。走,咱们到甲板上去。"不等阿夫塞回答,迪博大步跨出房门。阿夫塞想,有的时候,他的举动还真像个王子。阿夫塞跟了出去。迪博虽然很胖,但块头仍然比年老的昆特格利欧恐龙小得多。因此,木甲板并没有因为承受不住他的重量而嘎吱作响。

他们走上斜坡,来到主甲板。船员们正在忙碌着,做开船前的最后准备。瓦尔–克尼尔来回走动。仍然是一张布满疤痕的脸,一条短了一截的尾巴,走路也仍然靠一根拐杖保持平衡。他大声喊叫着下达命令,声音浑厚粗重。"不要超过那条线!""收起缆绳!""保持那面船帆的角度!"在阿夫塞看来,船员们做得井井有条,克尼尔只不过是在发泄自己的焦躁情绪。因为没有尾巴支撑,很多工作他不能亲自做。

最后,克尼尔终于喊出了那条船上每个人都在等待的命令:"起锚!"

五名船员利用滑轮将粗重的金属链锚拉起来。锚一松,阿夫塞便感到船开始移动。船员们继续拉扯金属链条,把一只巨大的五爪锚拉上甲板,溅了一大摊水。

昆特格利欧恐龙们收拾好索具,大船全速向前行驶。阿夫塞注意到,航行的方向不是朝东,而是朝东北。这很自然:大船必须抢风转向,在"大河"上走一段"之"字形路线,先向东北航行,然后再向东南。这样弯来拐去,一步步靠近"上帝之脸"。

快了,阿夫塞想,很快,我就会知道你的秘密了。

第十章

　　航行第一天,阿夫塞整天把自己关在屋子里。透过舷窗,他看见过克尼尔几次。克尼尔的拐杖挂在木地板上,碰得叮当作响。克尼尔经常去尖尖的船头,用十字形的标尺测量角度,确保戴西特尔号航线正确。有一次船长望了一眼阿夫塞,从表情上看,他或许还记得他。阿夫塞并不急于向船长提出自己的要求,这次航行会持续很久——一百三十天左右到达"上帝之脸",在那里停留十天,再用一百一十天返回。他会找到机会的。

　　大船向"大河"上游驶去,"陆地"逐渐变得越来越小。奇马尔火山看起来像昆特格利欧恐龙的牙齿一样参差不齐。

　　很快,"陆地"消失在海平线之下,首都和阿夫塞待过的所有地方都消失不见了,剩下的只有波涛翻滚的湛蓝河水。红色的船帆被恒风鼓得满满的。风势十分强劲,阿夫塞在窗前迎风而立时不得不闭上眼睛。

航行的第一个晚上是偶数晚,阿夫塞通常在这样的晚上睡觉。船上一半的人都被要求在偶数晚睡觉,目的是将船上的乘员——八名船员和二十二名朝觐者——分隔开来。开着舷窗的话,船舱里很凉快,但阿夫塞无法入睡。大船航行时发出的声音,还有持续不断地来回晃动——这一切,对于一个来自卡罗部族的孩子来说实在太陌生了。他面朝下趴在地板上,苦苦等待这漫漫长夜的结束。

上面不时传来敲击声,噼噼啪啪。逐渐变弱,然后又逐渐增强。像木头撞击地板的声音。阿夫塞听出来了:那是船长的拐杖击打着甲板。他好像在走动,一直不停地走。

早晨终于到了。即使在这儿,在大河深处,仍然能听到翼指鸟那预示黎明到来的鸣叫。但这叫声比阿夫塞在"陆地"上听到的更响、更深、更长,应该是大一些的鸟发出来的。阿夫塞舒展一下身子,低声呻吟一声,起床了。

戴西特尔号上的水是足够用的。在船上,吊起一桶桶水再方便不过了。水略略有一点咸,但完全可以用来清洗盐腺。盐腺在眼睛和鼻孔之间。过量的盐分可以通过鼻口两侧张开的小孔排除掉。盐腺是身体各部分唯一需要经常清洗的地方,也是唯一有可能散发出臭味的地方。至于厚厚的、干燥的皮肤,只要清洗掉明显的污迹就行了。阿夫塞洗过盐腺,披上黄棕色的绶带——学徒只能佩戴这种颜色——走出舱房,穿过嘎吱作响的坡道,来到甲板。

太阳从东方海平线上冉冉升起,高高地挂上天空。戴西特尔号的红帆"啪嗒啪嗒"飘动着,仿佛在向黎明致意。

一些船员正忙着撕扯船上的食物。早餐有鱼,以及一些小型水生蜥蜴,它们的身体像鱼一样呈流线型;另外还有几只盘曲在硬壳里的软体动物,一簇簇触须从它们装饰华美的壳里向外伸出。

阿夫塞还不饿,但其他人早就饿了。他们抓扯着可吃的动物,尽量不让它们立即死去,这样吃的时候还可以小小地搏斗一阵。最先送上来的是水生爬行动物。它们背侧的鳍是最好的部分,那儿的肉最厚实,完全没有骨头。一个叫诺尔-甘帕尔的船员抓起一只,左手抓住它长长的、长着牙齿的鼻口,右手拽着尾巴以上的部位。一阵快速啃噬过后,美味可口的鳍就消失得无影无踪了。阿夫塞定睛观察,想看看甘帕尔接下来会不会朝另一块人人都喜欢的部位下手——尾鳍最上的那部分。这也是一块有嚼头的好肉。爬行动物的背部向下弯曲,所以尾巴底部的肌肉最强劲有力。不出所料,甘帕尔果然又把那个部位咬下来了。

阿夫塞穿过连接着戴西特尔号前后两个菱形船体的中间部位。这个部位像一座横跨在小河上的桥。他站在吃水线上,能更加清晰地听到船体摆动的声音。激起的水花溅了他一脸。

在前甲板上,阿夫塞看见了克尼尔。他站在离船头很近的地方，手放在臀部，正伸着脑袋看前面的河水。

阿夫塞尽量靠近克尼尔，接近到大约四步远的地方。阳光下，克尼尔脸上的黄色疤痕看上去颇为凶猛。船长转身看看他，眨了一两下眼睛，然后轻轻点点头。这个动作不是行让步礼。当然，也不是挑战。

受到鼓励的阿夫塞说道："希望您今天有一场成功的狩猎。"

克尼尔又看了看这个小伙子。过了一会儿，他磕了磕牙，"'成功的狩猎'，嗯？在一艘航船上讲这样的话，不太合适吧。"

阿夫塞感到自己的垂肉因尴尬而拉紧了。在这种环境下，这些礼仪性的问候语确实不合时宜，"我的意思是希望您今天过得愉快。"

"有什么东西值得追捕的话就愉快了。肯定会的，年轻人。这一天肯定会过得很不错。"他又回头看着河水，"你叫阿夫杜尔，对吗？"

"阿夫杜尔"的意思是"多肉的腿骨"，而"阿夫塞"的意思是"多肉的股骨"，这个错误可以原谅，阿夫塞这个名字不太常见。

"哦，实际上，应该是阿夫塞。"

"阿夫塞。对，萨理德的学徒。希望你比你的那些前任坚持得久一些。"

"已经是这样了。"阿夫塞立即后悔不该这样说；这句话听起来太沾沾自喜了。但克尼尔似乎并不在意，"你的老师和我认识很长时间了,孩子。我们是育婴堂的同学。但他从不像你这样瘦得皮包骨头。对了,你这么单薄的人为什么要取'阿夫塞'这个名字?"

"名字不是我自己取的。"

"对,当然不是。不管怎么说。谢谢你的问候。也希望你狩猎成功,年轻的阿夫塞——无论你追捕的是什么。"

"事实上,先生,我正想找一件东西。"

"是吗?"

"望远器,先生——"

"望远器?"

"是的。您还记得吗? 您那天把它带到萨理德的办公室,我看见了。"

"对。"克尼尔摆动着尾巴,"萨理德认为望远器对他的研究没有帮助。他会同意你用它吗?"

阿夫塞有些垂头丧气,"哦,不,先生,他不会同意。提出这么冒昧的请求,非常对不起。"他转身要走。

"等等,尊敬的股骨。我很乐意让你使用望远器。"

"您乐意? 为什么?"

"为什么?"克尼尔高兴地磕着牙,"唯一的原因就是萨理德不同意。到我房间里来,孩子。"

第十一章

    望远器奇妙极了。白天的时候,阿夫塞用它观察过戴西特尔号的索具,发现老戴斯-卡图德正在前桅上端的那个小吊桶里舒服地打盹。他的工作本来是在那里瞭望——阿夫塞不知道到底瞭望什么,但克尼尔船长坚持认为一定得有个人白天黑夜地守在瞭望岗上。阿夫塞知道,有人抱怨克尼尔太沉迷于观察河水。不少船员认为,观察河水完全是浪费时间。卡图德显然是其中之一,所以他才利用这段安静的时间,在温暖的阳光下休息。阿夫塞很惊讶,待在那么高的桅杆上不断晃动,卡图德的胃居然能浑若无事。

    阿夫塞还用望远器观察了太阳。他不该这样做。太阳闪耀着明亮和炽烈的光。从望远器里看,太阳的射线非常强烈,阿夫塞的眼睛被刺得很痛,接下来一段时间里,眼前始终飘浮着一团黑糊糊的残留影像。

白天的时候，可以观察的东西没多少。他用望远器看了浪头，波涛仿佛突然间靠得很近很近。另外，用望远器的另一端看东西，感觉也很奇怪，就像在从很远的地方看它们。"陆地"多山，平时从来看不了多远，所以这种遥远的感觉很稀奇。阿夫塞从来没有隔这么远距离观察另一头昆特格利欧恐龙。当然，即使用望远器另一端看自己的伙伴，阿夫塞也能分辨出他们谁是谁。迪博那圆胖的身材太特别了，克尼尔船长的断尾巴更显眼，一看就能分辨出来。

在远处的天空中，阿夫塞看到一只巨大的翼指鸟。它的翅膀说不定跟戴西特尔号差不多长，一片褐色，在空中飘飘荡荡。从望远器里看，它似乎永远都在滑翔，随着空气的流动上升或降落。阿夫塞怀疑这个大家伙是否一生都飘在空中，只有在捕捉鱼类和幼蛇时才从低空掠过水面。自由飞翔的翼指吸引了阿夫塞，他跟踪观察，直到它从视线中消失。

四个月亮像苍白的幽灵，出现在紫色的天空中。白天看到几颗星星并不奇怪。阿夫塞把望远器对准其中一个，但在阳光下，影像显得相当模糊。

耐心点。他告诉自己。夜晚总会到来的。

确实如此，夜晚很快降临了。紫色的太阳慢慢胀成一只肥胖的卵，缕缕云朵拂过其间。渐渐地，它滑下海平线。黑暗随即笼罩了天空，几颗星星开始闪烁。阿夫塞知道哪些是恒星，哪些是行星。他选中一颗位于玛塔尔克星座肩部的明亮的恒星。玛塔尔克星座的形状是一头角面。想当年,伟大的猎手鲁巴尔率领信徒们投入战斗时,胯下就是这种坐骑。

阿夫塞调整一下望远器凉凉的管子,调好水晶焦距,对准恒星。让阿夫塞失望的是,望远器里的图像虽然比白天清晰些,但仍然看不清楚细节:只能看到一个黄白色的亮点。

他没有灰心,又把望远器的黄铜管子对准凯文佩尔。这是一颗行星,只是苍穹中的一个小点。肉眼看去,它和一般的恒星没有任何不同。

阿夫塞突然倒退了几步,几乎被自己的尾巴绊倒。他放下望远器,揉揉眼睛,然后继续观察。从目镜里望出去,这颗行星像一个圆盘—— 一个圆盘!毫无疑问,它是一个圆形的东西,一个固态的东西。这个新发现让他大吃一惊,意识到这颗星星还有许多他以前完全不知道的情况。他观察圆盘的左半部,发现有三个小小的白斑排成一条直线。右面另有两个斑点,其中一个非常模糊,阿夫塞不能确定它是否真的存在。

他把目光转向地平线附近,看了看太阳落下去的地方,然后用望远器对准另一颗行星——达文佩尔。阿夫塞再次被他所看见的影像惊呆了:这颗行星居然呈白色的新月状!难道行星也和卫星一样有相位吗? 简直不可思议。

剩下的唯一一颗能用肉眼看见的行星是布雷佩尔,它今晚又会是怎样一副面貌呢?

阿夫塞把望远器的放大倍数调到最高,对准它。这时,戴西特尔号突然一阵剧烈摇动,只听到船身被波浪击打的嘎吱声,桅帆被风吹动的噼啪声,以及水浪相互拍击的哗哗声。一会儿过后,船身恢复了平静,阿夫塞静下心来,开始观察布雷佩尔。眼前的景象简直让他不敢相信自己的眼睛:布雷佩尔两侧延伸出柄状的虚光,像一只双耳酒杯。

阿夫塞摇摇头。今晚见到的新鲜事太多,一时难以消化。只有一个想法在他脑海里越来越清晰,那就是:观星不能离开望远器。即使回到首都也一样,不管萨理德怎么说。是的,这世上有很多东西萨理德其实并不了解,阿夫塞也想象不出。但是,他下定决心要探索宇宙的秘密,不管这秘密是什么。

第十二章

"神光!"迪博指着东边的海平线大声喊叫。立刻,所有昆特格利欧恐龙的脑袋都朝那边看去。阿夫塞不知道他的朋友指的是什么。紫色的、圆圆的太阳已经在一分天之前落入对面的海平线,沉到波浪之下。浪涛翻滚,戴西特尔号正平稳地朝东行驶。阿夫塞想,自己的眼睛已经适应了夜晚的黑暗。他能看到许多恒星,"大河"在空中的倒影,三个新月形的月亮,还有明亮的凯文佩尔——这颗他昨晚用望远器观察过的、谜一样的行星。

"在哪儿?"一个朝觐者大声叫道,声音充满怀疑。

迪博肯定地说:"就在那儿!你们看,它把星星们都赶走了!"

"我什么也没看见。"有人仍然怀疑地说。

"快把灯熄掉,你这个角面大粪!就在那儿!"

阿夫塞和其他人急忙朝高高悬挂在船舷、熊熊燃烧着的油灯冲去,熄掉灯火。四周顿时一片黑暗,只剩下头顶上闪烁的恒星和明亮的卫星。不,不对。阿夫塞凝视着远处的海平线。那儿有一束光亮,一束微弱的、若有若无的光,几乎难以觉察。迪博的眼睛确实非常锐利,在船上灯光还没有熄灭的时候就看到了它。

"我还是什么都看不见。"黑暗中有人说,和刚才说话的那个人是同一个声音。

阿夫塞张开鼻口,想说出"我能看见"这几个字。但眼前奇异的景象深深震动了他,喉咙发不出任何声音。他又试了一次,这次用劲过猛,声音太大,与这样一个令人敬畏的时刻极不相称:"我看见了!"

几乎同时,人群中传来一阵低语:"我也看到了。"

然后,大家陷入沉默。所有人都在专心观察。

只见那片亮光向左右扩展,穿过海平线,照亮了远处的波峰。它逐渐变亮,可以辨出颜色了,是浅浅的橘黄色,比黎明的第一缕亮光还要暗些,颜色也完全不同。尽管如此,阿夫塞还是能感到某种巨大、明亮、拥有无比威力的东西正悄悄从海平线之下升起。

站在他身边的一个朝觐者开始前后摇晃起来。她倚着自己的尾巴,喉咙里发出一阵低沉的嗡嗡声,仿佛出自胸腔深处。阿夫塞看了看这个人的手指,注意到她的爪尖仍然是收起来的——这种摇摆不是战斗或者逃跑的本能动作,它意味着痴迷的狂喜就要开始了。

"上帝创造了我们。"这个朝觐者喃喃地说,其他人也跟着吟诵,"上帝赐给我们'陆地'。"几个朝觐者同声背诵祷词,"上帝赐给我们'陆地'上的野兽。"另有三四个人也开始把身躯靠在尾巴上摇摆起来,"上帝赐给我们猎人的牙齿、艺术家的手、思想家的头脑。"现在,那片光已经越来越亮,覆盖了大部分海平线。"为这一切馈赠。"众人说,现在只有阿夫塞没有跟着众人吟诵了,"上帝对我们只有一个要求。"这时,阿夫塞发现自己也不由自主地加入祈祷的行列,"那就是,我们的顺从,我们快乐的顺从。"

晚上剩下的时间,大家聚在一起摇摆身躯。尽管是偶数晚,多数人应该睡觉,但没有人睡,大家只顾不断祈祷。大船在波浪拍击下来回晃动,船帆被恒风吹得噼啪直响。

黎明到了。太阳从东边、从神光出现的地方升起,黄色光线变成了蓝色。东边海平线上,那个小小的、明亮的太阳升上天空。神光不见了。但到晚上,神光又出现了。船上的祭司德特-布里恩带着大家多次祈祷。

第二天日落前不久,迪博的声音又响起来。"看哪!"他叫道。声音盖过了船体的轰鸣声和波涛的拍击声,船上每个人都听得清清楚楚,"那儿!'上帝之脸'!"

所有眼睛都转向东边的海平线。甲板上投下了人群长长的影子,太阳正缓缓落下,触到他们身后的水波。

就在东边,在海平线的边缘,一个小小的黄点出现了。但只有很少人能够看见它。阿夫塞兴奋而好奇地凝视着。过了很久，它才从一个小点慢慢变成一个具有某种形状的东西。阿夫塞清楚地意识到，一个巨大的圆形物体最重要的边缘部分就要出现了。

据瓦尔-克尼尔船长介绍，继续航行四千多千步之后，"上帝之脸"才会爬升到地平线之上。如果走"之"字形抢风航行，会花掉三十二天时间。"上帝之脸"在每天的航程中只上升它整个高度的百分之三。

时间一天天过去，随着戴西特尔号朝东航行，"上帝之脸"露出海平面的部分越来越多，好像一个穹隆状的圆形屋顶，越变越宽，袅袅升起，不断变幻着色彩。黄色、棕色和红色，以及能够想象出的各种颜色的搭配：橘红色、米色和铁锈色的混合，浅的时候像腐烂的蔬菜，深的时候像鲜血，浓的时候像肥沃的土地。

每天清晨，太阳都从"上帝之脸"的后面出现，就像从天边一座弧形大山后升起一样，照亮了"上帝之脸"的上缘部分。

真是一幅壮丽的景象，仿佛同时出现了两个日出：有太阳，还有被阳光照得明亮灿烂的"上帝之脸"的上端。白天逐渐到来，白昼的亮光淹没了"脸"，像眼皮覆盖了眼球。每过一天，太阳都必须爬得更高一点才能越过"上帝之脸"开阔的穹顶，黎明随之推迟。这样一来，阿夫塞就可以利用延长了的夜晚进行更多观测。

那张"脸"不总是明亮的，阿夫塞对此迷惑不已。在下午和晚上，它确实是海平线上的一个明亮的圆顶。但早晨的时候却只有上缘部分是亮的,好像是从天水相连处拱起来的一条窄窄的线。线下面那部分"脸"非常黯淡,呈紫色。

有的时候,"脸"完全没有光亮。

阿夫塞很快便知道这是为什么了,但这个想法使他震惊不已。

那就是,"上帝之脸",这张创世者的脸,也有着固定的变化周相,和他用望远器看到的卫星一样,也和某些行星一样。

周相,从上到下逐渐盈满。一部分亮,一部分黑。

周相。

"上帝之脸"在继续上升,每天都在加宽。这是一个从远方波涛深处飘过来的圆顶。上升持续了很久,在迪博第一次发现"神光"之后的第十八天,"脸"的最宽部分才越过地平线。下午三点钟左右,"脸"可见的部分被照得一片明亮:这是一个半圆形,一个带竖直条纹的穹顶,立在"大河"和天空的交界之处。

阿夫塞利用学过的占星技术来测量这东西的大小:它有拇指长度的五十来倍。他面朝东边,水平伸出双臂,左手放在"脸"的最南端,右手在最北端。他歪斜着鼻口,看见自己的手臂这时恰好构成一个四十五度的夹角。

阿夫塞一直很喜欢观赏日落,也喜欢研究夜晚苍穹的奇妙景象,最近又用望远器看到了很多从前难以想象的奇异事物。然而,他还是被眼前的景象惊呆了。这个独一无二的、从未见过的壮丽景象,将是他平生所见的最奇妙的风景。

随着戴西特尔号不断向东航行,"脸"慢慢升了起来,和地平线相交的部分变得越来越狭窄,巨大的圆形高高升向空中。一条条竖直条纹像绚烂的彩带,在空中上下翻滚。

周相那完整的循环周期迷住了阿夫塞。到现在,圆顶每天午夜都会亮起,看上去很像弄错了时间的日出。这时候的天空本来应该最黑。但情况恰恰相反,就连西部地平线上那些最亮的星星都几乎被东边升起的"脸"的光芒所淹没。

"脸"接近满圆时,就像波涛中升起一轮明亮的拱门,召唤着朝觐者们进去。

但当它逐渐化为新月的时候,亮着的只有下面的部分。新月的两个尖角从地平线升起,就像潜伏着的巨兽露出了弯弯的尖角。

两种信号,含义却似乎截然不同。

是邀请?

是威胁?

戴西特尔号向"上帝之脸"驶去,阿夫塞不知他们还会发现些什么。

阿夫塞在"脸"上发现了一些勉强称得上是特征的东西。脸上没有鼻孔，没有耳洞，没有牙齿。但有著名的上帝的眼睛，两个黑色的圆圈，像昆特格利欧恐龙的眼睛一样又黑又圆。这个球体的中心部位还拉着一条垂直的色带。

隐隐约约还有一张嘴，一个巨大的白色椭圆形东西，占"脸"的总长度的五分之一，每天都在"脸"的右边出现。

终于，在他们第一次看见"上帝之脸"的三十多天后，它的下端摆脱了水天相连的海平面。天黑之后，"脸"的底部亮起来了。炽亮而弯曲的边缘从波浪里挣脱出来。阿夫塞屏住呼吸，等待着它与波浪分离的那一刻。看，终于分开了，他激动得大口喘息着，吸进夜晚冰凉的空气。

太震撼了！阿夫塞从来没有用这个词描绘过生活中的任何事情。但"上帝之脸"的景象实在令人震撼。他目不转睛地凝视着它。它的下面一半烧得通红，上面一半在夜色衬托下像一个巨大的紫色穹顶。整个儿圆圆的，刚好漂浮在水波边缘之上。它的影子反射在波涛上，像一只轻轻荡漾的黄色手臂，向朝觐者们伸来。

不，阿夫塞想，不。"脸"并不完全是圆形的。即使考虑到它只有一部分发亮这个事实，它仍然算不上一个完整的圆形。

卵形。

对呀！对创造一切生命的造物者来说，还有什么形状比卵形更合适呢？

日出的景象同样令人激动不已。灼热的太阳从"脸"下面的波浪中升起，"脸"底部的那一半随之变成一弯浅浅的新月。然后，太阳被"脸"的巨大黑影遮住了，整个天空黯淡了一分天的时间。接着，太阳那明亮的蓝白色光亮终于越过"脸"的顶部，第二次日出，"脸"的最上缘化为一弯明亮的新月。

阿夫塞使用望远器的时候总是很谨慎。他还清楚地记得当初在皇宫向萨理德请求用这个仪器观测"上帝之脸"时遇到的麻烦。只要德特–布里恩在甲板上，阿夫塞就不会进行观测。他偶尔也听到一些其他朝觐者和船员对他的嘲弄和议论，他们不理解为什么他如此着迷地摆弄这个黄铜管子。但阿夫塞毫不介意。他看到的景象太壮观了。

从望远器里看出去，一切都变得那么近。似乎可以看到那摇摆的彩带上的所有细节。这些彩带爬满了"上帝之脸"的光亮部分，一条条彩带并不是截然分开，而是互相融合，形成一些小旋涡。神秘的上帝之眼仍然又黑又圆，毫无特征，和肉眼看到的一模一样。如果把望远器的倍数增大，有时能看见"脸"上的大嘴，那个旋转着的白色椭圆，看上去犹如一个旋涡。

奇妙啊。"脸"上每一个圆形部分都那么复杂精致，每一条色带都那么诡异莫名，变幻多端。

阿夫塞很快就相信，他观测的不是一个固体表面。不仅"上帝之脸"有着周相变化，它上面那些可见的具体物质也一天天发生位移。它们的轮廓在流动，结构在飘移。不，阿夫塞怀疑他看到的也许是由各种颜色的气体组成的云，也许是一些流体旋涡，或者其他什么东西，总之不应该是固体物质。

他再一次试图把观测的结果和从前的预想联系起来。从前，他把"脸"想象成一个大蛋，但现在看来，它似乎是非固态的，是流体。然而，精神难道不正是一种流动的、难以捕捉的东西吗？灵魂难道不正是虚幻的、没有实体的事物吗？上帝本人难道不正是一个伟大的、非物质的精神存在吗？

难道不是吗？

戴西特尔号继续向东航行，它那独特的鸣响好像在向"上帝之脸"致意：五声鼓，两声钟，第一次声音高一些，第二次低一些，然后一轮轮重复。随着轮船往前航行，"脸"升得越来越高。最后，在它第一次脱离海平线的八天之后，这个每天盈亏一个周相的圆圈的中心到达了天顶。"脸"占据了天空的四分之一，让阿夫塞和其他所有人敬畏不已。

它是如此美妙、迷人、令人沉醉。阿夫塞不由自主地凝望着它，完全忘记了时间的流逝。"脸"上宽大的彩带旋转着，和他从前看见的任何东西都不一样。

不，他想，这种旋转的色彩他见过一次，在数千日之前。当时，卡罗部族正经过阿杰图勒尔省的密林深处向"大河"上游漫游。他迷路了,采了一些蘑菇来吃。这种蘑菇很奇怪,只长在树干向北的一侧。他还提醒过自己,昆特格利欧恐龙不能吃植物。但他捕捉不到任何小动物,已经整整三个奇数天和两个偶数天没有进食。他饥肠辘辘,几乎能感到从自己喉咙深处涌上来的胃酸。他需要某种东西来消除胃部的疼痛,活下去,找到回家的路,或者让别人找到他。

他见过小型甲壳动物吃蘑菇。它们进食时和昆特格利欧恐龙不一样,不是一口吞下食物,而是反复咀嚼。阿夫塞想捉些小蜥蜴来吃,但令他羞愧的是,每次偷偷伏击,这些小家伙都逃得远远的。更气人的是,它们并不逃得十分远,刚好停在阿夫塞猛地一跃所能达到的范围之外。

小时候经常做傻事。阿夫塞和其他小孩子一样,吃过草,吃过花,甚至因此生过一场大病,腹部绞痛了好多天。

但这是蘑菇,一种生长在大树旁的奇异的棕色块状物。它不是普通植物,也不是绿色的。或许吃下去不会胃疼。再说,想抓住蜥蜴几乎没什么指望,如果不马上吃点东西,他肯定会饿死。

最后,饥饿战胜了一切。阿夫塞蹲在树下,一把揪下一朵蘑菇。它又冷又干,破裂的边缘部分鲜嫩松脆。凑近鼻口嗅嗅,一股霉烂潮湿的味儿——更准确地说,应该是平淡无味。但他终于还是把它放进嘴里嚼起来。感觉有点苦,但并不特别难吃。他是猎手,不是甲壳背,他没有臼齿,不能研磨植物。好在他可以用舌头使蘑菇在嘴里打转,努力用尖利的牙齿戳穿它,撕碎它。也许,用这种办法吃蘑菇比小时候吃青草更有利于消化。

刚开始时,一切都很正常。蘑菇确实缓解了他的饥饿。

但紧接着,阿夫塞感到一阵突如其来的眩晕。他想站起来,却发现自己无法保持平衡,走起路来摇摇晃晃。他只好顺势躺倒,半边身子着地。地面泥土冰凉,身下的枯叶像毯子一样柔软。炽烈的、白色的阳光从头顶上的树梢处射进来,洒下零落斑驳的光影。

很快,阳光开始舞动起来。光束来回扭动,不断缠结、合并、碎裂,不断变幻色彩:蓝、绿、红,还有火一样的橘红色。它们闪烁着、起伏不定,化为朦朦胧胧的彩虹,剧烈摆动着。

他感到自己飘起来了。那些颜色全都是以前从未见过的。明亮、清朗、充满力量,像闪亮的思想,直冲进他的脑海,简洁而清新,单纯而透明。

他仿佛陷入一种谵妄状态。发着高烧,但却没有疼痛,没有恶心。他只觉得浑身舒泰宁静,心中一片平和。

他忘记了时间和空间,忘记了自己身处密林,忘记了饥饿,也忘记了即将来临的黑夜。这色彩、这光亮、这图案——只有它们才是至关重要的,是自己苦苦追寻的一切。

走出密林已经是后半夜了。天又冷又黑,阿夫塞非常害怕。他感到体力消耗殆尽,身体像被掏空了一样。第二天早上,卡罗部族的猎队终于找到了他。他们给他披上一件皮制披风,大家轮流把他扛在肩上带回村子。他从未把吃蘑菇的事告诉其他人,也没有向人说过他所经历的奇异幻觉。但他现在感到,只有那次发生在六千日前的意外可以和今天凝视旋转、翻滚的"上帝之脸"所产生的催眠效果相媲美。

每一天,船上的祭司德特–布里恩都要做祷告。随着太阳不断升高,"脸"越来越暗,最后,变成一弯窄窄的新月,只有朝着太阳的一面被照亮。将近正午时,沿弧形路线上升的太阳高挂空中,那一弯明亮的新月几乎完全消失了,朝觐者们开始吟诵圣歌。

和那张巨大的、深紫色的"脸"相比,太阳犹如一个小点。它向"上帝之脸"庞大而弯曲的边缘靠得越来越近,越来越近,然后,然后,然后……

太阳消失了。

不见了。

消失在"上帝之脸"后面。

整个天空黯淡下来。

在白天的光亮中相形失色的月亮,这时发出了夜晚才有的炫目的星光。

布里恩带领朝觐者们祈祷,唱圣歌,祈求太阳重新回来。

太阳消失以后,祈祷持续了一又四分之一个分天。之后,那明亮的、蓝白色的亮点才从"上帝之脸"的另一面露出,天空顿时又被照亮了。

　　阿夫塞每天都在观察这幅美景。随着太阳滑向地平线,滑向黄昏,稳稳地高居天顶的"上帝之脸"会变得越来越亮,从离太阳最近的那一面开始逐渐变成满月状态,成为空中的一个圆球。最后,太阳触到"大河"浪尖,沉下海平线,"上帝之脸"在这个瞬间显得明亮无比。

　　这一番美景让阿夫塞神摇目眩。

　　同时迷惑不解。

　　但他知道一定有一个答案。

　　他要去寻找这个答案。

第十三章

好好想想,阿夫塞一边在小舱房里走来走去,一边对自己说道,肯定能想出名堂,解释我的观测结果。

恒星、行星、卫星、太阳,甚至"上帝之脸"本身。它们是怎样结合在一起的?又是怎样相互联系的?

阿夫塞试图把它们分门别类。例如,太阳和恒星可以自己发光。行星、卫星,对了,还有"上帝之脸",似乎是被反射光照亮的。不,不,没有那么简单。有些行星好像也不是自己发光,所以才会有盈亏的周相变化。但另外还有一些行星,特别是那些在黑夜的天空中挂得很高的行星,却没有周相变化。也许这些行星能够自己发光。但这种看法似乎也不太对头。难道有两类行星不成?它们更有可能是同一类行星。

卫星又怎样呢?那些迅速移动的、明亮的圆盘?它们都有周

相变化。用望远器可以看到每一颗卫星表面的细节,连最小的
"缓行者"也不例外。

　　阿夫塞努力思考。就他的经验来看,光源只能是燃烧的物
体,比如蜡烛、灯、野营的篝火,甚至太阳也是某种散发着热和亮
光的、燃烧着的物体。所以,卫星肯定是被反射光照亮的。但光
源是什么?唯一的答案似乎是太阳。

　　十三颗卫星都是球形的——这一点阿夫塞十分肯定。他能
从外表特征上判断出它们都是旋转着的球体。即使不用望远器,
球体的细节特征也很明显。就连萨理德的办公室都有一个代表
"大个子"的天体仪,是阿夫塞的前任哈尔坦根据裸眼观察到的天
体外形制作的。

　　行星呢?虽然从望远器里仍然看不清轮廓,但它们似乎也是
球形的。

　　唔,如果行星和卫星都是球形的,而且都被太阳照亮,人可以
同时看到明亮部分和阴暗部分,这就是产生周相的原因。

　　他的手捏成拳头,伸到舱房中那一闪一闪的油灯前,把拳头
来来回回、上上下下地移动。拳头被灯光照亮的部分一会儿变
大,一会儿变小。如果他站起来,头挡住灯光,灯光就完全照不到
拳头了。但如果把灯放在眼睛和手之间,拳头几乎会被完全照
亮。

　　阿夫塞肚皮朝下趴在地板上,感到一阵欣慰。他再次问自

己,为什么只有某些行星经历了周相呢?

他凝望着舱壁。和往常一样,木板墙在波浪的拍击下嘎嘎作响。一块木板上有一个节疤,一小团旋涡状的纹理,很显眼。时间久远,它已经干透了,和周边部分脱离开来,像凭空浮在墙板上似的。阿夫塞在这个舱房里已经度过了一百三十个夜晚,他逐渐喜欢上了这个节疤。它那旋涡状的纹理使他想起"上帝之脸"上的图案。

但是,这个节疤不同于"上帝之脸",它总是清清楚楚地呈现在人们眼前,它也没有周相变化——

因为它比阿夫塞本人离光源更远!

当然,当然,当然。阿夫塞一阵热血沸腾,猛地站了起来。一些行星所处的方位比他更靠近太阳,而另一些则更远。这样一来,一切都解释得通了。

这些行星肯定是在一条封闭路线上运行——很可能是一个圆圈,因为占星图表明,行星总会在特定的时间回到天空中的同一地点。有周相变化的行星比没有周相的行星更快地走完它们的圆形路线。

还有,有周相的行星的运行路线从来不会改变,而没有周相的行星却会周期性地朝后运动。它们会从相反的方向滑过天空,很多天后才重新向前移动。

阿夫塞走上甲板。头顶上,"上帝之脸"那大大的圆圈异常明亮。已经是午夜了,他想马上从厨房里拿点东西出来摆放一下,验证自己的这些猜测,但眼前的景象把他迷住了。他把身子斜靠在厚重的尾巴上,凝望天顶,凝望头上这个缠绕着各色彩带、占据四分之一天空的球体。

现在是午夜。戴西特尔号和"大河"一片漆黑。

太阳许多个分天前就落下西面,再也无法看见。

现在是午夜。"上帝之脸"多么明亮啊。

阿夫塞凝望着,凝望着。脑子里各种想法纷至沓来,如同大船周围翻滚的水波。

"上帝之脸"明亮照人。

上帝的眼睛正朝上方移动,朝圆形的最宽处移动。

像影子……

他揉揉脖子,依依不舍地转身走向厨房。厨房里四处摆放着各式各样的厨具:从骨头上剔肉的刀,用来洗涮工具的金属盆,木头案板和切肉刀,盛盐的碟子,用来砸软的硬邦邦的腌肉、带有数百个金属齿尖的大头锤,架子上的香料(这在长途航行中非常重要,可以掩盖变质的肉味),还有刮鱼鳞的器具,等等。厨房里一个人也没有,阿夫塞可以随便拿他需要的东西。他在一个储藏槽发现了一些玻璃烧瓶,里面有些煮得很老的、卤制的翼指蛋。他抓起一对烧瓶,朝自己房间走去。

阿夫塞回到舱房,小心翼翼地把油灯从黄铜挂钩上摘下来。

在船上，任何火种都得加倍留意。他把灯放在地板中央嘎嘎作响的木板条上，从自己的储藏槽里拿出几件饰物：祈祷用的领圈，坠着很多袋子、用来装东西的腰带，第一天干完活儿后得到的红色皮帽（表示他已经成为戴西特尔号船上光荣的一员），还有三条学徒时期的绶带。绶带被宫廷裁缝改过，在他之前的学徒占星师波格-迪卫（坚持了三十天时间才被萨理德送回楚图勒尔省）比阿夫塞年龄更大，腰身更粗。

阿夫塞把这些东西分别摆放在地板上。他打开一个烧瓶，拿出一个翼指蛋，擦掉蛋上的卤汁，再把蛋放到一件衣物上。船上下颠簸，但织物上的褶保证了蛋的稳定。他接连摆好九个蛋。一些蛋离灯近，另一些离灯远。一些蛋放在舱房左舷，一些蛋沿着舱房的右舷摆放。阿夫塞站在这些蛋的中央，越过闪烁的油灯，仔细往下看。

先知的爪子啊，这一招真管用！他发现，无论在小房间的什么地方，每个蛋都刚好有一半被照亮——正如他对行星的猜测：每颗行星都有一半被太阳照亮。阿夫塞在地板上趴下来。地板冰凉，他时常睡觉的那个地方垫了沙子，但没垫沙子的部分却被他或他之前的朝觐者的脚爪磨得到处是疤痕。

大船在他身体下轻轻摇荡，随着波浪翻滚，他的胃也起起落落。阿夫塞小心地靠近一个小蛋躺下，鼻口紧贴在地板上。从这个角度看去，隔在他和代表太阳的灯之间的那个小蛋几乎完全变暗了——被照亮得最多只有一条狭长的新月状。那边还有一个蛋，从他的角度看，它的位置正好垂直于灯光。那个蛋有一半多被照亮了。而油灯另一面的一个蛋几乎全部被照亮了。

这可能吗？可能吗？太阳在行星们中间？但这样想没有意义。如果太阳真的处于中央位置，那么行星就只能围绕它沿着圆形路线转动，而不是围绕"陆地"。这非常荒谬。

太荒谬了。

大船在他身下吱嘎作响。

阿夫塞又想到卫星。这个模式不适合卫星，不能用它来解释卫星的运动。和行星一样，卫星无疑也是被太阳照亮的。但它们显然没有围绕太阳做环形运动。它们看起来很大，明显比行星离"陆地"更近，几天左右就可以完成一个周相的循环，而不需要一千日。它们的行程路线肯定是环形的，但它们是在围绕什么旋转呢？

阿夫塞用尾巴拍打着甲板。蛋被震得纷纷跳起来。究竟围绕什么呢？

他站起身，走向工作台，抽出几张用于书写的珍贵皮纸，几罐墨水和溶剂，开始涂写笔记，画出草图，尝试各种计算。不知不觉中，太阳已经升起很久了，蓝白色的阳光落在阿夫塞舱舱的皮窗帘上。最后，他用水洗干净中指爪，冲去墨水，仔细看着画好的东西。这是他思索出来的唯一解释，唯一可能的排列方式。

太阳在中央。

行星绕着太阳转动。

卫星绕着行星运动,把小小的圆形阴影投射到上面。

"陆地"本身就在卫星上!

就是这样。

他知道自己是正确的,知道这肯定是事实。他满意地磕着牙。这时,戴西特尔号标志性的钟鼓相间的鸣声破空而来。干活儿的时间到了,他急忙冲出去。

第十四章

到达"上帝之脸"的时候,戴西特尔号的四面船帆都卷了起来。这四面帆像巨大的被单,每一面都画有先知的象征性符号。船帆被紧紧地一捆一捆卷着,牢牢固定在桅杆顶端的横帆杆上。黄铜制的滑轮和索具的枢轴也都降了下来,以免因为碰撞发出无休止的叮当声。

每根桅杆旁都垂着绳网,织得很松散,很容易把手脚伸进去。阿夫塞站在前甲板上,木板条被他压得嘎嘎响。他抬头望着桅杆。尽管知道桅杆从上到下都很粗大,但它伸向空中的那一端还是显得尖细了些。绳网在一边松松地垂着,微风只能偶尔吹动沉重的索具,桅杆不断地左右晃动,让人看得头晕。它的顶端像一个倒悬的钟摆。尖顶上是瞭望桶,很小,和下面隔得很远。

这些东西后面就是灿烂绚丽的"上帝之脸"。在清晨的阳光下，它发亮的部分还不到一半。橘红色和棕色的彩带在椭圆形的表面翻卷着。

航程已经过去了一半，船上的活路也该重新分配了。接下来，阿夫塞将负责在瞭望桶里瞭望，每十天一次，直到航程结束。今天是他的第一天。

爬到瞭望桶去，看样子挺吓人的，这个活儿可不轻松。阿夫塞瞬膜半闭，挡住从高高的"脸"上射来的强光。抬头仰望，不知现在在桶里的人是谁——好像是玛尔–比尔托格——不管是谁，肯定已经火冒三丈，因为阿夫塞这么晚才去替换他。阿夫塞伸出爪子抓住绳网。

他手脚并用往上爬。尾巴离开甲板，能感到它悬在身体后面的重量。他偏着脑袋保持身体平衡。

攀爬的确困难。阿夫塞本来就不习惯做这种事，加上在戴西特尔号上待了一百三十多天，没有奔跑的空间，体能已经大不如前。他不停地爬着，明晃晃的阳光照在背上，感觉很舒服。但是，每爬上一个身长的高度，桅杆摇晃的幅度都大得多，跟当初爬上雷兽的长脖子一样不舒服。阿夫塞闭上内外眼睑，极力消除一阵阵的晕眩。迄今为止，整个航程里，他一直在和晕船抗争。要呕吐的话，在下面吐可比在这儿强多了——桅杆晃得这么厉害，一吐出来准会来个满天花雨，喷洒一大片。

他不断朝高处攀爬。年深日久，桅杆变成了棕色，但仍能看出当初砍制时留下的印记。阿夫塞想，最好把注意力集中在这些印记上，而不去看高处那个瞭望桶：在半明半暗的"上帝之脸"映照下，它正疯狂地来回晃动着。和雷兽摇晃的脖子不同，戴西特尔号的晃动相当有规律。阿夫塞发现自己完全可以预测晃动，只要身体和晃动协调起来，便能减轻胃部的痉挛。

由于不断攀爬，他的双手又累又痛。双脚倒是因为磨出了太多老茧，已经感受不到绳子勒着的疼痛。他拖着沉重的尾巴，终于爬到桅杆顶部。

绳网刚到桶的边缘。桶是由木板条拼成的，呈圆形。比尔托格站在里面，满脸不高兴。

"你迟到了。"他说。

阿夫塞双手紧紧抓着攀爬绳网，不能行让步礼。但他尽力点了点头，"很对不起。我忘记时间了。"

比尔托格鼻子里哼了一声，"身为占星师，你应该比谁都会精确计算时间。"

阿夫塞再次点点头，"对不起。"

比尔托格马马虎虎地点点头，爬出瞭望桶，抓住阿夫塞旁边的绳网。

阿夫塞先把一条腿放进桶里，然后又是另一条。终于能把所有重量都靠在尾巴上了，真是太舒服了。

他的任务很简单：观察海平线上出现的任何反常情况。从这儿望去,景色十分壮观。远远的下方是戴西特尔号的两只菱形船体,中间是结实的连接部分。他能看到甲板上的昆特格利欧们,虽说天色已晚,但仍能一眼辨出谁是船员,谁是朝觐者——只有船员才能在不断摇晃的甲板上走得稳稳当当的。

下面恐龙们的动作把阿夫塞逗乐了。两人相遇,一方会立即闪开,给对方留出很大一片空地。他以前从来没有居高临下看过这一幕。个头较小的一方——也就是比较年轻的——总是第一个让开,但就算岁数最大的昆特格利欧至少也会做个让路的姿态。这个模式恒定不变,几乎跟天体运行一样有规律。

阿夫塞朝远方海平线望去,除了水什么都没有。流动的、无穷无尽的水,由东向西,波浪起伏。好一片空阔的水面,颇有让人镇定之效。

阿夫塞在桶里慢慢转了一整圈,察看海平线的各个角落。没有什么东西冲破波浪,一切都是那么简单,那么平淡。

望着望着,海平线仿佛在左右两侧变成了弯曲的弧线。无论面朝哪个方向都一样,左右两侧的地平线都会弯下去。阿夫塞有点拿不准,但看上去真像一条曲线。或许是我的想象:一心想看到什么,结果便真的以为自己看见了。阿夫塞想。昨天晚上有了个新发现:那就是,世界是圆的。而现在,他竟然觉得自己能看到这个圆。

但是,就算这样,事实仍是不容置疑的。无论他怎么强迫自己的眼睛不去看这个缓缓的曲面,但它就在那儿,肉眼随时可以看到。这是可以肯定的。

头顶上是一片最绚烂的景象。当阿夫塞在桅杆上爬行的时候,"上帝之脸"已经从明亮的半圆变成了胖胖的新月,像一片巨大的橘红色、黄色和棕色构成的镰弧,横跨四分之一的天空。

阿夫塞倾斜着脑袋,尾巴弯下来,把身体的重量换到另一只脚上,又抬头朝上看。

你是什么？他疑惑地想。

你是上帝吗？

拉斯克先知认定它是上帝。和所有孩子一样,孩提时代的阿夫塞便背诵过拉斯克的宣言,也就是先知在现在的首都中心广场所作的演讲。

"我已经凝望了'上帝之脸',"拉斯克说,"我亲眼看到了我们造物主的面容……"

但"上帝之脸"看上去并不像昆特格利欧恐龙的脸。它是橘红色、黄色和棕色的,不是绿色；它是圆形的,不是瘦长形；它有很多眼睛,而不是只有两个；它的嘴里也没有牙齿——如果"脸"上那个时常可以看到的巨大的白色椭圆形确实是嘴的话。

但是,上帝凭什么该像昆特格利欧恐龙呢？上帝是完美的,而昆特格利欧恐龙却并不完美。上帝是非物质的,不需要食物,也不需要空气。昆特格利欧恐龙之所以嘴里遍布獠牙,鼻口顶端长着鼻孔,正因为他们的生命离不开物质,他们不是不朽的神灵。阿夫塞也知道,两只眼睛比一只好,两只眼睛看物体时有更深的景深。所以,"上帝之脸"上长着十来只位置游荡不定的眼睛,肯定应该比两只眼睛更好。

难道不是这样吗?

不! 不。它不是"上帝之脸"。它不可能是。阿夫塞的尾巴失望地摆动着。瞭望桶里的空间太小,他不能尽情摔打。

他的想法是正确的。他知道。

"上帝之脸"仅仅是一颗行星。

是的,一颗行星。

仅此而已。

那么,上帝又在哪儿? 上帝是什么?

没有上帝。

阿夫塞畏缩了。他的脉搏急速跳动,情不自禁地张开爪子。脑子里这个念头把他自己吓住了。

没有上帝。

会是这样吗? 不,不,不,自然不会。即使这样想想也是疯狂的,愚蠢的。肯定有上帝。肯定有!

但是上帝在哪里? 如果不在这里,不在他头顶上那个旋转的物体里,又在哪里? 如果它不是在这样的高空俯视下面的朝觐者,又能在哪里?

在哪里？

阿夫塞的胃一阵痉挛。他知道，这次痉挛不是因为瞭望桶那不间断的摇摆。

昆特格利欧恐龙是存在的，他想。

如果我们存在，那么肯定有人创造我们。

这个人当然是上帝。

这样想来，一切都非常简单。上帝存在。

但是，谁创造了上帝？

桅杆剧烈地晃动起来，一阵强风掠过阿夫塞的脸庞。

上帝的概念只是将这个不可避免的问题向后推迟了一步。如果所有事物都有一个缔造者，那么上帝也应该有一个。

他想起数千日之前的一节儿童占星课。老师试图向他们解释宇宙的基本原理——"陆地"是漂浮在永无止境的"大河"上的巨大岛屿。但课堂上有个来自别的部族的小孩，这个部族经常在遥远的阿杰图勒尔省北部漫游。她说不是这样的。她听到的情况是，"陆地"被平放在一头甲壳背的壳上。甲壳背是一种粗壮有力的四足动物，什么东西都可以放到它那厚重多骨的硬壳上。

"喔！"先生说，"那么，甲壳背又是放在什么上的呢？"

小女孩立即回答道："那还用说，另一头甲壳背呗。"

先生的尾巴愉快地摆动着，"但那头甲壳背又放在什么上呢？"

"第三头甲壳背。"女孩说。

"第三头甲壳背放在哪里?"

"第四头。"

"第四头甲壳背呢?"

女孩举起手,"我知道您的意思,老师。但您骗不了我。反正所有的答案都是甲壳背。"

那天,阿夫塞悄悄地磕着牙齿,被他们的对话逗乐了。但现在看来,这并不好笑。上帝是否就像那个小女孩所说的甲壳背?是一种推迟最终问题的方法? 一种无限地推迟解决——**第一推动力**的办法?

在那天的课堂上,阿夫塞曾沾沾自喜,以为自己比那个小女孩高明。但现在,他只觉得惭愧:他跟那个小女孩一样,选择了一个不那么困难的解释。小女孩用甲壳背解释一切,阿夫塞用的则是上帝。同样是自欺欺人。现在看来,只存在两种可能:一,上帝是某种其他东西创造的,某种其他东西又是被另一种更伟大的东西创造的。如此类推,直至无穷。二,即使不存在什么造物主,大千世界仍旧可能出现。前一种情况显然很荒谬。但如果后一种情况是事实的话,那么,那么,上帝的存在就没有必要了。

不需要上帝。

但又怎么解释他一直以来受到的教育呢? 怎么解释人们所信仰的伟大的宗教呢?

桅杆又晃动起来。

阿夫塞感到自己的信仰在碎裂，像蛋一样被砸得粉碎。从碎裂的壳里将冒出什么？他将把什么怪物带到世间？

有几下心跳的时间，阿夫塞试图使自己相信这种看法是奇妙的，是一种解放恐龙的伟大力量。因为，人们从此不必终生敬畏上帝，可以不必为获得来生的好报严格规范自己的行为——人们一直相信，这样的好报完全是由上帝这个最高创造者决定的。

突然间，阿夫塞心中涌起一股无比强烈的感受。

恐惧。

如果没有上帝，也就没有来生。也就没有理由约束自己的行为，把他人的利益放在自己的利益之上。

没有上帝意味着一切都没有意义。没有最高的衡量标准。没有绝对的善。

下面传来一阵微弱的声音。他朝下望去。远远的下方是戴西特尔号两个一模一样的菱形甲板。船的一旁站着祭司德特–布里恩，他正挥动着手臂，姿势优雅而协调。朝觐者们在他周围围成一圈，脸朝外，尾巴向着圈内的中心点，这个点就在"上帝之脸"的正下方。朝觐者们朝后仰着头，直视上方，口里唱着圣歌。

希望之歌。

祈祷之歌。

崇敬之歌。

音乐声压过了风声和浪花的拍击声。美极了,充满生机,无比真诚,比其他任何声音更加清澈,更加明亮。阿夫塞还听到了迪博王子那魔力般的歌声。

他们在一起。阿夫塞想,对上帝的虔敬将他们凝成一体。只有通过教堂,通过宗教,才能把昆特格利欧恐龙团结起来,从事狩猎之外的活动。

《圣卷》上说,天国不存在争夺地盘的本能;在那儿,上帝本人平静地出现,身边伴随的其他人全都摆脱了动物性。宗教教义说,人们必须团结共事,克制本能,这样才能更加接近上帝,使自己在来生得到无尽的欢乐。

如果没有宗教,就不会有这样的教导。没有这样的教导,人们就不可能在一起工作,除非为了击倒最强大的野兽,获取最大的猎物。如果不在一起工作,就没有城市,也没有文明。

社会将不复存在。

遽然间,阿夫塞明白了,宗教是文化的基石。德特–布里恩的角色比萨理德或其他任何学者的角色都更重要。对上帝的信仰是结合一个食肉种族、一个把地盘作为重要生存基础的种族的黏合剂。

朝觐者们在甲板上旋转起来,鼻口朝内,相互凝视着:他们在一起,感受到了他们的团结。在"上帝之脸"的照耀下,克制本性,保持平和。慢慢地,他们再次移开鼻口,开始吟唱第十一部《圣卷》上的歌词。

阿夫塞想，第十一部《圣卷》讲的是团结、重建。它说，上帝之所以频繁地引发地震，不是出自怨恨和愤怒，而是要使我们借此克制本能，共同协作。

然而，阿夫塞知道事实。

他不能撒谎。任何人都会看出他在撒谎，因为只有奥格塔罗特人，那些魔鬼，才有在光天化日之下撒谎的能力。

科学在前进，谁也无法阻挡它的前进步伐。

桅杆晃向左舷，停了一会儿，又晃向右舷。阿夫塞再次朝下看。下面是一片开阔的河水。

一个可怕的念头在他的脑海里闪过。

有一种办法。

一种保守所有秘密的办法。

让这个可怕的真相不为众人所知。

他可以往外跳，可以结束自己的生命。

当然，不是跳进下面的水里。只要落水时没有摔昏，他是不会被淹死的，可以跟着大船游好多天。

但如果摔到坚硬的木甲板上，他会立即丧命。当场死亡，像一盏灯，一下子被掐灭。

这样，他就可以永远不让世界知道他所知道的东西，永远不让世人了解他的发现，永远不冒险稀释使文明得以存在的黏合剂。

这样最好。再说,没有一个人会思念他。

阿夫塞越过桶边朝下看,大船正来回晃动着。

不。

不,当然不。

他发现的是真理。他要把真理告诉任何一个愿意聆听的人。

他必须这样。他是一个学者。

昆特格利欧恐龙是有理性的生物。也许,在遥远的过去,有那么一段时间,我们曾经需要一个上帝。但在现在这个文明时代,我们不需要了。不需要。再也不需要。

再也不。

他下定决心了。桶里空间实在有限,不能拍打尾巴。但他还是试着拍了一下。

真理。

他对自己点点头,望着海平线。

可是,如果真的存在什么——

不。没有。有那么一瞬间,他觉得远方好像有什么东西,远远地露出水面,但立即又消失了。他慢慢转动身体,从不同的方向观察,看有什么异常情况。

太阳在空中越升越高,"上帝之脸"那狭窄的新月逐渐变小、消失。"脸"上未被照亮的部分悬在阿夫塞头顶,一轮巨大而黯淡的圆,像一个苍白的精灵,带着旧时的无限荣耀。

第十五章

　　阿夫塞一直在琢磨,怎么才能和瓦尔-克尼尔船长见一面。年轻的占星师认为,船上肯定存在等级制度:每个船员都有分派给自己的任务,要向某个负责人报告。但阿夫塞就是弄不清这个制度的规矩。当初在皇宫的时候,阿夫塞总结出了一个简单办法:如果有人佩着绶带,就管他叫"老师";如果穿着长袍,就叫他"祭司";如果实在判断不出他的身份级别——简单地行一个让步礼,躲到一边儿去。

　　但船上的规矩却让阿夫塞茫然不解。某一天,某个长官可能爬到桅杆最高处瞭望。而另一天,同样是这个人,又有可能在厨房里工作:捣软腌肉,让肉变嫩,再小心地把它浸在船上存贮的有限的血水中,这样肉会显得新鲜一点。这些人的职务好像是轮换的,并不固定。

他决定不理会这套礼节,干脆直接去找船长。戴西特尔号被设计为分散居住,即使人员满载也是这样。这就意味着,阿夫塞不得不绕来绕去,才能到达船长的舱室。他必须经过一段段迷宫一样的墙——除了阻隔另一头昆特格利欧恐龙的视线之外,这些墙似乎没有其他任何意义。戴西特尔号在波浪冲击下晃动着,墙壁也随之嘎嘎直响,仿佛在和它们的命运抗争。

来到克尼尔门前时,阿夫塞犹豫了。他要问的东西很重要,但船长的心情最近好像不太好。听说船长向诺尔-甘帕尔含糊地提过,他不习惯像现在这样停泊在"上帝之脸"下面。这并不意味着克尼尔不陶醉于这幅美景。不,他不会这么铁石心肠,连这覆盖了四分之一个天空、不断旋转的伟大事物都感动不了他。克尼尔只是认为,一艘船应该航行!应该在风雨中战斗,或者像翼指一样逆风飞翔。总之,它应该动起来。

好了,如果克尼尔同意阿夫塞的计划,他所盼望的航行就能变成现实。

灯光下,阿夫塞只见自己的影子投射在门上,闪着光,成了一个颤动的剪影,一个摇摇晃晃的幽灵。他把爪子伸到铜条上。

克尼尔的声音很低,几乎被大船发出的轰隆声盖过,"是谁?"

阿夫塞吸了口气,这才大声报出自己的名字。

没有回音。克尼尔会不会没听见?船的噪声毕竟太大了。或者不屑于理睬一个擅自闯入私人空间的乘客——一个孩子?

不，屋里响起了"踢踏"声，是克尼尔拐杖的声音。片刻后，门开了。"是你？"

阿夫塞鞠了一躬，"很荣幸见到您。"

克尼尔咕哝了一句什么。

阿夫塞的眼睛落到船长脸上的伤疤上。伤口好些了，不像原来那么吓人，但仍有些红肿，灯光映照下仿佛在不停蠕动。

"你有事吗？"

阿夫塞结巴起来，"我，想和您谈谈，先生。"

克尼尔看着他的鼻口，好一阵子才说："那进来吧。"

老船长退回他的舱房。他的尾巴几乎完全是重新长出来的，现在已经和船长那长满灰斑的手臂一样长了，但仍然不能拖到地板上，因此在平衡老人巨大的体重方面作用非常有限。拐杖的"踢踏"声表明他一步一步退回到工作台边。

阿夫塞想不通，那根歪歪扭扭的木棍怎么承受得住克尼尔的重量。

舱壁上挂着各种各样的黄铜仪器，还有一些有关节的手臂模型，已经锈迹斑斑。船长的工作台使阿夫塞联想起了萨理德的工作台，那个设在皇宫办公楼下面地下室里的工作台。

克尼尔趴到厚木板上，板床顿时发出一阵吱嘎声。"什么事，孩子？"

孩子。这个词似乎注定要在以后的日子里一直伴随着阿夫塞。必须让船长认真对待他,把他看成大人——必须这样!

"船长,我们什么时候返航?"

"你我都知道时间表。除非受天气或其他环境因素的影响,朝觐船必须在'脸'下面停留十个偶数天和十个奇数天。我们已经在这儿——"船长的话音里流露出厌倦——"十七天了。"

"我们怎样返航呢?"

"你是什么意思,怎样返航? 当然是扯起船帆,让恒风——就是我们一直逆着它航行的那股风——把我们吹回去。"克尼尔满意地磕着牙,"到时候让你瞧瞧这艘船动起来是什么样子,孩子! 顺风的时候,没有什么船比戴西特尔号更快!"

"如果我们走另外的航线会怎么样?"

"什么另外的航线?"

"你知道,继续往前,迎着风。继续向东。"

阿夫塞的位置正好和堆满东西的工作台成直角,他看见克尼尔的尾巴在凳子后面猛地抽动了一下。船长想甩甩尾巴,在地板上一拍,但尾巴太短了,够不着。

"继续走,孩子? 继续走? 你疯了。我们朝上游的航行到此为止了。"

"您怎么知道呢?"

克尼尔恼怒地皱着鼻口,"书上就是这么写的,孩子。你肯定读过这些书!"

阿夫塞轻轻鞠了一躬，"是的，我读过，先生。相信我，一个学徒可能没做过别的什么，但这些书是一定读过的。也许我应该换个方式提问。这些书的作者怎么知道'大河'是无止境的、绵延不断的呢？"

克尼尔眨了两下眼睛。他显然从没想过这个问题，"这个嘛，肯定是从别的书上知道的。"

阿夫塞张开嘴，正想说话，但克尼尔抬起左手，爪子轻轻张开。"别说话，孩子。让我想一想。你的下一个问题是，'这些早些时候的作者又是怎样知道的呢？'"克尼尔满意地磕着牙，"通过神启！直接从上帝那儿知道的。"

阿夫塞努力克制自己，不让尾巴沮丧地撞在地板上，"这么说，所有知识都是这样得到的？通过神启？"

"那当然。"

"拉斯克先知发现'上帝之脸'也是神启吗？那只是一百五十千日以前的事，圣书上讲，是在预言纪结束后很久。"

"人们需要先知的时候，先知就会出现，孩子。显然是上帝召唤拉斯克，让他航行得越来越远，最后来到'脸'这儿。"

"拉斯克难道不可能是偶然碰到'脸'的吗？他向东航行得这么远，可能完全是出于——出于好奇？"

"孩子！不要用这种口气谈论先知！"

阿夫塞立即鞠了一躬，"对不起。我不是有意亵渎。"

克尼尔点点头，"萨理德说，你说话经常不假思索，孩子。"

说话不假思索！阿夫塞感到胸部肌肉紧缩。说话不假思索！为什么，我说话，正因为我在思索。要是其他人也能看到真相，那该多好——"尊敬的船长，您小时候吃过植物吗？"

克尼尔沉下脸，"自然吃过，还胃痛过好多天。我想每个孩子都这么干过：吃一些本来不该吃的东西。"

"是的。您那时的思考方式跟现在很不同，先生。您见过动物咀嚼这些植物，也许是一头角面，一只甲壳背，或者一只乌龟，吃得津津有味。您就对自己说，'我也尝点植物，瞧瞧会发生什么事。'结果您发现——您病了。我们，以及其他一些食肉动物，像恐爪兽，甚至翼指等，都不能吃植物。我们的胃消化不了。"

"你想说什么？"

"呃，这正是学者看待这个世界的方式。首先你观察到：一些动物能吃植物，而另一些动物不能。然后你就有了一种观念，一个前事实，或者说，一种可能是事实也可能不是事实的陈述：我也能吃植物。接着你再做一个试验：你试着吃点植物。而试验结果是：你病了。因此，你最终得出一个结论：我的前事实是错误的；它不是一个真实的事实。我不能吃植物。"

"阿夫塞，你这孩子想得太多了。什么观察！前事实！真是一派胡言。我只是抓了一把树叶放在嘴里吞下去。我还吞过泥土、木头，等等。不是什么了不起的试验，只不过是小孩子干的傻事而已。"

"好船长,原谅我,但我不同意您的话。我确信您经历了我刚才描述的每一步。只是整个推理过程太快,不露痕迹,您自己甚至没有意识到。"

克尼尔有点不耐烦了,"说来说去,孩子,你到底想说什么?"

"我是想说——"阿夫塞要好好想一想该怎样说。他停下来,咽了口口水,这才接着说道:"学者们认为,这是一种极有价值的认识事物的方式。"

"那好,如果用这种方式得到的知识可以让你不再去吃植物,我想它的确有价值。"克尼尔磕着牙,对自己的调侃相当满意。

"我可以把我的一些发现告诉您吗?"阿夫塞问。

"孩子,我还有工作要做。"他严肃地看着阿夫塞的鼻口,"我想你也是。"

"我会尽可能说得简略些,先生。我保证。"

"先知的爪子啊,孩子。我不知道为什么大家会这么容忍你,连萨理德都有些看重你。王子也很听你的。"克尼尔沉默了一会儿。阿夫塞想着船长刚才说的话。萨理德看重我?哈!老船长终于又开口了,"说吧,阿夫塞。但记住,像你保证的那样,要简洁。我们几天后就要起航,工作很多。"

阿夫塞挺有心眼,没有因为克尼尔的取笑生气,只磕了磕牙,说:"我一直在用望远器和肉眼观察天空。我发现,我们朝东边航行的时候，'上帝之脸'一直在上升，直到现在，它几乎到了最高点，不能升得再高了，因为它已经直接悬在我们的头顶上。我还看到它经历了周相，像卫星一样，而且——我通过望远器观测发现——还像行星。"

克尼尔抬起鼻口，露出脖子。这是个温和的、表示让步的姿势。"我自己也用望远器观测过行星。我也有些被它迷住了。我告诉过萨理德，但他对我的发现不屑一顾。"

"真的?"阿夫塞说。他很高兴克尼尔有足够的好奇心亲自观测，"我想景象一定很壮观。"

"那是。"克尼尔说。声音很低沉，"我曾经很疑惑，怎么从前看上去似乎只是一个亮点的东西会显露出盈亏的周相。"

"您肯定在望远器里看到了，有些行星很像圆盘，船长。还有些行星之所以像个亮点，是因为距离太远。"

"太远? 行星不会比恒星远，也不会比卫星远。所有天体离我们都是同样的距离，只是运动速度不同罢了。"

"哦，不，先生，不是这样的。我做了一些模型，还画下来了。"阿夫塞停下来，深深地吸了口气，"船长，我的观测给我提供了一个前事实：我们的世界是球形的，就像卫星、像太阳、像'上帝之脸'一样，是球形的。"

"球形的? 怎么会?"

"噢，先生，你站在首都的码头，肯定会先看见船的桅杆出现在海平线上,然后才是船身。"阿夫塞举起右拳头,把一根左手指移过拳头弯曲的表面,"这就是越过圆形星球的船。"

"别犯傻了,孩子。那只是因为'大河'上的波浪——你这会儿就能感受到,波浪正在摇晃咱们这艘船哩。有些波浪很猛烈,有些却非常平和,船总在波峰和波谷间移动着,只是我们有时候没有意识到,所以才有你刚才描述的效果。"

他真的相信这种解释? 阿夫塞想,他这么容易就接受了书本上写的东西,没有任何疑问?"先生,有很多迹象表明我们的星球是圆的。一定是的! 一个球体,一个球,无论你管它叫什么。"

克尼尔的尾巴怀疑地摇摆着,但阿夫塞不管,继续说下去,"而且,这个圆形世界的大部分覆盖着水。我们,在戴西特尔号上的我们,不是在'大河'上航行,而是在我们球形星球的水面上航行。这些水面仿佛是一个—— 一个——超级大湖。"

"你是说,我们在一个水球上面?"

"不,我敢肯定,近岸水域下的岩石底层始终在河底持续着,甚至延伸到这儿,到最远的地方,只不过太深,我们看不到水底的岩石。我们的世界是一个岩石构成的球体,但大部分被水覆盖。"

"像一个**拉鲁杜**?"

"一个什么?"

"孩子,你们这些学徒在皇宫里是吃不到好东西的。拉鲁杜是楚图勒尔省的一种美食。你取下铲嘴的眼睛,把它浸泡在罗拉达加树的甜树汁里。糖就会凝结成一层糖衣,覆盖在眼球上。"

"是的,这个比喻很对。这个眼球就是我们这个满是岩石的星球,薄薄的糖衣就是几乎覆盖其上的水。"

"好吧,"克尼尔说,"想必你能理解,我不能马上接受这个观点。但至少我已经大概知道你的意思了。"

阿夫塞点了点头,又继续道:"还有一个问题,我们的星球有多大?"

"显然不可能知道。"

"不,船长。请原谅,我们可以计算出来。你刚才说,我们目前停在'上帝之脸'下面。只要不开船,'脸'就完全不会动。只有船的移动才能引起'脸'的上升和下沉。因此,可以用戴西特尔号的航行速度作为测量标准,来计算我们已经绕着世界航行了多远。你说过,从'上帝之脸'在地平线上出现到它升在我们的头顶上,船要航行四千千步。"

"噢,我的确说过。要航行三十二天。"

"那么,如果'脸'花三十二天的时间完全升到地平线之上,那么,我们在这三十二天的时间里一定已经航行了我们世界周长的八分之一。"

"你是怎么计算出来的?"

"是这样,'脸'占去了天空的四分之一,而天空是一个半球——一个半圆。"

"哦,正确。是的。如果'脸'占了半圆的四分之一,它就占了整个圆的八分之一。是的,我明白了。"

"还有'脸'的角度——"

"我说过我明白了,孩子。我是船员,为了航行,我知道怎样测量天空的角度。"

阿夫塞马上讨好地鞠了一躬,接着说道:"也就是说,我们用三十二天的时间,航行四千千步。在这段时间里,'脸'完全升上天空。在三十二天里,我们绕着世界航行了八分之一的路程。因此,我们世界的周长就是八个四千千步。或者说,三万二千个千步。"

克尼尔将信将疑地点点头。

阿夫塞继续说:"我们从首都出发到第一次看到'脸'的边缘出现在地平线上,一共花了一百一十三天的时间。"阿夫塞眨了一下眼,做着计算,"那么,这段时间就是航行八分之一周长所需时间的三点五三倍。所以,在那段航程中,我们一定绕着星球航行了三点五三个八分之一周长。"阿夫塞又眨了一次眼睛,"大概是周长的一半;精确地说,是百分之四十四点一二五。"阿夫塞轻轻地磕了磕牙,"当然,还可以算得更精确。"

克尼尔面无表情,"那是自然。"

"到现在,我们已经航行得更远了——足以使'脸'一直升至天顶。"

"所以你要让我相信我们已经航行了这个星球周长的一半。"

克尼尔说。

"只是一半,是的。'陆地'在这个世界的另一边,所以永远不会正对着'上帝之脸'。"

"世界的另一边。"克尼尔缓缓地说。

"是的。尊敬的船长,想想吧:我们可以从这儿一直向东航行,再次回到'陆地',所花的时间和当初到这儿的时间一样。"

说罢,阿夫塞得意地微笑着,但克尼尔只是摇摇头,"荒唐。"

阿夫塞不在乎船长的态度,"这并不荒唐! 这是通过观测得出的唯一答案。"

"前事实。你是这样说的吧? 你的前事实就是:世界是球形的,而且我们已经航行了它的一半。"

"是的,就是这样!"

"现在你想测试你的前事实,要我命令大船继续向东航行?"

"是的!"

克尼尔再次摇摇头,"孩子,首先,我不同意你的解释;其次,继续向前航行很困难,我们一直在逆风航行。掉转头直接回家会容易得多,所以,即使你是对的——何况我不相信你是对的——但走你的那条路我们什么也得不到;第三,我们没有额外的供给,缺乏多出来的那段航行时间所需要的补给。我们不能冒这个险,万一你错了怎么办?"

"但,如果我是对的,我们就大有收获,船长。我们得到了知识——"克尼尔发出一串不愉快的咕噜声。

"但是——"阿夫塞突然发现了一个新理由，"我们可以使以后的朝觐变得更简单。因为，如果世界是圆的，按我的推测，风就会绕着这个球体朝同一个方向吹。至少在这儿是这样，在离球体的北极和南极最远的环上。这以后，人们就可以向西边航行到达'脸'。这样一来，整个航程都是顺风。返航的时候也可以继续向西，再次顺风回家。想想会节约多少时间！"

"朝觐不是为了节约时间，孩子。我们的目的是重温先知的航线，瞻仰他当年看到的景象。而且，除此之外，想想你都说了些什么，孩子！上帝住在上游，查看前面的障碍物和危险，保护我们。而你却建议我们向前航行，在上帝的前面航行，航行到她没有勘察过的水域。这样做的话，我们就会失去她的保护，同时失去她的祝福。"

"可是——"

"够了！"克尼尔再次举起手，爪子完全张开了，"够了，孩子！我快没有耐心了。我们一定要按原计划返航。"

"船长——"

克尼尔用拐杖使劲击打着地板，发出"砰砰"的声音，连甲板都震动了。"我说过，够了！孩子，你很幸运，我不是祭司；否则的话，你就要用你的余生来忏悔了。你说的东西不只荒唐，而且亵渎神圣。我打算把你交给德特–布里恩，让你补习一下神学知识。"

阿夫塞低下头，"我不是有意不敬。"

"也许你不是。"克尼尔的声音柔和了一些，"我不是个对宗教特别感兴趣的人，阿夫塞。你知道，多数船员都不是。我们的血脉之中没有宗教。或许有点迷信——我们在这儿见到过一些东西，这些东西会使一个普通人的灵魂战栗。但这不是宗教，也不正式。你滔滔不绝说的这些荒唐事毫无意义。把它藏在自己心里吧，孩子。这样你的生活会简单些。"

"我不想过简单的生活，"阿夫塞说，声音很轻，"我只是——"

克尼尔的头突然抬了起来。

"怎么了？"

克尼尔嘘了一声，示意阿夫塞安静。

越过大船的噪声，越过波涛的拍击，传来一声几乎听不见的喊叫："卡尔！"

片刻后，又传来另一声同样的喊叫，声音更大，更近："卡尔！"

一声又一声喊叫，此起彼伏："卡尔！""卡尔！""卡尔！"与此同时，一连串沉重的脚步声在甲板上砰砰响过。

克尼尔跳起来，笨手笨脚地拿起拐杖。

门外响起爪子在铜条上的敲击声。"进来！"克尼尔大喊。

一个船员上气不接下气地闯了进来，眼睛发疯一般瞪着。"请允许——"

"快说，快说。"克尼尔急促地催道。

"先生，瞭望桶上的帕尔杜克看到了卡尔–塔古克！"

克尼尔合拢双手，"总算等到这一天了！它总算要为它的行为付出代价了！扯起船帆，塔德罗。追！"老船长从屋里冲向甲板，留下阿夫塞一人呆呆地站在原地，大张着嘴巴。

第十六章

犹豫一会儿之后,阿夫塞跟在克尼尔身后冲上甲板。老人的拐杖敲击着船板,发出断断续续而有节奏的声响。他们来到戴西特尔号的前甲板。大多数船员都站在船头,他们的红色皮帽像地平线上长出的一排色彩鲜艳的草莓。克尼尔向上看了看,"上帝之脸"像一弯巨大的新月挂在头顶。他大声喊叫着:"它在哪儿?"

高处观测台上的帕尔杜克向前指了指,"就在前面,先生!"

阿夫塞不禁屏住呼吸,挪到雕刻着花纹的克达加木船头,紧靠克尼尔。船长专注地望着,搜寻着。爪子张开,黑眼睛睁得大大的。船员们沿着尖尖的船头排开,几乎围成了一个狩猎队形。

"那儿!"一个船员大叫起来。

"对!"另一个人也附和着,"那儿!"

阿夫塞努力朝这两个人指的方向看。远远的蔚蓝天空中,几乎接近地平线的地方,他看到了什么东西的影子——弯弯曲曲,像一根扭弯的手指。但更细一些,更精致一些。

阿夫塞看着船长,"它是什么?"

克尼尔望了一眼年轻的占星师,"一个魔鬼。一个来自火山坑最深处的魔鬼。"

阿夫塞转过头,朝远处的水面望去。几下心跳的时间过后(鼻端闻到的是昆特格利欧恐龙兴奋时发出的体味,心跳也比平时快得多),他又看见了那个东西。就在那儿,一个弯曲的形体,一个——看在先知分上! 看看它是怎样游动的! 像一条噼啪作响的鞭子,向前射出去,然后又弹回来。

克尼尔愤怒地皱紧鼻口,断尾巴来回摇摆着。"追上去!"他喊道。

"追上去!"站在他右边的一个船员重复着,人们传递着命令。"追上去!""追上去!""追上去!"

船员们朝甲板上自己的岗位飞奔而去,尾巴扬得高高的。有的人爬上桅杆绳网,用力拉扯桅杆顶部的绳子,相互高喊着指令。四面红布船帆"哗"地松开,许多根和阿夫塞的腰一样粗的圆棒压着船帆,使它一直垂到甲板上。每张帆上都写着对拉斯克先知的颂词。船帆向外鼓起,发出噼啪噼啪的声响。这些天来一直停着的大船起航了,甲板顿时左右晃动起来。

船员们忙着摆弄帆索,拉着,扯着。阿夫塞只见眼前一片忙

143

乱。船帆在扑面而来的风中啪啪直响,四面八方传来咆哮声和吼叫声,木头甲板在重压下发出嘎嘎的声响。

戴西特尔号动起来了!就在"上帝之脸"旁边,又快又猛。抢风而行,追逐着天际那个奇怪的东西。

"出了什么事?"

阿夫塞被这个声音吓了一跳,转头一看,原来是迪博王子来到身旁。"嗨,迪博。很荣幸——"

"好了,好了。出了什么事?"

"我们在追一样东西。"

"什么东西?"

"如果我能知道,我宁愿让你用我的尾巴打结。"

迪博发出一声粗暴的咆哮。这时,一个船员走了过来,拿着一卷绳子。迪博挡住她。

"我们在追什么?"

船员的视线被遮住了,"让开,小孩。"

迪博的尾巴重重地在甲板上一拍,摇着身体,做了一个地盘展示的动作。

船员抬头看了看,"什么——哦,迪博王子。对不起——"她深深地鞠了一躬。

阿夫塞想,自己这位朋友可真能唬人。

迪博再次一字一顿地问道:"我们在追什么?"

　　船员意识到自己冒犯了皇族成员,看样子吓坏了。她的尾巴紧张地甩动着,结结巴巴地说:"卡尔-塔古克。那条大水蛇。"

　　"哪条大水蛇?"

　　"呃,就是那个在我们上次朝觐时攻击戴西特尔号的大水蛇。至少我们猜测是同一个东西。克尼尔想抓住它。"

　　迪博的眼睛睁大了,"我明白了。他身上的伤,他的脸,还有尾巴……"

　　船员连连点头,"是的,是的。不用说,他战斗得很英勇。船长,他是个真正的猎手。他希望为乘客和船员们找到新鲜的肉,有真正的骨头可嚼。他用一艘小型罶船组织了一次狩猎,想等这家伙升上水面的时候爬到它背上去,杀死它,让我们大伙儿饱餐一顿。但那家伙是一头庞然大物,一只杀人恶兽。克尼尔几乎丧命。"船员沉默了一会儿,胆怯地说,"尊敬的王子,前面的人需要这卷缆绳捆吊杆。我可以走了吗?"

　　"好吧。"迪博让开道。她急匆匆朝前甲板跑去。只要迪博愿意,他可以把皇族的权威发挥得淋漓尽致。阿夫塞看得惊叹不已。他侧着身子靠近迪博,"这么说,我们就这样追上去? 上一次,它差点弄死他,怎么保证这次追上去就没有危险呢?"

　　迪博看着阿夫塞,"狩猎总是很危险的。但它可以发泄我们的愤怒,净化我们的情绪。克尼尔的情绪肯定需要净化净化。"

　　阿夫塞磕磕牙,"那是肯定的。"

就在这时,克尼尔的声音压过船上的噪声,"快!快!它逃远了。"

戴西特尔号乘风破浪朝前驶去,一路上水沫翻飞。

帕尔杜克在头顶大叫:"它朝东逃了。"

"我们也朝东!"克尼尔吼道,嗓子都快撕裂了。

克尼尔旁边的船员说:"可是船长,如果继续朝东,我们就会走到'上帝之脸'的前面去。"

这之后,克尼尔做了一件昆特格利欧恐龙几乎永远不会做的事。他径直走进那个船员的私人地盘,猛地挥动拐杖,把那个倒霉的船员击倒在甲板上,"我说了,向东!"

阿夫塞看得直眨巴瞬膜。前面,东边的地平线上,肉眼几乎看不见的地方,一根奇怪的弯曲着的脖子正来来回回急速移动。戴西特尔号快速向前,冲进那片未知的水域。

第十七章

迪博王子的舱房门外响起一阵爪子抓拍铜条的声音。

"谁?"他问。

"瓦尔-克尼尔。可以进来吗?"

"哈哈特丹。"

迪博正躺在自己的板床上,吃着一条咸肉点心。他抬头看看门口,发现皮肤上长着灰斑的船长挂着拐杖走了进来。

"哦,克尼尔,什么事?"

克尼尔摆动着尾巴。"尊敬的迪博王子,我——我很惭愧。"他低头看着木板条甲板,"我没有想好怎么保护你的安全。我们正朝未知水域行进,追逐一条危险的大水蛇。但我应该首先为你的安全着想。"

"是的。"迪博同意说,态度很亲切,"应该这样。"

"自从上次遇见这头怪兽以来,我一直想捕获它。它是一种邪恶的生物,王子,除掉它对所有的船员都有好处。"

"你预计追上它会花多长时间?"

克尼尔移动了一下身体,显然想说:"无论多长时间都得追下去。"但他嘴里却只说很难预测。

"我的朋友阿夫塞倒是很高兴走这条路。"

"什么?"克尼尔说,"哦,是的,我想他的确高兴。"

"你能杀死这东西吗? 这个卡尔-塔古克?"

"是的。我肯定。"

"但你上次没能杀死它。"

"是,"克尼尔说,"上次没有。"

"而你觉得这次能做到?"迪博推开板床站起来,身子靠在尾巴上。

"是的。上次我只带了少数船员到小蜓船上。那是我的错误。我们试图制伏它,但它用鳍攻击我们。这一次,我要用戴西特尔号来捉住它。没有什么东西的速度赶得上这艘大船,我保证。"

"我是皇室成员,我必须回首都。"

"我知道。"

迪博看了看他刚才吃的那条硬邦邦的咸肉。最后说:"如果你杀死这个大水蛇,我们就有新鲜肉吃了?"

"我们会得到新鲜肉的,尊敬的王子。"

"最多需要多长时间？"

"肯定不会超过四十天——"

"四十天！那么长？"

"赶上它不是件容易的事，卡尔-塔古克游得很快。我恳求你，王子。我一定要抓到这头怪物。"

"不过是一头不会说话的畜生而已。"迪博温和地说，"和一头不能说话的东西较劲，似乎，嗯，没有道理。"

克尼尔抬头看着王子说："如果太阳侮辱了我，我也会去攻击它的。**我要抓到这头怪物。**"

迪博上上下下打量着克尼尔满是疤痕的脸，还有被咬断的尾巴。他想起自己猎捕雷兽时的情景。当时，在战斗中，他是多么想弄死那东西。他还想到了太阳。终于，他说道："换了我，也会去攻击太阳的。"他顿了顿，"四十天。不能再多了。"

克尼尔深深地鞠了一躬。

"如果我们不捕获卡尔-塔古克，不把它杀死，上帝就会捕获我们全体！"克尼尔的这些话本意是想给大家打气，但起到的作用似乎刚好相反。船员们虽然对船长绝对忠诚，但显然还是很紧张。乘客们也吓坏了。戴西特尔号继续向前挺进。克尼尔走过甲板，拐杖"踢踏踢踏"一路响着。

从没有任何船只走过这条航线：一直向东，越过朝觐点，也就是"上帝之脸"悬得最高的那一点。每隔一分天,阿夫塞都要详细记录"脸"的位置。它缓缓地向西边地平线滑去,已经落在船后。

卡尔–塔古克离船太远。阿夫塞只有一次机会,用望远器瞥了一眼这家伙,此后克尼尔便收回了望远器。他看到的是一条蛇一样的脖子,以及在波浪中游动、时隐时现的圆圆的肉峰。脖子顶端是一个长长的头,长着——在远处很难确定——匕首一样的牙齿,向外突出,犬牙交错,连嘴巴闭着的时候似乎也是这样。

克尼尔一直站在船头。偶尔吼出一声命令,但多数时间是用望远器盯着那头出没不定的猎物,不时低声诅咒几句。

阿夫塞几乎随时都在甲板上,不顾冰冷的水沫、刺骨的寒风,时刻注视天空,专注程度不亚于搜索怪物的克尼尔船长。黄昏时分,随船祭司德特–布里恩走近船长,阿夫塞正好可以偷听到两人的交谈。他知道,尽管船长跟祭司很熟,但从来没真正喜欢过他,只把祭司视为这种朝觐必不可少的一件行李,完全没把他当成同事、朋友。

"船长,"布里恩深深鞠了一躬,"我们在'上帝之脸'下面的仪式还没结束,还需要再祈祷三天才行。"

克尼尔眼睛没离开望远器的目镜,脑袋一侧的伤疤黄乎乎的,跟黄铜镜筒正好相配。"上帝不是随时随地都能听到你们的祷告吗?"

布里恩满脸戒备,"当然,船长。"

"那么,就算不在'上帝之脸'下面,她照样能听到。"

"是这样。可是,瓦尔–克尼尔,船上有许多朝觐者是第一次朝觐。对他们来说,在'脸'下面祷告二十天是十分必要的,还要做三十七次忏悔,诵读九部《圣卷》。"

"下一次朝觐时再做吧。"

"我担心不会再有下一次了。你把我们带进了未知水域,进入上帝没有为我们勘查过的水域。"

一股大浪打来,船身猛地晃了一下。"我一定要逮住那头怪物,布里恩,一定!"

"我恳求你,克尼尔,恳求你掉转船头。"

船长调整着望远镜的焦距,重新搜索远在天边的大水蛇,"迪博王子已经批准了。"

"迪博也是这么跟我说的,但你只有四十天时间。"

"你的反对意见留到四十天之后再说吧。"

"克尼尔,我恳求你。这么做是亵渎神明。"

"少说什么亵渎不亵渎的。我发誓,非要让鲜血染红'大河'不可。"

布里恩向克尼尔伸出手去,伸进对方的地盘,碰了碰船长的肩头。克尼尔吃了一惊,终于放低望远镜,盯着祭司。

"谁的鲜血,克尼尔?"布里恩说。

船长眯缝着眼睛,打量着祭司。一时间,阿夫塞以为布里恩终于把船长说动了。但克尼尔突然大喝一声："前进！"重新举起望远器。戴西特尔号独特的钟鼓声响起来了。布里恩绝望地甩着尾巴，朝船尾走去，面向"上帝之脸"，开始吟唱祷词，祈求上帝宽恕。

追逐大水蛇已经三十九天了。克尼尔比任何时候都更加焦虑不安。有时一连好几分天看不见它。是潜入了水下，还是滑过了地平线，阿夫塞说不清楚。但是，桅杆顶部的瞭望哨总会重新发现水怪的踪迹，于是戴西特尔号继续追踪。阿夫塞发现，怪物好像在故意逗弄克尼尔，它总是很小心地和船保持一定距离。不管怎样，戴西特尔号一直朝东航行。终于，"上帝之脸"远远地落在船后，落到西面海平线上，像一个浮在水面、布满彩条的巨型圆球。

突然，瞭望桶里的船员发出一声高喊。卡尔-塔古克掉头了！正对戴西特尔号飞奔过来。

阿夫塞和迪博跑上前甲板，透过起伏的水波朝东边地平线望去。没有望远器很难看清楚。但是，看在先知爪子的分上。是的，那个长长的灰色脖子显然越来越近了。

旁边的克尼尔眼睛贴在望远器上，"它来了。"他咕哝着，声音低沉，"来了。"

阿夫塞首先想到的是，戴西特尔号应该掉转船头，赶紧逃离这个越来越近的大水蛇。但克尼尔——完全意识到乘客和船员的恐惧的克尼尔——却大喝道："保持航线！"

怪物很快靠近了，用肉眼也能看清。顾长的脖子，有点像雷兽，但更柔软。脖子顶端是一个又长又平的脑袋。那些牙齿简直让人难以置信：向外突出、重重叠叠，像一个装满刀子、满得溢出来的抽屉。

怪物的身体又圆又灰，隐隐可见一些绿色条纹。整个身子似乎隐在波涛之下。尽管如此，阿夫塞还是不时看见四只菱形的鳍，横扫水波，强力的拍击卷起一阵阵泡沫。怪物朝左右翻滚的时候，偶尔还能瞥见它的尾巴：又小又硬，似乎对怪物的游动没有任何用处。顾长坚韧的脖子、圆形而有鳍的身体，所有这些，使阿夫塞联想起一种能咬穿乌龟壳的蛇。眼前这家伙的身体似乎没有壳。因为那些可怕的相互交错的牙齿，它的脑袋显得比阿夫塞见过的任何蛇头更可怖，更令人厌恶。

怪物至少和戴西特尔号的船身一样长，其中超过一半的长度是它那长长的脖子。

它劈波斩浪，越来越近。被猛烈冲撞的河水波涛翻滚，泡沫飞溅，在它身后拖出一条长长的白色尾迹，几乎延伸到海平线尽头。

突然，它潜入水下，消失了。阿夫塞只见它那根短尾巴的末梢一晃，水怪便完全隐没了。

阿夫塞计算了一下这家伙的速度和轨迹。以它刚才移动的速率,只需二十下心跳左右的时间就会撞上戴西特尔号。他抓住甲板边的缆索,弯下膝盖,尾巴撑在地上,把自己稳稳地支撑在五个支点上,等待着,等待着……

十下心跳。十五下心跳。阿夫塞朝四周看了看。所有和阿夫塞有同样想法的人都做好了准备。迪博紧紧抱住前桅杆,戴斯-卡图德抓住桅杆底部的攀爬绳网,博葛-塔尔迪罗干脆匍匐在甲板上。

二十下心跳。二十五下心跳。

克尼尔也斜靠着栏杆,张开的爪子戳进木头里。

三十下。三十五下。

怪物在哪儿?它在哪儿?

克尼尔松开缆索,朝四周打量着。"它想溜走!"他迎风大叫,"帕尔杜克,掉过头——"

就在这时,阿夫塞感到戴西特尔号升了起来,仿佛涌上一个巨浪的浪尖。大船继续向上,越来越高,船身明显向左侧倾斜,像地震时一样,被高高掀起,然后落下。甲板栏杆没入水里。随后,又是同样的一轮升起,落下。

阿夫塞只见一个船员被震得飞了起来,还有一个乘客滑过甲板,掉进船体被水淹没的那一侧。

之后,摇动停止了。戴西特尔号摆回到另一面。河水淌过甲板,溅到阿夫塞的腿上。大船坠落下来。然而,就在船的左侧,像噩梦般从奔腾的河水中升起的,正是那根巨大的灰色脖子。水珠从上面滚滚落下。它升得越来越高,直到戴西特尔号桅杆高度的一半。嘴巴大张着,发出一声尖叫。滑滑的、潮湿的爬行动物的尖叫。剃刀般尖利的牙齿朝各个方向伸出。

随后,脖子像鞭子一样猛扫过来,速度之快,眼睛几乎追踪不及。塔尔迪罗从甲板上被铲走了。阿夫塞只见她被怪物咬在嘴里,浑身是血,四肢和尾巴就像怪物的尖牙一样歪斜着。大水蛇把头转向天空,长脖子噼啪一响,尸体被抛向空中。然后又被衔住。这次是先咬住头。它的下巴运动着,不断咀嚼,啃咬。一团隆起滚下大水蛇那拉长的脖子。阿夫塞不由得胃部一阵搅动。

每个人都朝对面甲板爬去,极力逃过怪物的长鞭。

阿夫塞想,这时要有一根长长的、尖尖的木轴,或其他什么可以刺戳的武器,那该多好啊。但"五猎人"宗教团体禁止使用这类工具。即使到了文明时代,这种禁令依然存在。

昆特格利欧恐龙用牙齿和爪子捕杀。鲁巴尔的第一道命令就是这么说的。只有这样的捕杀才能使我们强大和纯洁。

还有,阿夫塞想(已经不是第一次了),只有这样的捕杀才能释放我们内在的暴戾,使我们免于自相残杀……

卡尔-塔古克的鳍拍打着河水,掀起阵阵巨浪,撞得大船不断摇晃。怪物飞快地绕过船头,想抢到大船右舷——那儿足有十个美味可口的昆特格利欧恐龙,紧紧攀着栏杆。

见卡尔-塔古克急冲过来,乘客和船员纷纷朝左舷奔去,脚和尾巴一齐拍打着甲板,像一阵滚雷响过。

嘎德克尔塔克德特,意思是**拉司图特尔**游戏中的僵局。但转眼间,僵局被打破了。克尼尔船长突然发出一声怒吼,冲过甲板。因为没有尾巴平衡身体,他不能向前倾斜,保持身体与地面平行的奔跑姿势,但他仍然依靠拐杖的支撑,疾驰而过。船员们大声地呼叫,请求他停下来,但是没用。水怪转过长长的脖子,正对着船长,张开了血盆大口。

船员们对船长忠心耿耿,有两个船员,帕尔杜克和诺尔-甘帕尔,同时冲到甲板上,跳跃着,挥动手臂,希望成为比他们的船长更有诱惑力的目标。他们成功了。怪物的注意力被吸引住了,长长的管状脖子向他们横扫过去。

阿夫塞转身想看看迪博怎么样了,视线正好落在卡图德和另一个船员比尔托格身上。这两人正发疯似的解下缠在前船帆吊杆上的绳子。阿夫塞看见他们的时候,他们刚好解开绳结。绳子通过滑轮飞泻下来,吊杆左右晃荡。甲板上的乘客和船员慌忙闪避,以免被旋转着滑过空中的巨大圆木击中。

阿夫塞迅速把眼睛转向卡尔。这大水蛇的脖子拉得紧紧的,绷成一条曲线,正在进攻。但是吊杆挟带着强大的加速度,"砰"地砸向卡尔的脖子。怪物措手不及,脖子被砸得一弯,同时发出

"呜"的一声怪叫。这家伙好像暂时被撞晕过去了。阿夫塞只盼着船员们趁机开船,躲开这头水怪。

但是不! 没等其他人反应过来,克尼尔跃过船舷,跳到怪物肩上。老船长猛地张开大嘴,向怪物咬去。

卡尔的脖子尽量摆向右边,弯到后面去够自己的身体,想用那张长满可怕牙齿的大嘴咬住克尼尔。但它的身体结构不允许脖子这样弯曲。又有三名船员越过船舷跳进水里,长尾巴有力地左右划动着,向卡尔游去。

这一切发生在阿夫塞对面的船舷。他很想知道情况到底怎样了,但还不至于傻到因此冲到开阔地带,使自己成为那个灵活的脖子的进攻目标。他匆忙跑到桅杆底部的攀爬网,努力收起妨碍攀爬的爪子,爬上绳网。这张绳索交错的网恰好隔在他和卡尔之间。绳网提供不了多少保护,但他觉得,就连卡尔也不大可能咬断这么结实的绳子。小小的网格对卡尔庞大的头来说又太小,它不可能钻进来。

这时,阿夫塞已经爬得很高,足以看清船那边发生了什么。三个跟着克尼尔跳下水的船员靠拢卡尔。两个船员抓住怪物右前鳍上的侧翼,第三个的嘴巴咬进鳍的后缘。卡尔开始拍打水面,试图甩掉船员。如此剧烈的震荡,阿夫塞想象不出那些船员是怎么挺过来的。

然后,卡尔潜了下去。光滑的身体划破水浪,只一眨眼的工夫就钻到了波涛之下。怪物存在的痕迹顿时消失得一干二净，只剩下起伏的水面。

随之消失的还有克尼尔和他的三个船员。

阿夫塞竭力克制住突然袭来的一阵恐慌。卡尔和他自己一样是爬行动物——一种需要呼吸空气的生物。它肯定会浮上来呼吸的……

但是，阿夫塞估计，这头怪物如此庞大，如果做好充分准备，在刚开始的时候猛吸一口气，吸入大量空气，它也许能在水下潜伏很久。不过，这次潜水或许不是预先设计好的。相反，卡尔只是试图摆脱攀在它皮肤上又抓又咬的那几头小动物而已。

阿夫塞觉得自己发现了水下怪物的行踪。但蓝白色的太阳光以及"上帝之脸"反射在船尾的红色和橘红色的光穿过波峰，投下古怪的色调，使他很难看清。

几下心跳过后，水里出现了骚动。那个爬在卡尔的鳍上啃咬的船员埃博-哈兹格冲破水面，朝大船游来。阿夫塞此时正高高地爬在绳网上，视野很开阔。他敢肯定，除了瞭望桶里的瞭望哨，自己很可能是唯一能看见哈兹格的人。哈兹格是个雌性，也许比阿夫塞年长两倍。她靠近了船身。阿夫塞朝下面的人呼叫，但甲板上一片骚乱，所有人都在大呼小叫。他爬下网绳，抓起救生索，冲到船边栏杆处，将救生索扔向哈兹格。这时，她离船边仍然有十二个体长那么远。

　　哈兹格的尾巴来回摇摆，在波涛间上下滑动。终于，她游到船边，抓住救生索。救生索末端是一个宽宽的环，她把它套在头上和肩膀上，再拉到腋窝下，这样阿夫塞就可以把她拖上船。

　　但就在这时，在她身后，卡尔的头从波涛中升了起来，脖子上的水像小溪一样淌着，顶端是大张的嘴巴。怪物升得很高，肩膀都露出来了。阿夫塞看见了克尼尔。船长大口喘息着，爪子仍然深深地戳进怪物的脖子根。另外两个远在卡尔胁腹下的船员仍然浸在水里，看不见他们。

　　卡尔的脖子向前一伸，快得像蛇信，大嘴一合，匕首般的尖牙利齿猛地撕咬下来。哈兹格被咬住了，从尾部到腰部，半个身体进了怪物的咽喉。当大嘴咬过来的时候，哈兹格猛地拉了一把缠在身上的救生索。阿夫塞也使尽全身力气，拼命拉拽绳子。但卡尔紧紧咬住哈兹格不放，脖子把绳子一扯，阿夫塞"砰"的一声撞到栏杆上。

　　阿夫塞抬起头，再次看到那让人恶心的一幕：隆起的一团，滚下怪物那长得没有尽头的脖子。

　　看得出来，长脖子吞咽的时候，尸体在里面移动得非常慢。阿夫塞突然发现，哈兹格也许不会白死。卡尔需要呼吸，而哈兹格却正好堵住了它的咽喉。因此，大水蛇要把阿夫塞的同伴吞下去，必须经历一个长长的、可怕的过程，在这个过程中它不会呼吸到很多空气。

阿夫塞手里仍然拽着绳头。和那根粗大的脖子相比,它只不过是一根细线,连着大水蛇的大嘴,只要它稍稍嚼一下,轻而易举便能咬断救生索。但从卡在长脖子四分之一处的那一大团隆起来看,水怪显然没有咀嚼,直接将哈兹格的身体吞了下去。阿夫塞但愿她已经死了;一想到她可能还活着,正滑向卡尔那黑暗的咽喉,浸入它的胃酸,阿夫塞就感到不寒而栗——

为了吞咽,卡尔的脖子抬得很高,几乎直立起来。绳子从它嘴里垂下来,另一头在下面的阿夫塞手里,拉成一条直线。阿夫塞爬上船边的栏杆,波浪猛地打过来,又退下去。他向空中纵身一跃,下面的波涛令人头晕目眩。阿夫塞在空中划了一个弧形。与此同时,卡尔那巨大粗壮的灰色脖子也朝他猛冲过来。

"砰"的一声,阿夫塞猛地撞在怪兽脖子上,撞得他喘不过气来。下面,距离阿夫塞四个身体长度的地方,克尼尔身体半浸在水里,正像凶猛的动物一样啃咬着怪兽。卡尔发达的肩部肌肉被他大口撕咬下来,但和怪兽庞大的身躯相比,这些伤微不足道。大浪冲刷着卡尔的背部,每一次冲击都使克尼尔气喘吁吁,同时把怪兽身上的血迹冲刷得干干净净。

刚碰上卡尔那又滑又黏又湿的脖子,阿夫塞便伸脚猛地一蹬,荡了起来,仿佛在奇马尔火山那凹凸不平的山壁向下滑落。他跃向空中,这一次身体蜷成一团,尾巴笔直地伸出去,以此改变身体的重心,准确地落在脖子的另一边。刚一落地,马上又是一蹬,再次荡起,绕过脖子。卡尔被他的动作弄得惊慌起来。它伸长脖子,想看看到底发生了什么事。真是太好了,正好方便阿夫塞找到第三次落地的落点。他再一次跃起,绳子又在脖子上绕了一圈。愚蠢的卡尔并没弄明白阿夫塞的意图,但愤怒之中,它啪地闭嘴,交错排列的利齿切断了绳子。

但是太迟了,阿夫塞已经用绳子牢牢缠住了卡尔的半个脖子。阿夫塞看得很清楚,哈兹格的尸体仍然卡在怪兽的喉咙中间。卡得如此之紧,阿夫塞甚至能辨认出哪儿是她的腿,哪儿是身躯,凹下去的则是她的脸。

阿夫塞跳进水里,大口地喘着气。克尼尔看见了他。另外两个船员刚才消失了一段时间,现在又跃出了水面。他俩也看见了阿夫塞。他们突然明白了他的计划,开始朝他游过来。克尼尔滑向卡尔身侧,用他的短尾巴尽可能快地朝阿夫塞的方向游去。其他人也从船边跳下来,溅起一阵阵浪花。每个人都紧紧抓住绳子,爪子张开,尾巴急速划动,朝戴西特尔号游去。

更多的爪子伸过来了,力量和重量都在增大。现在,已经有十个,十二个,十五个昆特格利欧恐龙用力拉扯绳子,拼命把卡尔的脖子朝水里拖。

阿夫塞抬头看了看,只盼站在甲板左边的无论哪个人知道该做什么。那儿,背着明亮的阳光,出现了一个圆胖的侧影:迪博。

站在那儿的正是身体太胖的王子,惊得目瞪口呆。

阿夫塞朝他的朋友喊叫,但卡尔用它的鳍重重地击打着水面,巨大的撞击声淹没了阿夫塞的呼叫。

终于,迪博动了一下,好像在叫喊——但不是对他。不,王子正在召唤戴西特尔号甲板上的其他人。

而卡尔正猛拉自己的脖子,试图把脖子扭回来。阿夫塞感到手上的绳索在水中僵持了一会儿,然后开始被扯了过去。

快点,迪博……

阿夫塞再次抬头看看那耀眼的阳光。那儿——正是他所盼望的那个有棱有角的东西,从船边放下来了!黑色金属,五个支出的爪子——船锚。

迪博和其他人飞快地松开锚链,但锚仍旧放得很慢。滑轮机的转轮发出骨头碎裂似的声音,这是世上最动听的交响乐。

就在这时,阿夫塞被拼命挣扎的卡尔完全拉入水中。他吞着河水,眼睛睁得大大的,但只能看见一大片水泡。他感到自己的肺快要爆炸了,视线也渐渐模糊起来。

终于,锚从船上放下来了,到了水面之下。阿夫塞压下呼吸的渴望,和其他人一道把绳子缠在船锚的铁链上。一切完成之后,他这才放开绳头,游出水面。终于呼吸到了空气。他的鼻口张得大大的,大口地呼吸,呼吸,呼吸。

腰上搭过来一只手臂,然后是另一只,托住他的肘部。从戴西特尔号上蜿蜒垂下一条救生索。越过肩膀望去,卡尔正发疯似的试图把脖子弯成圆圈,想够到那根把它绑在锚链上的绳子。它没有成功。铁链沉下去,怪物被拖到水下。它的鳍和强有力的尾巴拼命摆动着,想浮出水面。但它做不到——尤其是现在,哈兹格的尸体堵在脖子里,它无法顺畅地呼吸。况且那儿也正是阿夫塞缠绕绳子的地方。铁锚继续下沉,迪博和其他人正拼命往下放锚链。

终于,怪物那长着尖利牙齿的邪恶的头——每次呼吸,牙齿都磕得啪啪响——被拖到了波浪之下。

阿夫塞又观察了一阵,只见它的鳍加倍使劲地抽打着,掀起一片水花,溅得他和其他人满身都是。最后,卡尔的鳍突然完全停止了摆动。

阿夫塞终于恢复了呼吸,发出一声长长的叹息。迪博和其他人拖起救生索,把他扯回戴西特尔号。

第十八章

　　德特–布里恩祭司认为,他不能为卡尔–塔古克的肉祝福,因为捕猎过程中使用了工具——绳子和铁锚。确实是这么回事,但饥饿的船员和朝觐者们却并不想理会这一点。

　　克尼尔很快解决了这个难题。他引用《圣卷》第三十二章的语录:"手头的东西来自上帝的恩惠;如果需要就使用它,但不要用武器去狩猎,因为那是懦夫的行为。"那么,铁锚和救生索都是手头的东西,它们的目的不是杀戮,所以不能算武器。阿夫塞利用了它们,这是可以接受的。

　　克尼尔坚持认为:"这和上帝允许我们用网去捕捉鱼类、软体动物和水生蜥蜴是一样的道理。"他很高兴自己抓住了布里恩解释《圣卷》时的漏洞,"这些动物近在手边,上帝把它们放在那里,只等我们去捉。这并不是什么狩猎。"布里恩缓和了一些,但阿夫塞觉得他还是有点不情不愿。最后,祭司终于冲着随波起伏的水怪尸体念叨了几句祝福的话。

无法把这个庞然大物拖上船,卡尔–塔古克的尸体必须在水中切开。锚上的绳子刚被解开,尸体便浮上水面。克尼尔和其他人已经咬下了它身上的一些肉,但它流的血并不算多,不过已经足够引来各种各样的水生食肉动物。这些家伙长着螺旋形外壳,水流过壳中会产生压力。通过调节水压,它们能在水里自由升降。这会儿,它们正用隐在一簇簇触须中的喙使劲啃啮卡尔的尾巴和鳍。

阿夫塞亲自参加了水中切割卡尔尸体的盛宴。但他的腿被一只卷曲的软体动物咬住了。帕尔杜克和迪博费了很大力气才拉开缠在阿夫塞腿上的触须。触须松开时,成千的吸杯砰砰地响着,像一群食草动物一齐放屁。伤得不重:咬掉的肉十天之内就能长出来。

他们从两个部位锯断卡尔的脖子。先把脖子齐肩锯断,再砍下那颗长满邪恶牙齿的头,当作克尼尔的战利品。

脖子被横着切开,搬出哈兹格的遗体。德特–布里恩坚持把尸体抬到船上。本来可以水葬,他说,但不能在这儿,不能在"上帝之脸"的上游。她的尸体应该被妥善保存起来,直到我们航行到安全水域。

之后,脖子开始随波漂流,两端的切口涌出大量鲜血。生着触须的软体动物立即爬了上去。不一会儿,水生蜥蜴也来了,用尖尖的嘴巴啃下一块块肉。

阿夫塞甚至还看到一只巨大的翼指也落在这长长的、管子似的脖子上。他还以为这么大的飞鸟不会吃这种野食呢。可这家伙一连啃下了好几块上等好肉,这才重新绕着脖子飞了起来,不时拍打着它那毛茸茸的翅膀。

让大家非常失望的是,卡尔那巨大的鳍全是圆形的骨头,根本无法食用。它们被分别切下来,像四艘平底船一样随波逐流。

但它那又圆又滑的躯体却是真正的美味佳肴。大块大块的鲜肉被拖上戴西特尔号的前后甲板。大家早就厌倦了每天吃腌肉——那不过是糊口维生而已。但这东西,这东西才是猎手的食物!可以深深咬进去、撕下来的鲜肉,热腾腾,血淋淋的,这才是真正的食物。

享用这样一餐美味足以消除因为禁锢在船上而带来的沮丧,抵消长时间封闭引起的烦闷。美餐之后,人人都懒得活动,大多数在原地睡着了。他们躺在甲板上,腹部高高隆起。

就这样,一个偶数晚过去了,紧接着奇数天也过去了一大半。终于,该起航了。

阿夫塞想,是该再和瓦尔-克尼尔船长面谈一次的时候了。

自从卡尔被杀死以来,克尼尔的情绪一直很古怪。有一两次,阿夫塞试图看看老人的眼神,但克尼尔总是迅速将鼻口转开。

阿夫塞本想在船长的办公室和他私下谈一次,可他无意中在后甲板遇见了他。机会很好,不能错过。

"船长,我想和您谈谈,我请求您。"

克尼尔看着阿夫塞,足有几下心跳的时间。那双闪闪发亮的黑眼睛似乎在瞪着他。阿夫塞苦苦思索,想弄清楚船长在看什么。终于,他发现船长看的是他右耳上的猎手纹饰,这是全首都的人享用雷兽盛宴的那个晚上刺的。阿夫塞不由自主地收起爪子,抬手摸摸脑袋侧面。

克尼尔终于点点头,"我在萨理德办公室遇见你的时候,你还没有那个纹饰呢。"

阿夫塞低头看着脚上的三根爪子,又看看木头甲板上的旋涡状纹理,"是的,先生。那时候还没有。"

"从头一回见面到我们开始航行,这段时间不长呀,可你居然在这么短时间里完成了你的首次狩猎。"

"是的。"

"我在首都'橘红翼指'酒店的时候,有天晚上听说过一个故事。说的是皇宫里某个学徒成了捕杀雷兽的英雄。"

阿夫塞移动了一下脑袋,目光越过戴西特尔号的船尾,朝"上帝之脸"看去。它的顶部有一半亮着,黑暗的底部刚好挨着西边的地平线。

"故事难免会有些夸张。"

"当时我也这样想。但这一次，你又成了捕杀卡尔–塔古克的英雄。那些目睹了整个事件的人是这样告诉我的。他们比我看得更清楚。"

"大家都是英雄。狩猎团队成员像育婴堂的伙伴一样不分彼此，船长。"

"是这样，是的。阿夫塞，但你的英雄行为救了我的命。"

"不算什么。"

"不算什么？我的命不算什么还是你的事迹不算什么？"克尼尔磕了磕牙齿，"我倒真想说两者都不算什么，但那不是实话。萨理德和女王本人一定会知道这件事的。我也很感激你。"

风像往常一样平稳地吹着，大船左右晃动。阿夫塞鼓起勇气，"那么，像我请求的那样航行吧，船长。继续向东。因为追逐卡尔，我们已经到了任何船只都未曾到过的远方。如果我的计算是正确的，现在我们继续沿这条航线回到'陆地'，比掉转船头、掉过尾巴回去花的时间要少得多。"

克尼尔看起来好像要说点什么。阿夫塞马上继续说："食物不是问题。卡尔剩下的肉已经腌制好了；这场捕杀也释放了大家未来几十天的狩猎冲动。也别说什么这儿的水域不安全，因为我们已经越过了'上帝之脸'。而且，我们还遇到了能够想象到的最可怕的魔鬼，一个只在最黑暗的梦魇中才会出现的怪物。我们击败了它。我们——"阿夫塞差一点就要说，我们不需要上帝的照看，但他知道，只要说出这种话，自己的好运气就到此为止了。他闭上嘴，急切地抬头看着船长。

克尼尔的目光移向水面。望着地平线。戴西特尔号的红帆在微风中噼啪摆动。阿夫塞等待着船长的答案。他感到自己的心脏在急速跳动，爪尖一阵阵发痒。

突然，克尼尔的眼睛睁得大大的。他转向阿夫塞，抬起左手，两根离拇指最近的手指伸出，张开爪尖，剩下的两根手指摊开，但爪子收了起来。他的拇指扣在手掌上。

阿夫塞知道这个手势。他每天都在自己的舱房门上看见它，就在雕刻的五猎手画像上。他甚至还学着比画过，但不明白它到底是什么意思。他耸耸肩，举起左手，重复了一遍这个手势。

就在这时，令人不解的事发生了。瓦尔–克尼尔，这位高级船员，戴西特尔号的船长，弯下腰，用断尾和拐杖平衡身体，向阿夫塞行了一个完整的让步礼。"我马上下令改变航向。"说完，他转身离开了。

第十九章

"我们都会死的!"德特-布里恩祭司大叫着,声音盖过了大船那独特的、滚雷似的钟鼓声。每一天,他都变着法子和克尼尔船长争论这件事。

"毫无疑问,"船长趴在板床上,与工作台形成一个倾斜的角度。他的尾巴现在已经长得可以触到甲板了,"人人皆有一死。"

"但这是发疯,"布里恩说,"绝对的发疯。以前没有任何船只越过'上帝之脸'航行到这么远的地方。'脸'很快就会完全落下去——那时我们就再也得不到上帝的庇护了。"

"你怎么知道?"

布里恩张着嘴,这么放肆的问题让他震惊不已。一会儿过后,他才气急败坏地说:"为什么,书上是这样写的!"

克尼尔重新整理了一下工作台上的皮纸,"年轻的阿夫塞说,有些写在纸上的东西并不一定是正确的。"

"阿夫塞？阿夫塞是谁？"

"带领我们杀死卡尔–塔古克的那个小伙子。学徒占星师。"

"一个小伙子？谁在乎一个小伙子在想些什么？我是祭司，我有德特–耶纳尔博的授权。"

"那么，德特–耶纳尔博告诉过你不应该继续向东航行吗？"

"没有人告诉过我。我是在《圣卷》上读到的；你也应该清楚这一点，如果你读过圣书的话。"

克尼尔发现，趴在板床上实在不是一种漂亮的辩论姿势。大船现在已经乘风破浪向前航行。等船稍微平稳一些，他站起来，摸索着拿起拐杖。

"哦，我读过圣书，布里恩。'大河之水就像一条路；是的，它就是通往上帝之路。去吧，不要离开上帝的视野，因为只有上帝知道那儿有什么'。你瞧，《圣卷》上没说前面危险；我们前面的只是未知的东西罢了。"

"未知的东西总是危险的。"

"那么，为什么不问问你的上帝呢？"

布里恩的尾巴来回摆动着，"问什么？"

"问问你的上帝。就是那个大部分浸在水里的东西，对吧？"克尼尔指指后舱壁，"到甲板上去，请求它给你一个不应该继续航行的神示。"

"我敢肯定,水怪的到来就是一个神示。已经死了两头昆特格利欧恐龙了。"

"但我们以前也碰到过卡尔–塔古克,在你认为安全的水面。那时候,'上帝之脸'还高高升起在空中。那个怪物的到来又代表了什么神示呢?"

"我凭什么该知道?"布里恩说。

"你凭什么不该知道?预测凶兆和吉兆是你们的惯用手法。这怪物怎么成了不能进入这些水域的警示呢?我第一次碰见它的时候,它攻击我们的时候——"克尼尔朝着自己的尾巴做了个手势——"它正在你认为的安全水域,你的整个宗教都坚持认为只能在那儿航行的水域!"

"我的上帝,克尼尔?我的宗教?它也是你的宗教,我相信。除非——你不会是'五猎手'教的信徒吧?"

"那个古老的宗教有很多值得尊敬的地方。"

"它是错误的,它不知道真正的上帝。"

克尼尔摇摇头,"鲁巴尔宗教能充分发挥个人才能。在狩猎中,通过自己猎取食物净化暴力欲望,发展同伴情谊。就连你的宗教也很重视同伴间的情谊。难道那不是我们所有人希望在天国得到的东西吗?只不过,鲁巴尔宗教每天都在发展这种情谊,就在这儿,在世俗生活中。"

"你怎么敢拿那个古老的教派和真正的宗教相提并论!"

克尼尔穿过房间,拐杖的声音叮当直响。"我不是有意不敬。"

布里恩摇摇头,"这个阿夫塞好像有强大的力量。以前我从来没听你说过这样的话。"

"我们大家都会随着时间的流逝而改变的。"

布里恩眯缝起眼睛,似乎想从船长的黑眼珠里发现什么。"但是,克尼尔,如果你错了呢?"

"那我就错了。"

"但我们都会送死。"

"航行总是充满危险。每天都必须做出生死攸关的决定。"

"但从未有人如此鲁莽。"

他们的争论被一阵爪子敲打在铜条上的声音打断。"我可以进来吗?"厚木门外,一个低沉的声音问道。

"哈哈特丹。"克尼尔说。

木门开了,进来的是诺尔-甘帕尔,那个在甲板上守望的人。他紧张地看了一眼祭司,然后对克尼尔道:"你说过要告诉你……在它发生之前。"

克尼尔欠了欠身,"跟我来,布里恩。"船长侧着肩膀挤过门口,跟着甘帕尔走上斜坡,到了甲板上。

正是傍晚,微风吹来,稳定,冰凉。六颗明亮的月亮照亮天空,它们或盈或亏,从新月到接近满月,形状不一。克尼尔的目光越过戴西特尔号宽阔的后甲板,向船尾看去。西边地平线上是"上帝之脸",一个黯淡的拱形,离他们无比遥远。

迪博王子、阿夫塞和其他几个人站在甲板上,望着。每个人都等待着,或是满怀期望,或是忧心忡忡。年轻的阿夫塞的爪子痉挛地一会儿张开,一会儿缩起;迪博左手的爪子完全张开,右手的爪子却紧紧收着。

克尼尔看了看布里恩。祭司腰部以上的身体完全倾斜,坚硬的尾巴支撑着几乎和地板平行的身躯:这是忏悔的姿势,是人们走过那条把礼拜堂从中分开的模拟"大河"时保持的姿势。已经在祈求上帝的宽恕了,阿夫塞想。他第一次这么近地看布里恩,发现他那闪闪发光的黑眼球奇怪地反射出六个月亮的影像。啊,他的眼睛左右搜寻着,扫视着地平线,仿佛在寻找克尼尔要他寻找的神示,寻找上帝反对这次航行的证据。

但布里恩沉默着,可能已经预料到不会找到他渴望的东西。克尼尔把目光转向剩下的小部分"上帝之脸"。它滑行着,像从前一样缓慢,慢慢没入远方的波涛之下。

终于,它完全消失了:克尼尔猜测,"脸"既然沉到波浪之下,"神光"就不会持续太久。

果然是这样。片刻之后,天空中再也没有"上帝之脸"曾经存在过的任何痕迹了。戴西特尔号驶进了黑夜。

第二十章

阿夫塞和迪博俯卧在戴西特尔号的甲板上。小小的、明亮的太阳把身体照得暖洋洋的。栏杆环绕的木板条甲板在下面轻轻晃动着。没有风,两人之间隔着一个体长的空间。在最近没有进餐的情况下,这是两个雄性可以躺下来,不至于刺激相互的神经所必须保持的间距,即使是王子和学徒这样的好朋友也不例外。

"我能理解追捕卡尔-塔古克。"迪博说,"我真的能理解一点儿。当然不像克尼尔那么着了魔似的。我从来没有对什么东西那么着魔。但我不理解,既然大水蛇已经死了,为什么还要继续向东航行。"

沐浴在下午温暖阳光中的阿夫塞昏昏欲睡。他一边听着波浪的拍击声和船帆的摆动声,一边听着朋友说话。"这样我们就能快一点回家。"他终于说。

"我问克尼尔的时候,他也是这么说的。"迪博打了个哈欠,"但我怎么都想不通。"

"这是我的主意。"阿夫塞说,"世界是圆的。"

"去你的蛋。"迪博说。

"不,这是真的。"

迪博的黑眼睛滚动着,"你被太阳晒晕了吧。"

阿夫塞磕了磕牙,"不,我没有。世界是一个球,是球形的。"

迪博的尾巴像有弹性的桅杆一样竖起,高兴地跳了起来,"一个球? 你没开玩笑?"

"是真的。我相信它是一个球,现在克尼尔也相信了。"

"你凭什么认为世界是圆的?"

"这次航行看到的,用我自己的眼睛和望远器。"

"你看见了什么?"

"卫星也和我们的世界一样——有高山和峡谷。行星不只是黑夜中的一个亮点。它们也是球形的,它们中至少有一些会经历周相,和卫星一样。有些行星有它们自己的卫星。'上帝之脸'是一个球,它不会自己发光,只是反射太阳的光。"

迪博怀疑地看着他,"当真?"

"真的,如果你愿意,今天晚上我就让你看。"

"你从观察到的一大堆乱七八糟的现象中理出了头绪?"

"我想是这样。你看,先不说那些黯淡而遥远的恒星——"

"恒星遥远？我还以为,空中的每个物体离我们的距离都是一样的,在神圣的苍穹上滑行。"

"先忘掉那些你自认为了解的东西,我的朋友。听我说。先不说那些黯淡而遥远的恒星,天空中真正的发光体只有一个。"

阿夫塞朝那个高挂在空中、热烘烘的白色球体拍打着尾巴。不过,无论是他还是迪博,像这样斜躺着,尾巴的动作是看不到的,"太阳。"

迪博好像很乐意把这句话当成一个玩笑接受下来,"就算是吧。"

"行星围绕着太阳作环形运动。那些在空中看起来好像从不远离太阳的行星实际上是最靠近它的。按照离太阳远近的顺序,由内向外,这儿的行星分别是卡佩尔、帕特佩尔、达文佩尔、凯文佩尔、布雷佩尔和加夫佩尔。"他停了一会儿,"有了望远器,我们可以在夜空中看到更多星星。但也许还有什么行星因为太暗无法看见。而且,在所有这些行星中,最里面的四个——卡佩尔、帕特佩尔、达文佩尔、凯文佩尔——有自己的盈亏周相,和卫星一样。"

"等等。"迪博说,"你不会不知道吧。连我都清楚,在我们的航行中不可能看到帕特佩尔。"

"你说得对。我是假设它经历了盈亏周相。我从占星书上读到,它离太阳比卡佩尔远,但又比达文佩尔近。根据我的观察,所有我看到的离太阳较近的行星都有周相,所以,我看不到的那些行星也应该是这样的。"

"为什么应该是这样?"

"你怎么还不明白?"阿夫塞说,"它们就是这样的。"

"我不懂。"

"你先听我说完好吗?"

迪博的胃叽叽咕咕叫起来。"好吧。"他说,但声音听起来懒洋洋的,仿佛在说,当笑话听听倒也不错。

"外面的两个,布雷佩尔和加夫佩尔,没有经历周相——"阿夫塞举起一只手,预先阻止了迪博的反驳,"是,我知道在我们的航程中间同样看不到加夫佩尔,但我再次假设它也有周相。"

迪博哼了一声。

"你要知道,"阿夫塞说,"这种假设是有道理的。比我们所在的星球更靠近太阳的天体经历了盈亏周相,更远的天体则没有盈亏周相。"

"我还是不明白。"

一个大浪卷过来,阿夫塞的后背水雾弥漫,"这样说吧,你看。为了取暖,你晚上守着一堆篝火坐着,对不对?"

"对的。"

"那么,你一定有那么一段时间坐在离火堆既不远又不近的地方。而且,有些人坐得近一些;另一些人会远一些。"

"我是王子,"迪博说,"我通常会坐在最里面。"

"那是,那是,但你总能想象出我描述的场景吧。是这样,你们不会全部在火堆的一边排成一条线。打个比方说,你和火堆的距离有五步,另外某人四步,还有人和你呈不同的角度,离火堆六步。那么,如果你看离火堆比你近的人,他或她就只有一部分被照亮。至于具体是哪一部分,取决于他们坐的方位。从你的位置看过去,或许他们只有一半鼻口被照亮。但那个离火堆比你更远的家伙,无论他坐在哪里,都会被完全照亮。"

"但这是不可能的——至少他的后脑勺处于阴影中,火光怎么可能绕过去? 这再明白不过了。"

"完全正确! 但从你的视角来看,这个人是被完全照亮了,无论他是坐在你后面还是在你对面。完全被照亮——当然,除非他被你的影子挡住了。"

"是的。"迪博说。他把眼睛闭上了一会儿,"我想象得出。"

"那就好,咱们接着说。行星和太阳也是同样的道理,比我们更靠近太阳的行星有时不会被完全照亮,也就是说,会经历盈亏周相。而比我们离太阳更远的行星,在我们看来,总是完全亮着。"

"那么,你是说,有些行星比我们离太阳近,有些比我们远,我们被夹在中间。"

"很正确!"

"我有些明白了。"王子说,"所以你认为,世界——我们的世界——就像一颗行星,离太阳既不远也不近。"

"恐怕还不止那么简单。"阿夫塞深深吸了口气,"'上帝之脸'才是一颗行星。"

"什么?"

"你听见我的话了。'上帝之脸'是一颗行星。"

"它不可能是一颗行星。你说过,行星或者完全被照亮,或者会经历盈亏周相。而'上帝之脸'两者都有。"

"一点不错。当它离太阳的距离比我们近的时候,它会经历盈亏周相;当它离得比我们远的时候,它就被完全照亮了。"

"那么,我们是什么? 我们的世界是什么?"

"一个月亮。"

"一个月亮?"

"是的。我们的星球绕着'上帝之脸'旋转,'上帝之脸'绕着太阳旋转。"

"太荒谬了。'陆地'是在'大河'上漂流。"

"'陆地'不是漂在'大河'上。'大河'只是一个巨大的、无边无际的湖,覆盖着我们生活的这个球形世界的表面。"

"哦,别逗了!"

"真的,我们的家园是一颗月亮,绕着'上帝之脸'旋转。还有,当我们隔在'脸'和太阳之间的时候,你能看到我们投下的阴影,像一个小小的黑圈,在'脸'上穿过。"

"你指的是上帝的眼睛? 那些黑圈是阴影?"

"哦，是的。我已经很准确地把它们描绘出来了。我甚至能说出哪个阴影是我们投下的，哪个阴影是别的月亮投下的。"

迪博摇摇头，"简直不可思议。再跟我说说，咱们改变了方向，却照样能往回走，这是什么意思？"

"我们没有改变方向。我们在继续向东，直到返回'陆地'。"

"你不是耍我吧？"

"不是。"

迪博把鼻口从甲板上挪开，腾出一只手抓住垂肉，"那么，围着我们运动的是什么？"

"你什么意思？"

"我的意思是，"迪博说，"行星围绕着太阳运动，月亮围绕着行星运动，我们在月亮上。那么，什么围绕着我们运动呢？"

"什么都没有。"

"没有？你是说我们在链条的末端？最底部？像食物链中的植物？"

"嗯，对。我想可以这么说。"

"像植物？这可不是个诱人的想法。"

阿夫塞从来没想过自己的理论是不是诱人，只是想它是不是正确。迪博居然关心这个理论的美学问题，这让他有点吃惊。阿夫塞只是说："但这是事实。"

迪博摇摇头，"它不可能是事实。我的意思是，只有朝上游航行才能看见'上帝之脸'。它就悬在上游的空中。它根本不动。"

"只是看起来不动。'上帝之脸'只能经过长时间航行才能看见,那是因为我们的世界是一个巨大的球,'陆地'恰恰在没有对着'上帝之脸'的那一面。"

迪博嘲弄地磕着牙齿,"'陆地'恰巧位于永远不会正对'上帝之脸'的那一面,真是不同寻常的巧合。"

"也不完全是。我们的世界轻重不均,我们生活的那一面——'陆地'所在的那一面——更重些。在轻重不均、环绕某一物体旋转的情况下,重的一面只可能在两个位置上——或是直接面对那个物体,或者背离。其他任何位置都会使它自身剧烈晃动。"

"真的?"

"我肯定。不信的话你可以自己试一试。拿一块石头,做成环状——"

"你是说在中间凿一个孔?跟中间钻眼的珠子一样?"

"是的,但大得多。更像一块加乌多克石。用一截麻绳从孔中穿过,然后,把一块黏土贴到这个石环外面的一个边上。抓住绳子,在头顶上猛甩,让这个石环转起来。你会发现黏土块的那一面或者直接指向你,或者正好背离你。"

"如果绳子突然断了,会发生什么?"

"嗯?"

"如果绳子断了会发生什么?"

"哦，"阿夫塞说，"我想石头会飞出去——"

"——砸在某人的脑袋上。我想，这种情况肯定在你身上发生过。"

对这种讽刺，阿夫塞没有屈尊磕牙。

"但是，"迪博继续说，"为什么'上帝之脸'在空中的位置保持恒定不变？"

"我们围绕着'脸'转动，同时自己也在转动。这两种转动的周期是同步的。"

"我们的星球也在转？"

"是的。你看，一夜之间，星星的位置会发生变化，好像在转动。这其实是因为我们自己在转动。"

"你说这两种周期——自己转、绕着'脸'旋转——是同步的。"

"很正确。"

"听起来像又一个不同寻常的巧合。"

"不，不是的。我一直在观察卫星，绕着'脸'旋转的和绕着其他行星旋转的卫星都观察过。绕着其他行星旋转的卫星很多，但只有一颗我能看到细节。它的一面比另一面更黑——我想，不是因为盈亏周相，而是因为它的结构。不管是什么原因，反正它总是以同一面对着它的行星。在我们的——系统，我想咱们可以这样称呼它——在我们的系统里，这九颗最靠里的卫星始终以同一面面对着'上帝之脸'。"

"那么,我们就是这些最里面的卫星之一吗?"

"事实上,我们是最里面的那颗卫星。"

"啊哈!你还是挽救了我的信仰:你说在所有天体中,我们是最靠近'上帝之脸'的。"

"是的。"

"好吧,我洗耳恭听。但如果你打算诋毁昆特格利欧恐龙和上帝之间的特殊关系,我就不得不离开了。"迪博的语气变得相当严肃。阿夫塞从来没意识到信仰对他的朋友来说是多么重要。

"别担心,迪博。"阿夫塞说,"事实上,从我观察的情况来看,我们离'上帝之脸'非常近,比任何其他卫星离自己的行星都近。我们的系统中,下一颗最近的卫星是'大个子',但我们比它离'脸'近得多。"

"嗯。"迪博说,他伸了伸身子,陶醉在温暖的阳光里。已经过了正午了,"但是,太阳总是起起落落。为什么太阳是那样,而'脸'却稳稳地挂着,只有向着它或远离它航行的时候,你才会觉得它在升升降降?"

"太阳只是看上去有起有落,原因是我们不断环绕'上帝之脸'旋转。你连续旋转自己身体的时候,眼前的景物也会时而出现,时而消失。道理是一样的。"

"你已经从所有角度思考过了,对吗?"迪博说,"而且告诉了克尼尔,他相信你了?"

没有必要强调克尼尔的固执。"他听我说过。"阿夫塞简单地说。

"哇。难道你真的相信这些,阿夫塞?"

"真的相信。"

迪博咕哝着:"总有一天,我的朋友,我会当国王。而且,如果你的研究很有建树,有一天你也会成为我的宫廷占星师。或许,一个国王应该接受新东西。你说你可以向我提供证据,证明你的观点?"

"我的舱房里有计算结果和草图。如果今晚天空明朗,你可以亲眼看到行星和卫星的真实情况。"

"真是难以置信。"

"不,"阿夫塞说,"这是事实。"

一阵浪花卷来。

"事实。"迪博重复道。

大浪过了,但甲板上的板条仍旧响个不停。阿夫塞抬起头。一个中等身材的雄性朝他们走来,脚步声砰砰响。

阿夫塞和迪博躺的地方离支撑着四张红帆——顶部写着拉斯克朝觐团——的桅杆很远,之间留着足够的空间。因此阿夫塞认为他们不会挡别人的道。但这个男人——靠得实在太近了。阿夫塞认出来了,这是诺尔–甘帕尔,戴西特尔号上的船员。这个人似乎径直朝他们走过来。甲板在雷鸣般的脚步声中震动不已,连迪博也吃惊地抬起头。

真是难以置信,这个船员竟然真的对着阿夫塞和迪博冲来,侵入了他们两个人的地盘。一只长着三只爪子的脚踏上离阿夫塞的鼻口不到一掌宽的甲板,甲壳质的爪尖刺裂了木质板条。

阿夫塞用前臂支撑着站起来,转身看着入侵者。迪博也站起来,爪子张开。那儿,就在他们身后几步远的地方,站着甘帕尔。他的身躯从腰部以下倾斜着,左右晃动,摆出了挑战的姿势。

第二十一章

这种事很常见。只要昆特格利欧恐龙的情绪动荡不安，他们就会用厮杀来发泄。阿夫塞尾巴拄地，支撑着身体，成了一个坚固的、满是瘦削肌肉的三脚架，背对恒风。阿夫塞不禁责备自己：如果诺尔-甘帕尔相信他们正在回家，而不是朝远方无休止地航行，他会克制住自己的情绪的。但这个想法只是一闪而过。现在的情形很危险，任何疑虑和犹豫都会付出生命的代价。

他朝左边瞥了一眼：迪博双臂交叉放在胸前，小心地藏起双手，免得甘帕尔看见他那自然张开的爪子。迪博做得对，没有必要再刺激这个船员。阿夫塞也握起拳头，爪尖戳进手掌。

甘帕尔整个身体都在上下跃动。臀部朝上翘起，尾巴又硬又稳，平直地拖在身后，身体和甲板保持平行。脖子、头和鼻口都向前倾斜着。身体一起一伏，一起一伏。

阿夫塞越过甘帕尔的肩膀偷偷望去。自己和迪博站着的后甲板空无一人，与前甲板的连接处也没有人。只有五个昆特格利欧恐龙远远地站在前甲板末端，正朝尖尖的船头张望，背对着阿夫塞和这一幕。桅杆上的瞭望桶里有一个人——好像又是比尔托格——正在观察着周围的河水，同样没注意到戴西特尔号的连体菱形船上将要发生的事。

阿夫塞朝旁边挪动了几步，和迪博隔开一段距离。这样的话，甘帕尔就不能同时进攻他们俩，只能选择一个作为进攻目标。阿夫塞一边用尾巴支撑着身子，一边小心翼翼地打量着这个船员。

甘帕尔移动得很缓慢，很谨慎。他歪着头看了看迪博，又看看阿夫塞。两眼呆滞无神，尾巴不断晃动着。

"不要紧张，甘帕尔。"阿夫塞说。他的声音很轻，就像大人和小孩说话一样，发出温柔的嘘声，"放轻松。"

甘帕尔的手臂悬垂在身体侧面，爪子张开，手指颤动着。

"对。"迪博说，极力模仿阿夫塞的语气，却带着抑制不住的颤抖，"镇定。"阿夫塞打量着迪博。王子从臀部开始已经在向前倾斜，圆滚滚的身体现在摆成了一个四十五度角。张开的爪子暴露无遗。

阿夫塞的脑海里回响着迪博的母亲伦-伦茨女王的话。她曾经张开爪子，一字一句地说出下面的话："**我允许他和你一块儿去，但你必须保证他安全返回。**"

迪博已经本能地对甘帕尔的挑战作出了反应。这个船员比迪博年长八个千日,高大得多,虽说不是特别粗壮,但如果他俩打斗起来,王子必死无疑。

阿夫塞又试了一次。"放轻松,甘帕尔。"他说,"我们都是你的朋友。"

僵持了几下心跳的时间。阿夫塞以为自己的话起了作用。但就在此时,甘帕尔膝盖弯曲,蹲低身体,张开大嘴,露出尖利的牙齿,猛地向迪博扑去。阿夫塞也迅速作出反应,腾空跃起。

接下来发生的一切快极了。阿夫塞只听得王子一声"哎哟",甘帕尔已经把迪博击倒在地。甘帕尔的下颌噼啪作响,试图咬穿迪博的喉咙,但仅仅咬下迪博肩上一块拳头大小的肥肉。

阿夫塞那一跳本想截住甘帕尔,但估算错了。他"砰"的一声,重重地落在甲板上,就在迪博和甘帕尔前面。他俩正四肢交错,像一个圆球般扭打在一起。阿夫塞一个急转身,再一次跃起,尾巴扫得空气呼呼作响,跳上甘帕尔的后背。

甘帕尔发出一声尖厉的啸叫。阿夫塞只觉得一阵本能的冲动,理智则渐渐消退。他知道自己必须立即结束这个局面,否则这场搏斗就会演变为灾难性的骚乱,整个戴西特尔号都会卷入血腥的大屠杀。

透过波涛的拍击声,船帆被风吹动的噼啪声,阿夫塞听到一阵雷鸣般的脚步声。站在船头的五个昆特格利欧恐龙朝格斗现场猛冲过来了。阿夫塞匆匆向上一瞥,只见瞭望哨上的比尔托格也正沿着旁边的网绳往下爬,像一只巨大的绿色蜘蛛。

"砰"的一声,甘帕尔的大嘴合拢。迪博正想抽回一只手臂,却被他的袭击者一口咬住。一阵血腥味从风中吹来,拂过阿夫塞的脸庞。这股气味影响了他,阿夫塞杀机陡炽。

敲击甲板的"踢踏"声。不用看就知道是克尼尔来了。阿夫塞毫不在意,除了格斗,他什么也不想了——

不。

看在上帝本人的面上,不!清醒地想一想吧。他的视线模糊了。理智可以战胜本能冲动。阿夫塞努力不让自己迷失在疯狂杀戮的冲动之中。现在,迪博的下颌也噼啪直响,试图从甘帕尔身上咬下一块肉来。阿夫塞的爪子抓向甘帕尔的脸,戳进鼻口那柔软的皮肤,还有盐腺的纤维组织。甘帕尔退缩了,发出一声尖叫,把头转向阿夫塞。机会!阿夫塞的上下颌猛地一合,残忍地、完美地、狠毒地一咬,撕碎了甘帕尔的垂肉袋,咬破了对方脖子的下侧。甘帕尔的身子扭曲着。阿夫塞感到甘帕尔肺里的热气从他脖子上那个巨大的裂口翻涌出来,这是对手呼出的最后一口气。

到处是鲜血。阿夫塞的脖子转过来,寻找着下一个目标,准备攻击身边的迪博王子——

"阿夫塞,不!"一个声音传来,低沉如来自洞穴深处,粗糙如岩石相击。

"不!"盲目的愤怒。杀戮的冲动——"不!"克尼尔再次吼道。

阿夫塞的视线清楚了,他终于看到了他的朋友。迪博受了伤,鲜血长流。

阿夫塞赶紧闭上大张的嘴,从甘帕尔的尸体旁闪开,心脏怦怦直跳,气喘吁吁地半躺在甲板上,凝视着正迅速下落的太阳。

第二十二章

"陆地!"

一个正在桅杆上端的瞭望桶里观察的朝觐者转身大叫。

阿夫塞兴奋地磕牙。简直像小说一样,像加特-塔格里布写的那些天方夜谭,奇迹发生在最不可能、最戏剧化的一刻。

德特-布里恩祭司在后甲板拦住了阿夫塞,想和他说话。最近几十天里,阿夫塞把自己封闭起来,部分是因为诺尔-甘帕尔发疯的事。没有人为甘帕尔的死责备他——无路可退时,只有这种办法才能抑制疯狂。但是,只要看到阿夫塞,大家便会想起这件惨事,这个可能发生在任何人身上的暴力事件。暴力深植于每个人心中,只是平常被克制住了。另外的原因是那些窃窃私语,那些不解的眼神,它们仿佛无时无刻不在追踪着他。大家非常怀疑这次愚蠢的东行,那可是从未去过的东边啊。

　　和任何人一样，阿夫塞也需要多看看头顶上的紫色天空。只有当甲板上几乎空无一人的时候，他才能来到主甲板或梯台上，尽情享受恒风的吹拂。

　　但布里恩过来了，显然很愤怒。他尾巴僵直，没有任何摆动，爪子张开，几乎完全竖起身体。这可不是行让步礼的姿势。

　　布里恩曾经说，因为阿夫塞，戴西特尔号上所有人都注定要倒霉。卡尔-塔古克的肉已经开始腐败变质；用不了多久，更多的人会和甘帕尔一样，疯狂地抢占地盘。布里恩说，他们唯一的希望就是让阿夫塞放弃他的想法，让克尼尔船长相信他错了，前面什么都没有，只有永无止境的河流。

　　"让我们回去！"布里恩刚刚发表完演说，"为了上帝和先知，叫克尼尔带我们回去！"

　　就在这时，响起了瞭望桶上的朝觐者的叫声。声音压过船帆的噼啪声、汹涌澎湃的浪涛声，微弱而清楚地传了过来。

　　"陆地！陆地！"

　　阿夫塞合上嘴，高兴地把牙齿磕得咯咯响。布里恩嘴巴大张，一副目瞪口呆的表情。阿夫塞不想等这老头给他让道。他冲下后甲板，穿过两只船体的连接处，越过前甲板，奔到船头。这段距离很长，几乎从戴西特尔号的船尾直到船头。阿夫塞跑得上气不接下气，不断晃动着垂肉散热。

　　阿夫塞没有观察哨高居瞭望桶的优势；除了一直延伸到地平

线的蓝色水面,他什么都没看见。他抬头仰望观察哨,她正在上头拼命指点呢。

阿夫塞转过头。看在上帝分上,真的在那儿,正慢慢从世界的边缘升起。从这里看上去虽然模糊不清,但它无疑是坚实的土地。

"什么?"近处传来一个低沉的声音。阿夫塞四下望望,发现克尼尔过来了。船长的尾巴已经完全长了出来,不再需要拐杖,走过来时也不会像从前那样伴随着"踢踏踢踏"的声响,"是我们的'陆地'还是未知岛屿?"

阿夫塞没想到还有这种可能性。它肯定是"陆地",就是他们称之为"家"的地方。对了,"陆地"的西岸有一些岛屿,像尾巴一样拖在大陆背后。阿夫塞猜想他看到的很可能是其中的一个,布德司卡岛。

他根本没想过另一种可能性:它也可能是一个根本不熟悉的地方。我们肯定已经回家了,他想,肯定!

"看!"又一个声音叫了起来,阿夫塞发现迪博王子也来了,"上面长满了树!"

他是怎么看到的? 阿夫塞转头看着他的朋友——他正拿着一根铜管看呢。当然,用望远器能看到! 自从阿夫塞告诉他在镜筒中看到的奇妙景象之后,迪博对这东西就非常感兴趣了。

"把望远器给我。"克尼尔说。

阿夫塞心想，对王子这样说话未免有些无礼。但迪博马上把望远器递给船长。

克尼尔把它凑到自己的眼睛上。他显然和阿夫塞一样，认定他们已经回家了。"有树，是的。"他说，"如果是布德司卡岛的话，那儿应该有一个形状奇特的锥形火山口，可我没看见——等一等，等等。看在猎人爪子的分上，是的，它在那儿！"

克尼尔巨大的爪子"啪"的一声搭在阿夫塞的肩上，年轻的学徒被撞得朝前一晃。

"看在上帝分上，孩子！"船长大叫道，"你是对的。你完全对了！"

克尼尔转头朝后面的甲板望去。阿夫塞也望着甲板，发现全船三十个人都站在那儿，挤在一起。旅行结束的惊喜和轻松足以压制争夺地盘的冲动，至少在短时间内可以。

克尼尔提高嗓门："我们回家了！"阿夫塞看着身边的人群。

昆特格利欧恐龙一个接一个向他行让步礼，尾巴砰砰地敲打着甲板，发出雷鸣般的声音。

"家！"

"终于回家了！"

"小伙子是对的！"

困难在于停船就岸。除了显然在"陆地"另一边的首都，昆特格利欧恐龙再没有什么真正意义上的长期定居点。各部族通常不会长时间滞留在某个地区,而是跟着四处游荡的动物长途迁徙。某一部族离开他们的临时驻地后,这里的房屋便空了下来。但不会长期空置。只要这些建筑物没有毁于地震,一两千日后,肯定会有另一个部族漫游至此,使用它们。

克尼尔终于把船停在一个小港湾里。从地图上看,这里似乎是"三森林"湾,在詹姆图勒尔省的最南面。从岸边望去,可以看见一些建筑物,无人居住,但完好无损。克尼尔小心地把船慢慢开进去。对戴西特尔号来说,这里的河道太浅了。船锚放下后,人们排成一排,依次下到小登陆船上。

每艘登陆船只能装六人,戴西特尔号只有四艘登陆船,而不是五艘。当初克尼尔同卡尔-塔古克搏斗的时候损失了一艘。但大家仍然挤进了剩下的登陆船,他们太高兴了,喜悦和兴奋足以在短时间克制住大家的地盘本能。

终于到了!三百零四天之后,阿夫塞终于踏上了坚实的土地。没有来回的晃动,没有波浪的喧嚣,也没有船帆的噼啪声,他感到很不习惯。他在河岸上走了几步,然后扑倒在沙滩上。高兴,真是太高兴了,终于回到了坚实的土地。

其他人已经冲进森林。或许只是为了享受奔跑的快乐,或许想抓些什么新鲜猎物一饱口福。

多数乘客想回首都,继续过去的生活。但如果沿着"陆地"近岸航行，还需要二十五天才能返回首都。克尼尔知道，回去之前，他的乘客和船员需要在陆上待一阵子。两个乘客和一个船员居然说，他们决定就在这儿结束他们的航行。这三位想一路猎食，自己走回内陆。这个要求一点儿也没让船长觉得奇怪。

没过多久，大家便组织起了一支支小小的搜寻队，寻找当地的昆特格利欧恐龙。大家希望能找到一个信使。这些人骑在两足动物上，从一个部族游荡到另一个，给偏远省份带去首都的最新消息。

阿夫塞和迪博两人组成一支搜寻队。他们径直走进森林，寻找猎队或角面车队最近经过的痕迹。

寻踪觅迹这种事，两人都是生手。但半天之后，迪博发现了三只巨大的翼指鸟，正在远处盘旋。这很可能意味着那儿刚刚发生了一场杀戮。两人徒步穿过森林，不时看到翼指在树林里飞来飞去。

终于，他们发现八个昆特格利欧恐龙正啃咬着一只被击倒的铲嘴。血淋淋的鼻口在一块块鲜肉之间拱来拱去。

一见阿夫塞和迪博，猎手们抬起头来。身旁有食物，争夺地盘的本能冲动抑制下去了。他们朝两个年轻人招招手，邀请他俩加入。

“鲜肉足够多！”一个高大的雌性大声叫道，阿夫塞猜她肯定是这群猎人的首领。

肉红红的,鲜血淋漓,看上去真不错,特别是在吃了那么多天淡而无味的水生生物以及大水蛇卡尔–塔古克那逐渐变质的肉之后。阿夫塞和迪博两人急切地行了个让步礼,立即享用起新鲜肉食来。阿夫塞撕下一大块尾巴肉,迪博用牙齿和爪子撕扯着腰腿肉。

"你们打哪儿来?"两人填饱肚子后,狩猎队长问道。

"我们搭乘的戴西特尔号刚刚靠岸。"阿夫塞说。猎手中间立即响起一阵赞叹的低语:克尼尔的船在整个"陆地"都赫赫有名。

"我是鲁比–卡登。"蹲在地上的狩猎队长说,"你们叫什么名字?"

"我是阿夫塞,他是王子迪博。"

仍埋在铲嘴鲜肉里的脑袋全都抬了起来,吃饱了俯卧在地的人也抬起头看着阿夫塞。

卡登直直地瞪着阿夫塞,"再说一遍。"

"我的名字叫阿夫塞。他是迪博王子。"

队长仔细打量着阿夫塞,他的鼻口一点儿也没有变蓝,说明他说的是实话。昆特格利欧恐龙只有在黑暗中才能说谎话而不被发现。

卡登站起来。"你是迪博?"他对阿夫塞的朋友说。

"是的。"迪博鼻口的颜色也没有任何变化。

一个队员点了点头,悄声对一个同伴道:"我也听说王子块头很大。"

"你说你们刚刚远航归来？搭乘的是戴西特尔号？"

"对,"阿夫塞和迪博齐声说,"我们去朝觐了。"

"那么,你们肯定不知道,对吗?"卡登说。

"不知道什么?"迪博问。

"告诉你这个消息,我很难过,尊敬的王子殿下。"队长说,"昨天晚上,我们遇上一个来自首都的人,他说伦-伦茨女王陛下不久前去世了。"

"我母亲?"迪博说,"去世了?"

"是的。"卡登说,"在首都发生的一次地震中去世的。屋顶倒塌下来。发生得非常快,一瞬间便结束了。"

迪博的尾巴摆动起来,阿夫塞也开始悲痛地摆动尾巴。他十分敬畏这位朋友的母亲,甚至不敢对她说他爱戴她。他确实非常敬重她为她的人民所做的一切。

"这就意味着,"卡登说着,抬起尾巴,深深鞠了一躬,"你,尊敬的迪博,现在已经是我们'陆地'的国王,八个省和五十个部族的统治者了。"

虽说已经吃得饱胀不已,但狩猎队员们仍然纷纷起立,鞠躬表示敬意。"迪博国王万岁!"一个人大叫道,紧接着大家都叫起来:"迪博国王万岁!"

第二十三章

　　鲁比-卡登和几个猎人与阿夫塞、迪博一块儿回到戴西特尔号停泊的岸边。阿夫塞看到了两只登陆船。一只正出发前往大帆船,另一只从船上回到河岸。戴西特尔号好像还没做好开船的准备。

　　岸上有几个戴西特尔号的乘客和船员,包括瓦尔-克尼尔船长。克尼尔显然在沉思着什么。他沿着河岸来回踱步,新长出的尾巴在身后大幅度摆动,擦掉了印在白色玄武岩沙砾上的脚印。

　　一队骑士出现在河岸上:五个昆特格利欧恐龙以及他们身下的坐骑——绿色两足奔跑兽。克尼尔和他的人不久便与这队骑士在满是熔岩的开阔平原上汇合了。平原从沙滩一直延伸到三森林湾。

　　这些奔跑兽长着圆圆的身体,长长的脖子,平直的尾巴。双腿前端可以伸长，增大奔跑的步幅。它们的眼睛又大又圆，不像昆特格利欧恐龙的眼球那样是一团墨黑。眼睛的瞳孔呈竖立的椭圆形，飘荡着金色的涟漪。由于脑袋很小，它们的眼睛看起来特别大，眼睛下面就是没牙的长喙。

猎手卡登把女王去世和迪博继位的消息告诉了克尼尔等人。很显然，王子应该尽快回到首都。

"戴西特尔号还有三四天的时间才能准备好。"克尼尔说。他停止踱步，但尾巴仍在沙滩上摆动着，在午后明亮的阳光下，新长出来的部分几乎映成了淡淡的黄绿色，"卡图德发现船上有些裂缝。我已经派了一队船员去收集高罗克树胶，黏合船体的毁损部分。另外，我们还需要食物。长途航行之后，船员们很疲劳。再次起航前，他们需要一段时间来休整、奔跑、狩猎。"克尼尔掉转头，黑眼睛避开阿夫塞，"已经有一个船员疯掉了，我不想让其他人再发疯。"

和卡登一起来的一个猎手说话了："另外还有一艘船，纳斯菲特尔号，停在离这儿不远的哈尔波恩港，就在弗拉图勒尔省的边界上。那是一艘货船，装载的是捕鱼用具，由皇宫的人监运。"昆特格利欧恐龙几乎不吃鱼，鱼是用来喂养某些家畜的，"下一个偶数天就出发去首都。"

"我和他们一块儿走。"迪博说，语气很果断，"阿夫塞，你跟我走吧。"

"请陛下原谅。"阿夫塞深深鞠了一躬,"我还想在西岸处理一些事情。你能让我留下吗?"

迪博皱了皱鼻口,"自然可以,朋友。我们首都再见……什么时候?"

"两三百天吧。我可能随一支内陆商队回来,也许会碰到我从前的卡罗部族,我想去看看他们。"他停了一会儿,"你在宫里肯定会很忙上一阵子。"

"好吧。"迪博说。他向阿夫塞行了一个朋友之间的常礼。

"要去哈尔波恩港的话,时间已经很紧了。纳斯菲特尔号马上就要开船。"卡登说着抬头望望太阳计算时间,"最好现在就走,国王陛下。"

"我的东西——"

"我会让船员们把你的东西打包整理好,迪博。"克尼尔说,"等戴西特尔号回到首都的时候带给你。"

"那么,我这就走了。"迪博说,"克尼尔,真是一次美妙的航行,谢谢你。回来时到宫里来见我;你会得到应有的奖赏。阿夫塞,要给萨理德带什么口信吗?"

"我想最好少说点,等我见到老家伙时再说吧。"阿夫塞有些颤抖,"少不了一场痛骂。"

迪博同情地磕磕牙,又想起一个让人担心的问题。他环视周围的人,"我怎么去哈尔波恩港?"

一个骑手向前跨了一步。"瓦尔-托伦愿意为您效劳,国王陛下。"她说,"如果您骑我的牲口,我将非常荣幸。我的猎队很高兴护送您到纳斯菲特尔号停泊的港口。"

"很好,我们走吧。"迪博朝托伦的坐骑走去。

长着两条长腿的奔跑兽弯着长脖子,疑惑地看着胖乎乎的国王,然后又回头望望它的主人。她正斜靠着尾巴轻松地站在那里,呈三脚架的形状。坐骑向她歪着小脑袋,似乎在说:"你在开玩笑吧。"

另外两个骑手扶着迪博跨上坐骑,尽量把坐鞍整理服帖。然后,他们发出一声开步走的命令:"**拉嗒克**①!"

目送迪博远去以后,阿夫塞转头对克尼尔道:"船长,萨理德说,望远器是西岸的一个工匠专门为你做的。"

"哦? 是的,不错。"

"那么,先生,我们现在已经在西岸了,我想见见这位玻璃工匠。他或她生活在这儿,在詹姆图勒尔省吗?"

克尼尔皱起鼻口望着远处。有那么一瞬间,他的鼻口变蓝了,似乎打算撒个谎。但他随即收回目光,重新镇定下来,脸上恢复了正常的深绿色。

"是的,她住在这儿。她的名字叫瓦博-娜娃托,杰尔博部族的。不过离这儿还有五天左右的路程。很长的一段路。我真的不

---

① 拉嗒克:昆特格利欧语里的"驾"。

想——"

"瓦博–娜娃托?"一个声音问。

克尼尔转过头来,是站在身边的卡登,"我认得她,"猎人说,"我们就是杰尔博部族的,她是我们部族的成员。那家伙相当聪明。"

阿夫塞高兴地甩着尾巴,"你能带我去见见她吗?"

"当然可以。"卡登说。

"不过——"克尼尔有点结结巴巴,想说点什么,但他终于望着远方,深深地吁了口气,"哦,好吧。旅途愉快,阿夫塞。只是——只是不要向萨理德提起这件事。"

"为什么? 这跟萨理德有什么关系?"阿夫塞问。

克尼尔似乎不想回答这个问题。

第二十四章

　　卡登的杰尔博部族的驻地是一个中等大小的村庄:有很多临时性的木头建筑和少量石头建筑。在久远的黑暗时代,昆特格利欧恐龙建造了很多石头庙宇和房子。那时就像故事里说的那样,很少有地震。然而现在,在建筑物上花过多的精力没有什么意义,因为隔不了几千日,地震就会震裂这些建筑物的地基,或者完全震垮它们。

　　部族不得不四处迁徙,以免把一个地区的猎物吃光。不久之后,卡登的部族就会抛弃这个村庄,迁到其他地方去。这个区域空出几千日之后,另一个部族又会来这里驻扎。

　　偶数天的黎明后不久,卡登和阿夫塞来到村里。经过长途跋涉,两人风尘仆仆。他们一路上捕杀了一些猎物。在去见瓦博-娜娃托之前,阿夫塞找到一条小溪,洗了个澡。

娜娃托的工坊从前是霍格——五个创始猎人中的一个——的神庙。神庙的房间大多已经无法居住了:屋顶倒塌,支撑墙也变形了。但有几间房子仍然可以使用。

卡登没有指明娜娃托究竟住在神庙的哪一间屋子,阿夫塞不得不把鼻口伸进三个房间里仔细寻找。第一间房子里是一个体积庞大的老年妇女,正在制作外科手术用的金属器材。阿夫塞知道,这些器材畅销整个“大陆”。第二间里有一个可以移动的小柜子,显然是印刷文件用的,工作台上堆满金属字模。第三间更古怪,里面有两个年轻男人,敞口玻璃缸里放了上千只蜥蜴。可能是在研究某种生物。

两个小伙子给阿夫塞指点了娜娃托的房间。“穿过献祭坑,就在你右手的最后一间。”阿夫塞走下通道,阳光透过天花板的裂缝射进来,落下一道道斑驳的影子。

一路上,他注意到墙上有不少陈旧的壁画,依然清晰可见,描绘的都是古代的狩猎仪式,以及某种似乎是以同类为食的筵宴,让阿塞夫浑身颤抖。

娜娃托不在。她的办公室相当小,远远小于饲养蜥蜴的那间屋子。房间里最引人注目的是一个平底盆,使阿夫塞想起宝石商用来打磨宝石的某种用具。一堵墙上斜靠着一面面大玻璃,阿夫塞从未见过透明度这么好的玻璃。另一堵墙是装得满满的书架,上面的书排列得整整齐齐。

很多书都是最新的,出版日期很近。但有一些古老的手抄本。一看之下,阿夫塞的尾巴不由得一跳。娜娃托有一套完整的萨理德的专著——《关于行星》,用珍贵的克尔巴皮包裹着。

身后突然传来一声低吼。阿夫塞下意识地张开爪子,一个急转身。拱门口站着一头雌性,比阿夫塞大五六个千日,皮肤上满是黄色斑点。生活在山区的恐龙常常长着这种斑点。

阿夫塞立即意识到自己的行为太冒失。擅自进入别人的房间,还看了别人的书,这是侵犯他人地盘。

他一弯腰,深深行了个礼。"请原谅。"他说,"你的房间太吸引我——"

阿夫塞本来打算解释说,他把这个古老的、被遗弃的庙宇当成了一个开放的地盘。但他觉得这么说会使自己的处境更糟糕,只好艰难地说:"对不起,我不是有意冒犯。你是瓦博-娜娃托,对吗?那个玻璃工匠?"

女人的爪子仍然完全张开着,嘴巴也张开了,露出锯齿状的牙齿。"我是。"她停了一会儿,"你找我干什么?"

"我从很远的地方来——"

"你的家在哪儿?"

"最初是卡罗部族——"

"卡罗部族离这儿不远。"

"但我现在的家在首都。"他把鼻口转向书架,"我是塔科-萨理德的徒弟。"

娜娃托的爪子唰地收了起来，好像突然消失了似的。"萨理德的徒弟！造物主的蛋啊，快请进！"

阿夫塞轻轻磕磕牙，"我已经进来了。"

"那是，那是。我反复读过你老师的书。他真是个天才，你知道——一个真正的天才！在他的指导下学习，多么让人高兴啊。"

阿夫塞知道自己的鼻口会使任何哪怕是出于礼貌的谎言暴露无遗，于是只好微微摆了摆脑袋。

"你来这儿干什么，小伙子？从首都到这里，路相当远啊。"

"我在朝觐。我们的船停靠在这儿不远。"

"朝觐船不会到西岸来。"

"但我们的船是这样。呃，这是一次不寻常的朝觐。所以我想和你谈谈。是关于你的望远器。"

"你怎么知道我做的仪器？"

"我是和克尼尔一起航行的——"

"克尼尔！那个脾气暴躁的老怪物！看在先知爪子的分上，他对我的仪器感兴趣？"

"他说，你的仪器对航行非常有用。"

"那倒是。"

"但它还有其他用处。"阿夫塞说。

"哎呀，确实是的。只要猎手们不要对它存有愚蠢的偏见，它可以使狩猎发生革命性的变化。还有——"

"还有占星学。"

娜娃托高兴地把牙齿磕得山响，"这么说你试过了？用它观察过天体？"她的尾巴欢快地上下甩打着，"绚丽多姿，对吧？"

事实上，阿夫塞颇为失望。他本来以为自己是正式使用望远器观察夜晚星空的第一人呢。"是这样，我在旅途中看到了许多奇妙的东西。"

"用我为克尼尔做的望远器？黄铜镜筒大概有这么长，目镜下面还有装饰精美的盖子？"

他点点头。

"啊，我可算没白费功夫。那个望远器的镜片非常好，但功能并不是最强的。我用来观察奥斯凯火山的那一个更大，可以看到更多细节。"

"更多细节？那可真是太好了！拿给我看看行吗？"

"对不起，阿夫塞，它已经坏了。"她指着一根放在旁边凳子上的管子，粗细和阿夫塞的腿差不多，"镜片碎了，我的大型望远器都有这个毛病。我一直打算把它修好，但火山口喷出的黑云越来越多，我担心又要搬迁了，我的仪器不适合移动。只好等到在新地方定居下来以后再来做那样大尺寸的镜片。"

阿夫塞很失望，"我用克尼尔的望远器已经看到了很多奇妙的景象。"他说，"如果用更大一些的仪器，收获肯定更大。"

"哦,是啊。壮丽的美景。但我看到的东西中,有许多我无法解释。"

阿夫塞点点头,"我也是。"

"过来,"娜娃托道,"给你看看我画的草图。也许你能给我出出主意。"

他们穿过房间。她每走两步,阿夫塞就得走三步。远处有几只木头凳子。他跨坐在其中一只上。娜娃托从近旁的一只凳子上取下一本用皮包着的书。她坐得离阿夫塞不远,把书递给他。阿夫塞翻开书,书壳坚硬的皮子啪啪直响。他发现书脊是活页式的,画完一张草图后就加进去一张。每一页都又宽又大,草图似乎是用石墨和木炭混合画成的。

都是些什么样的草图啊!一页页的天体图!娜娃托有一双锐利的眼睛和两只平稳且训练有素的手。所观察的大部分天体都用了功能更强的望远器,因此结果非常激动人心,每页下端都标明了所描绘的天体的名称,还有观察时间、日期。

第一页画的是"缓行者",也就是阿夫塞最喜欢的那个月亮,像一轮窄窄的新月,明暗部分之间的分界线边缘凹凹凸凸——那是一带山地,崎岖不平,像食肉动物的牙齿。

下一页画的是另一个月亮,"奔跑者"。表面隆起的部分看上去像溢出来的动物内脏,而且是刚刚宰杀的,非常新鲜。月亮地表块凸出,娜娃托还用木炭或石墨绘出了每块凸出部的阴影部分。

接下来是更多卫星。娜娃托还给阿夫塞看了她画的一些行星草图,仅凯文佩尔星就画了五页。阿夫塞认为这颗行星是除"上帝之脸"以外最靠近太阳的行星,不过他没有把这一点告诉娜娃托。

第一幅图描绘的凯文佩尔上面有一条斜线,好像娜妹托对图样不太满意,本来打算划掉这幅草图。但既然如此,为什么还把它放进这本装帧精美的书里去了?下面一幅画上的凯文佩尔两面都带有柄状物,像一只酒碗。阿夫塞在戴西特尔号上航行时也观察到,布雷佩尔也有类似的柄状物。第三页描绘的凯文佩尔同样有柄状物,但它们看上去似乎更大,"酒碗"也显得更浅。第四幅换了个角度,柄状物的方向改变了。第五幅和第一幅一样,也有一条线划过星球表面,但这条线的角度和第一幅的那条线完全相反。

"这些草图,你怎么看?"娜娃托问。

阿夫塞抬起头,"我用望远器观察过布雷佩尔。有柄状物的这些和我看到的差不多。"

"是的,我也有一套布雷佩尔的草图。很像凯文佩尔。"

"但是,"阿夫塞说,"我不明白那条线是什么意思。"

"和那种柄状物是同一种东西。那种柄状物似乎很薄,从某个角度看,它们几乎消失了,成了一道线。事实上,"娜娃托的声音低下去,有些不好意思,"我不得不承认,最后一幅图上的那条线,我把它画成了一道连续线。但实际上,从望远器中看,它是一道断断续续的线。但我知道,它应当是连续的。我敢肯定。"

阿夫塞的脑子转得飞快,"这种柄状物很像围绕着行星的一个环面,或者一个环。"

"是的。"

"一个固体的环。简直难以置信。像一个巨型加乌多克石,又像从火山口向四面喷发的熔岩流凝固而成的一道平平的环,只不过这个环是飘浮在空中而已。想象一下,要是能在它上面散散步,那该是多么奇妙啊!"

娜娃托从阿夫塞的膝盖上拿走书,拇指迅速翻动,找到后面的某一页,又把画册递给他。

"看看这个。"她说。

"什么?"阿夫塞疑惑地说。

"看到那颗最突出的行星了吗?"

"是的。"阿夫塞说,"是凯文佩尔,对吧?"

"没错。你能认出背景中的恒星吗?"

"是'卡图颅骨'。"

"对。看看代表卡图右眼的那颗恒星。"阿夫塞仔细看着这一页,注意到了娜娃托用来表示恒星的那个银灰色的斑点。"它在围绕着凯文佩尔的那道环的后面。"

"再想想。"娜娃托说。

"我说过了，它在围绕凯文佩尔的那道环的后面——看在先知爪子的分上，它在环的后面，但仍然可以看见！这道环一定是透明的。不，不可能是那样；真要是透明的，我们就不可能看见它了。它肯定是——肯定不是一整块；也许是由一些东西构成——什么东西呢？——岩石？看上去完全是一整块嘛——"

"从这个距离看上去，是的，但如果靠近一些，"娜娃托说，"我打赌它是由无数小碎片组成的。"

"真是不可思议。"

"布雷佩尔也有一个这样的环。"娜娃托说。

"是的。"阿夫塞皱着鼻口，思考着，"那么，为什么'上帝之脸'没有环呢？"

这个问题让娜娃托惊得目瞪口呆。她的下颌张得大大的，露出了牙齿。如果是揖让进退的正式场合，这种姿势可以说不雅观到极点。"你是什么意思？"

"'上帝之脸'也是一颗行星。"于是，他把自己在戴西特尔号上与瓦尔–克尼尔一道航行时发现的所有事情一股脑儿说了出来：告诉她戴西特尔号如何根据他的建议绕着世界航行，最后证明"陆地"是一个岛，漂浮在无止境的"大河"上的说法只是一个愚蠢的神话，被他们称作"家"的这个世界只是一颗绕着行星旋转的卫星，这颗行星就是"上帝之脸"。

娜娃托明白阿夫塞正在讲述他认为是事实的东西。但她脸上的表情明确显示出，她很难接受这种说法。终于，她慢慢点了点头。"不可思议，"她说，"但这样一来，很多问题都能解释通了。"她的鼻口皱成一团，"我们的世界是一颗卫星……"

"这是最容易理解的部分。"阿夫塞缓缓地说。

娜娃托点点头，"确实。另一部分是——"

"'上帝之脸'是一颗行星。"

"这个说法让人害怕，哪怕只是听到这些字眼。"她说。

"也让我害怕。"

"怎么会这样？"

"除了这样，又能是哪样？"阿夫塞指着她的草图，"比如说天体吧，乍看之下是一个样子，但它的真实形象往往是另一个样子。我的初衷并不是去证明上帝不存在，但只有这种理论，才能解释我所看到的现象。"

"可你却证明了上帝不存在……"

阿夫塞的声音更和缓了，"也许上帝依然存在。"

"但你说'脸'不是超自然的东西。"

"只能这么说：我们称作'脸'的这个东西不是真正的上帝。或许仍然有一个上帝存在。"

娜娃托很激动，"这么说你已经发现了？发现了另一个上帝？"

阿夫塞低下鼻口，"不，不。我没有发现。"

"那么……"

"我也说不清。人们信仰上帝已经很久了。拉斯克第一次朝觐她之后就建立了这种信仰。"

"是的。"娜娃托说。

"也许拉斯克是错的。也许根本没有人看见过真正的'上帝之脸。'"

"但它依然存在。"娜娃托的语调变得坚定起来，"它肯定存在着。"

"我不知道。"阿夫塞说，"我不知道。你读过古代哲学家的书吗？多尔加、克拉德克斯等人的书？"

"几千日前读过一点克拉德克斯的书。"

"你知道，他的名言是：一个没有物质实体的概念是没有意义的。"

娜娃托一摆尾巴，"他是这么说的，但斯普尔塔不同意。她说，'真正的信仰比最强大的猎手更加强大，没有任何东西能够把它击倒。'"她停下来，看着地面。终于说道，"我仍然信仰上帝，阿夫塞。没有东西能击倒它。"

"反正，有关'上帝之脸'的推论，我坚信不疑。"阿夫塞温和地说，"几百天来，我从未动摇过。看了你的草图以后，我更坚定了。"他匆匆翻完草图，把话题转到天体观测上来，"看看你画的凯文佩尔和布雷佩尔，它们是除了'脸'之外离我们最近的行星。你

215

把它们上面的条纹画成了水平状,但条纹本身很像'上帝之脸'上的那些彩带般的云。"

娜娃托摇摇头,"这个问题我倒没想过。"她抬起头,思绪也从宗教方面回到天文观测,"你说'脸'与凯文佩尔和布雷佩尔是同胞兄妹,对吧? 它们在结构上很相似,每个都伴随着很多卫星。那么,为什么凯文佩尔和布雷佩尔上面都有环,而'脸'却没有呢?"

"是啊。"阿夫塞说,"确实,为什么没有?"他抓着鼻口下面。

"你画了围绕凯文佩尔和布雷佩尔旋转的卫星的路线吗?"娜娃托迷惑不解,"我不懂你的意思。"

"我的意思是,你计算过每颗卫星离行星有多远吗? 有没有一些卫星离行星比环离行星更近?"

"不,它们都比环远——多数情况下要远很多。"

"那么,卫星就是在环的外面运动,位于星环之外。"

"可以这样说。"

"一定是这样的;它们运动的路线是一个圆圈,这个圆圈的大小取决于当卫星运行到离行星最远处时离行星的距离。"

娜娃托理解得很快。她点点头,"星环同样是圆形的;星环内部的物体肯定有它们自己的运行路线,同样是圆形的。"

阿夫塞的尾巴重重地拍了一下凳子,"蛋壳啊! 想想:从我的观察中得知,卫星离行星越远,它在自己的圆圈路线上的运行速度就越慢。"

"对。"

"行星同样如此,离太阳越远,它在自己的环形路线上的运动速度就越慢。凯文佩尔绕着太阳旋转的速度比我们自己的行星'脸'快,而'脸'绕着太阳旋转的速度又比更远的布雷佩尔要快。"

"是的。"

"因此:星环内圈的物质肯定比外圈的物质运动得快。星环不可能是一个整块的环:里面的部分运动得快,外面的部分运动得慢,速度不同所产生的拉力会把星环撕裂。"

娜娃托闭上眼睛,竭力理解,"我还是不太明白。"

"你还有纸吗?"阿夫塞问。

"有,在那儿。"她指着房间那头。阿夫塞站起来,拿过一张纸和一段木炭,回到凳子边,靠近娜娃托坐着,比刚才更近。

"看,"他边说边在这张纸的中央画了一个圈,"这是一颗行星。"

娜娃托点点头。他又画了一个点,"好,这儿有一个物体沿着封闭的圆圈绕着它旋转。那个物体可能是星环中的一块,也可能是一颗卫星,像我们生活的这颗星球一样。好了,假设它绕行星旋转一圈要花一天的时间。"

她又点点头,"现在,这儿有一颗更远一点的物体,绕着行星旋转,运行路线是一个更大的圆圈。和刚才那个点一样,它可能是一颗距离更远一点的卫星,或者更大的星环中的一块。假设这个更远一点的东西绕着行星旋转一周要花两天的时间。"

他画出两个物体的运行轨迹,纸上的行星于是有了两个绕着中心旋转的圆圈。

"存在一种,一种——力,使物体围绕着行星旋转的力,对吗?"娜娃托说,"物体离卫星越近,它运动的速度越快。"

"非常正确。"

她走过去,从阿夫塞手中拿过木炭。"可卫星不是一个点;从望远器里看上去,它不是一个点。是一个球。"

阿夫塞转过身来,似乎有点迷惑,"是吗?"

"难道你没有看见?"她在刚才阿夫塞画的那两点上修改着,把它们画成了圆饼。然后,用一只张开的爪子指着它,"卫星里面的那条边比外面的那条边更靠近行星。里面的边运动得快,外面的边运动得慢。"

"但卫星是一整块的。"

"是的。"娜娃托说。

"所以它只能以一种速度运动。"

"也许它是以两种速度的平均值运动。"娜娃托说,"假设里面的边绕行星一圈需要一天时间,外面的边需要两天,那么,整颗卫星需要一天半的时间。"

"有道理。"阿夫塞说,"其实,对大多数卫星来说,这点区别意义不大。拿一颗远一些的卫星来说吧,比如'缓行者',它要花一百天的时间才能绕行星旋转一圈。也许里面的边花了九十九天,而外面的边花了一百零一天。只有百分之一的不同,没有太大差别。"

"是的。"娜娃托说。

"不用说,离行星较远的卫星,它们的自转周期不同于绕行星旋转的周期。所以,它接近行星的那一面不是恒定不变的,一会儿是这一面,一会儿是另一面。就卫星整体而言,速度差异造成的拉力被平衡掉了。"

"你说的这种周期是怎么回事?"娜娃托说。

"是这样的,我们所在的卫星永远都是以同一面朝着'上帝之脸',所以在'陆地'上总是看不到'上帝之脸',而这颗卫星是一个整体,以整体速度为标准,'陆地'所在的那一面绕着'上帝之脸'的旋转速度总嫌太快——它本来应该转得比较慢才对;而朝觐的那一面,与'陆地'相对的那一面,它直接面对'脸',那一面的速度总嫌太慢——它原本应当转得比较快才对。"

"哦,对呀。"娜娃托说,"所以在咱们这里,那种拉力没有保持均衡。"

"是的。"阿夫塞说,"我猜是这样。没有均衡。对整个球体而言,这种不均衡造成了一种分裂力量:一部分总嫌转得太快,一部分总嫌转得太慢。"

"这正常吗? 卫星总是用同一面朝向它围绕其旋转的行星?"

"对那些离它们的行星很近的卫星来说,这是正常的。在我们的星系中,十三颗卫星中有九颗都是这样。请原谅,是十四颗中有十颗;我忘了把我们自己的卫星计算在内。"

娜娃托迷惑不解,"但是,如果很靠近行星,你说的那种分裂力量肯定很大。我们就挨得很近呀——我是说,我们绕着'上帝之脸'旋转一周所花的时间并不多。"

"正好一天的时间。"

"是啊。"她说,"真不算太长,而且我们的世界又是那么大。"

"确实如此。"阿夫塞说,"根据戴西特尔号环球航行一周所花的时间,我认为这世界的直径大概有一万,或一万一千千步。"

"我们这颗星球越大,是不是意味着'陆地'这一面的速度和朝觐点那一面的速度有很大的不同呢?"

"是的,我想是这样。"

两人沉默了一会儿。然后,阿夫塞开口说道:"事实上,我打赌存在某一点,在这个点上,卫星非常靠近它的行星,内圈和外圈之间的分裂力量太大,不同的运动速度足以把卫星撕裂。"

"变成一堆碎石。"娜娃托说,"等等。"她转过身,目不转睛地瞪着天空,"等等。会不会是这样? 卫星因为靠它的行星太近而被撕裂成碎石,这些碎石构成了环带。也就是说,我们现在看到的绕着凯文佩尔的环带很有可能曾经是最靠近凯文佩尔的卫星,而绕着布雷佩尔的环带也很可能曾经是最靠近布雷佩尔的卫星。"

阿夫塞张开下颚，尾巴激动地摇摆着，"可'上帝之脸'上没有环带。"

"是的。"

"因为我们就是最靠近'上帝之脸'的卫星。"

"我们?"

"我们。"

"植物啊！听起来很不妙。"一会儿之后，她又转忧为喜，"可你瞧，不是每一颗行星都有环带。我就没看见有什么东西绕着达文佩尔——我能清楚地看见它的周相，加夫佩尔也没有。卡佩尔和帕特佩尔因为太暗太小，看不出任何细节，甚至用我的大型望远器也看不出。但我们没有理由认为它们一定会有环带。"

"是的。"

"除此之外，阿夫塞，'陆地'是不会破裂的，它非常牢固。"

阿夫塞指着庙宇墙上的裂缝，"是吗? 古人曾经认为修建这样的庙宇是值得的，它会万古长存。而现在，如果一幢建筑物能够几十个千日不倒，就已经非常幸运了。"

"是的，但是——"

"还有火山爆发，地震，河震——"

"你的结论下得太快，阿夫塞。你看，自有历史以来，'陆地'一直存在着，并且还要存在很长时间。此外，如果我们关于凯文佩尔和布雷佩尔环带起源的看法是正确的话——如果——那么，肯定还有卫星离它们更近。我确信我们能够计算出来,卫星离它的行星到底近到什么程度,才会陷入碎裂的危险。"

阿夫塞微微点头表示同意,"你是对的。"

和娜娃托进行这番高智力对话使他非常激动。她的头脑如此活跃!他看着她,磕磕牙,做了个友好的表示。她也磕磕牙表示回应。他想,娜娃托肯定也在这样想他。对话的气氛激动人心,充满了惊人的发现和难以置信的结论。

就在那一刻,阿夫塞意识到,尽管他已经经历了一系列成人仪式——离开家乡卡罗部族,开始专业学习,第一次狩猎,得到他的猎手纹饰,完成了对"上帝之脸"的朝觐——但他仍然还有一个成人仪式没有完成。

除了交配季节,雌性很不容易发情,但巨大的激动可以唤起情欲。阿夫塞的鼻孔嗅到了来自娜娃托的第一缕幽香,这是一种可以引起雄性冲动的化学物质。在这种意想不到的刺激下,他的爪子张开了,然后又慢慢收回指尖的爪鞘里,因为他的身体已经辨别出了,这种体味不代表敌意。

他的垂肉本来只是一只在鼻口下摇来晃去的松软袋子,现在却变成了胀鼓鼓的、殷红的气囊,像一个红宝石气球,几乎有他头颅上的圆顶那么大。

娜娃托转身看着阿夫塞,靠近他坐了下来,比通常允许的距离更近。

阿夫塞有些尴尬。他的身体做出了意想不到的反应，他害怕自己举止不妥。但娜娃托，这个甜蜜、美丽的娜娃托，两次摆动着她的脑袋，温柔地、谨慎地行了个让步礼。

阿夫塞热血汹涌，他站了起来。娜娃托同时跪了下来，用她的手臂支撑着身体。

她抬起了尾巴……

阿夫塞从后面爬到她身上。阴茎从平常遮住它的褶层滑了出来，暴露在空气中，又凉又硬。

他的臀部运动着，凭直觉做着各种动作。

也许她年龄比他大一倍，体积也比他大一倍，但他们一起做爱——哦，多么美妙的做爱啊！——他和她随着心脏的跳动有节奏地运动着，性器官上下起伏，垂肉胀得鼓鼓的——

直到……

直到……

直到他的精液射进她的身体。他的心充满了前所未有的快乐，无上的快乐，延续了一个又一下心跳的时间，简直要爆炸了。身下的娜娃托发出兴奋的"嘶嘶"声。

终于，他退了下来，精疲力竭。她的体味中性化了，他的垂肉也瘪了，松松垮垮地悬着，帮助身体散热。

他从她身上爬下来，身体放松，喘着粗气。她四肢伸开，俯卧在工作间的石头地板上，眼睛半闭，每次呼吸花的时间都比平时长得多。

阿夫塞溜过去躺在她身边,尾巴松松地缠着她的尾巴。他累了;不久,两人都沉入梦乡。

世界可能会终结。

但明天再操心吧。

第二十五章

明天到来了——对阿夫塞来说，来得太快了。他黎明之后才醒，瓦博–娜娃托显然已经起来一阵子了，正忙着调整另一个望远器的镜片。

他躺在那里，眼睛睁开，看着她在屋子里穿来穿去。她比他大不了多少，真的。只大几个千日。可是，她的工作在这儿；阿夫塞的工作却要求他回到首都。

终于，阿夫塞用力一撑，肚皮离地，站了起来。

娜娃托转过头，"早上好。"

阿夫塞回应道："早上好。"

然后是一阵沉默，她知道这是他的第一次交配吗？她为所做的事后悔吗？认真想过吗？他吞了吞口水。她想再来一次吗？

我会思念她的。阿夫塞想。他意识到已经没有什么商量的余地了。他们的角色——她在这儿的角色,他在那儿的角色——都是不可改变的。

"我要回首都去了。"阿夫塞说,"今早就走。"

娜娃托抬头看了看,"嗯,好的。"

阿夫塞朝门口走去。可走了一两步之后,他又犹豫了,"娜娃托?"

"怎么?"

"见到你,我真太幸运了。"

娜娃托望着他,"我也一样,阿夫塞。我们在一起的时候,我只感到一片光明,没有任何阴影。"

阿夫塞感到自己的心重新升腾起来。他深深地鞠了一躬,体内每一个角落都暖洋洋的。

"我有一个礼物给你。"娜娃托说。她拿起调整好的望远器,递给他。

阿夫塞的尾巴高兴地摆动着。"我会珍惜它的。"他说。

"我会珍惜我俩在一起的时光。"她回答道。

如果全程步行,除掉睡觉、狩猎和偶尔欣赏风景所花的时间,阿夫塞要用四十天才能赶到卡罗部族。但他只花了二十三天时间。

第一个七天,他是骑在牲口上和一支商队一道走的。他们贩运的物品包括黄铜扣子,缝纫皮料的针线,还有晾晒兽皮的设备等。但后来商队走的方向不同了,阿夫塞只好和他们分手。

接下来的十天他一个人走,一路上思绪纷乱,脑子里填满了各种各样的计算。差不多每走几千步他都要停下来,取出书写皮子和计算用的串珠,进行一些光靠脑子算不出结果的数学运算。

每天晚上,他都要用自己的新望远器观察卫星,观察绕着凯文佩尔的环,观察夜空的秘密。

现在已经很明白了,他和娜娃托担心的事情是真的。他们生活的这个世界非常、非常接近"上帝之脸",比这个星系中的其他任何卫星都近。据阿夫塞的观察,没有哪一颗行星有距离这么近的卫星。

一天晚上发生了一场小地震,第二天还出现了几次余震。

计算数据明摆在那儿,摇晃的地面也证明了这一点:这个世界确实是不稳定的,在不久的将来的某个时刻,它很可能会分崩离析。关于岩石强度,他还记得一些数据,但他必须去宫廷图书馆查找有关地震增加频率和严重程度的记录,以证实自己的记忆。凭他现在的记忆,他估计,作用于这颗卫星的分裂力量大约会在二十代之内把它撕成几块。有了这些想法,这次旅行愉快不了。

第十八天,他穿过了一座新修的桥。这座桥是碎石砌的,横跨在一条河上。詹姆图勒尔省和阿杰图勒尔省的分界线就是这条河。

当天晚上,他到了一条克雷布河的支流,加入了一伙儿流浪音乐家的队伍。这些人乘着木筏顺风漂流,随身带着很多乐器,有弦乐器,也有铜管乐器。音乐家们允许阿夫塞和他们一块儿旅行,交换条件是路上给他们讲讲首都的故事。但过了一天,条件改了:阿夫塞不能在他们练习的时候唱歌。他们把阿夫塞带到了他出生的卡罗部族,音乐家们继续向前漂流,阿夫塞祝福他们一路平安。

重逢充满欢乐:和育婴堂的同学聚会;在商业广场讲述他的首都经历。这也是一段休整时期:从戴西特尔号上漫长的航行中恢复过来,想想回到远在天边的首都后如何与萨理德相处。

自从拉斯克宗教兴起以来,世界被分成八个省,每个省都有自己的统治者。拉斯克宗教占主导地位,但古老的鲁巴尔派系仍然是个重要宗派。

根据传说,从前有五位创始猎人,鲁巴尔、卡图、霍格、贝尔巴和梅克特,每一位都有自己的猎队。每人都用手语来指挥他们的猎队成员,就像阿夫塞第一次狩猎时特特克丝所做的那样。十根手指分别代表猎队中的十个猎人。

后来,这十个猎人中的每一个又都建立了他或她自己的猎队。五个最早的猎队,每一个猎队都有十个猎人。每个猎人又建立一个自己的猎队。这样一来,"陆地"上的猎队就有了五十个。

这五十个猎队逐渐发展,派生出许多小团队。每个团队都知道他们的谱系。举例来说,卡罗部族就可以追溯到马尔-斯纳克这一支,他是当初组成贝尔巴猎队的十个猎人之一。

"猎队"这个词至今仍然用来指任何猎人组成的团队。但"部族"这个词指的是整个社区:猎人、工匠、医生、教师、学者、祭司和管理者、年轻人和老年人。

卡罗是阿夫塞出生的部族。他的父母很可能仍然生活在这儿,虽然他不知道他们是谁。他怀疑帕司-德拉沃是他的亲生父亲,因为他们两人看起来有些相像:耳洞比常人稍微偏低(或者说,前额稍微偏高),尾巴下面都有不寻常的斑点。

但这无所谓。在他离开家乡、和迪博交上朋友之前,阿夫塞从来没有认真想过这个问题。王子知道谁是他的母亲(还有他的父亲特瑞格瑞,他在阿夫塞到首都后不久便死于一次狩猎)。皇族! 这是一个知道自己的血缘谱系,知道谁是儿子、女儿、父亲、母亲、祖父和祖母的群体。皇族——拉斯克先知的直系后代。

萨理德曾经挖苦地说他是"遥远的卡罗部族最值得骄傲的儿子",这是事实,从某种意义上说,孩子是整个部族的孩子,而不是某个个人的。就说老特普-特尔多格吧,阿夫塞显然和他没有什么血缘关系——他皮肤的颜色比阿夫塞的淡很多,眼睛靠得更近。但他一样将阿夫塞看成他的儿子,觉得自己有责任看护他,照管他,教育他。他这种态度和德拉沃完全一样,和阿夫塞血缘父亲的另一个候选人雷杰-塞尔克也完全一样。

所有村庄都以保护孩子为基本原则,卡罗部族的村子也不例外。育婴堂,即社区托儿所,坐落在村子中央,那里是离出没不定的野兽最远的地方。

育婴堂周围是稀稀拉拉一圈帐篷和建筑物,住在这里的都是不经常外出狩猎的人,如学者、艺术家和商人等。部族的主要猎手住在这一圈之外,经常不在。这些人负责防御,给全体部族成员带来猎物。

阿夫塞的首次狩猎发生在首都,如果是在他自己的部族,狩猎前的训练就会包括参观育婴堂。这道程序是为了让他明白昆特格利欧恐龙外出狩猎、常常死于狩猎的目的何在:保护未来,抚育年青一代。

其实,就算在首都,要不是他的首次狩猎的时间太仓促,人家同样会让他先参观育婴堂的。既有城市中心广场的公共育婴堂,还有皇家育婴堂,后者是专门抚育皇族后代的地方,已逝国王的蛋壳也在那儿展示。

但就算阿夫塞去了,首都毕竟不是故乡部族,不会有参观故乡育婴堂的感受。卡罗部族的育婴堂是他出生的地方,也是他度过童年时光的地方。小时候的事,他只有些隐隐约约的记忆。成年之后,阿夫塞从来没回去过,这一点一直让他有些不安。

他想过是不是找个人带他去。但他毕竟在皇宫那个做什么都不紧不慢的机构里住了很久,早已学到了重要的一课:无论什么事，做完以后道个歉容易，做之前征得同意却难得多。

再说，他已经是一个成年人了。他经历了第一次狩猎，完成了第一次朝觐。他已经通过了所有成年仪式。他完全可以自己走进育婴堂，参观一番。

卡罗的育婴堂处在驻地中央，靠近克雷布河北岸。三幢圆形建筑连在一起，像一颗嘎博果壳。主入口在中间的那座圆形建筑的一侧，各部分还另有很多门。有的是为了在火灾的时候紧急疏散，有的专供保育员进出，有的为祭司专用。

他走的那条路离一个保育员的入口最近，阿夫塞决定从那儿进去。

这扇门和一般工作区的门没什么不同：很轻，口鼻部轻轻一拱就能推开，便于两手抱着东西的工作人员进出。阿夫塞一推门，本以为铰链会吱嘎作响，没想到门悄没声儿地打开了。应该这样：吱吱呀呀的开门声会吵醒熟睡的孩子们，那可就麻烦了。

他发现自己站在一条弧形通道里。他模模糊糊记得，育婴堂有两层墙，里墙和外墙之间的空间供成年人来往，免得他们的走动影响到里面的小孩子。

他沿着弧形通道朝前走。外面的光线透过窗户射进来。走了十步左右，他发现了一道门，这道门开在内墙上，木板门上刻着阿夫塞从未见过的图形：完整的卵、颌骨，还有些别的，似乎是一片片碎壳。还有一个特殊的门锁，只能从一边打开的那种。幸运的是，阿夫塞恰好站在可以打开的这边。他按了按金属横杆,门开了。

一阵热气袭来。里面比外面暗得多,他好一阵子才使眼睛适应黑暗。

房间是圆形的,直径约莫三十步。地板上撒满沙子。不对,阿夫塞用他的后脚爪在褐色沙粒上来回搓动后发现,不对,这儿没有地板。墙是直接在克雷布河岸上砌起来的。

房子四周都生着火堆。他从气味上分辨出烧的是卡达巴加原木。这种木头经久耐烧,火焰也特别平稳。每一堆火上方的屋顶都凿了个洞,使大部分烟雾能够发散出去。阿夫塞想,如果用煤炉加热,利用砖砌的烟囱通风,效果好得多。但育婴堂仍然沿用着传统的取暖方式。

阿夫塞突然发现了一些蛋:细长,淡棕色,每八个蛋组成一个圆圈,每只蛋的中心轴朝着外面,一部分蛋壳被沙子盖着。最先只在两堆火之间看到一窝蛋,不久又发现了五窝——不,是六窝。蛋沿着房子放了一圈,每窝都有八个。

很多火堆旁没有蛋。现在正是孵化季节,但似乎大多数蛋已经开了壳,婴儿都被取走了,剩下的只是一小部分。

阿夫塞沿墙走动,发现一张木凳。他张开双腿坐下,尾巴垂在后面,好奇地观察着这个奇妙的房间。垂肉在热气中悠闲地摆动着,他几乎能听见自己的呼吸,火堆燃烧发出轻轻的噼啪声。还有,对了,另外还有某种声音,微弱的"踢踏"声,像石子撞击。从哪儿传来的呢？

那儿！看在先知爪子的分上，声音就在他前面。离他最近的这一窝蛋里，有一个正在破壳。只见蛋壳胀开，裂开了几小片，但碎片仍被结实的白色细胞膜粘着，没有掉落。静止了几分钟之后，这个蛋又开始颤动起来，蛋壳上出现了更多裂痕。阿夫塞观察着，完全被迷住了。终于，一大片蛋壳从黏膜上脱下，掉到沙土上。紧接着，一片又一片碎壳纷纷掉落。现在已经能看见一个小脑袋了。湿湿滑滑的黄色小脑袋，眼睛还闭着呢。小宝贝的鼻口上面还能看见小小的、用来破壳的茸角，孵化几十天后就会自行脱落。

蛋壳上出现了一圈裂口。连小家伙的肩膀都能看见了。它的身体似乎伸展开来，蛋壳随之沿着那条裂口断开，分成两半。小家伙头很大，身体瘦长，软趴趴的，尾巴只有身体长度的一半。它跌跌绊绊地朝前挪动，手脚并用，想从壳里爬出来。

又有两个蛋开始破壳。其中一个开得干净利落，里面的小昆特格利欧恐龙蹒跚着走开了。另一个却似乎出了点问题。可能是蛋壳太厚，或者里面的小家伙力气太小。阿夫塞呆住了。那个蛋来来回回滚动了很久，还是没有裂开。他再也忍不住了，急忙朝那个蛋走去。在闪闪的火光中，阿夫塞弯下腰，伸开第五根手指上的爪尖，轻轻叩击蛋壳，直到它裂成五片。小家伙总算冲破蛋壳出来了。阿夫塞再看蛋壳时，小东西已经爬走了。

三个小东西在四周闲逛，几乎没弄出任何声音。又一个蛋开始破壳了。

"你在这儿干什么?"

阿夫塞"哗"地张开爪子。他回过头,努力使自己镇定下来。

一个中等年纪的妇女站在大门口,双手放在臀部。眼里反射着火光。

"你好。"阿夫塞说,"我只是进来看一看。"

"你怎么进来的?"

"从一个边门进来的。"

"不应该从那儿进来。你叫什么名字?"

"阿夫塞。"

"阿夫塞?"妇女的声音突然温和下来,"看在'上帝之脸'的分上,你长成大人了! 你离开多久了?"

"还不到一个千日。"

"你还是那么瘦。"阿夫塞看着这个妇女,"我认识你吗?"

"我叫卡特-朱勒。我在这儿工作。"

"我想不起来了。"

"我一直在育婴堂。我还记得你。你出生的时候我就在这儿了。那已经是,多久? 十二千日以前了吧?"

"三十五千日。"

"那么久!"她上下打量着他,鼻口随之上下晃动,"你一直很聪明。很想和你再聊一会儿,可我得工作了。如果你愿意,可以随便看看。"

阿夫塞点头行礼，"谢谢。"

朱勒用力拍打她的胃部。片刻之后，她的身体猛地抽动起来，下颌张得大大的。一堆棕灰色的块状物出现在她宽大的舌头上，溢到了嘴的两边。阿夫塞闻到了一股已经半消化的肉食的味道。新生孩子的反应很热烈，移动着小鼻口，吸着空气中的香味，然后半爬半走地朝朱勒挪过去，跌跌绊绊地进了她的口中。一个，又一个。最后是阿夫塞帮着叩破蛋壳的小家伙。它们舔食着这种从胃里消化后又反刍出来的食物，小脑袋上的眼睛很大，但还没有睁开。

这种状况下的朱勒显然不能说话。阿夫塞又坐到凳子上。整个下午，他都在那儿望着剩下的蛋破壳。看来，世上最美丽的风景并不仅仅存在于天空。

第二天，他决定再到育婴堂去，瞧瞧那些小恐龙怎么样了。他特别关心那个出生时出了点问题的小家伙。

天气很好。紫色的天空没有一丝云，阳光直直地照下来，苍白的月亮隐约可见。卡罗部族村庄内的道路比较窄，没留出很大空间，由此可见这儿大多数人的脾气都很好。阿夫塞愉快地和路过的每一个人打着招呼，他们也回应还礼。他精神抖擞地朝克雷布河岸走去。

阿夫塞还是从保育员的入口进来,朱勒很惊讶,但并没有责怪他。毕竟这是最近的一道门。这一次,阿夫塞用鼻口拱开门,再次来到里墙和外墙间的通道。

突然,所有的愉快都消失了。阿夫塞的爪子从指鞘猛地伸了出来。有什么事情非常不对劲。他听到一阵隆隆的脚步声,还有小家伙们吱吱的叫声。他急忙冲下弧形通道,打开里墙的门,他昨天就是从那儿进去的。

一个大块头男人正在屋子里奔跑着。紫色的袍服在他身后飞扬起来,尾巴也高高抬离地面。孩子们吱吱的叫声更响了,它们拼尽全力奔逃,哆哆嗦嗦地爬着。宝贝们黑漆漆的眼睛因为恐惧睁得大大的,竭力想逃脱他的魔掌。

火光下只见人影晃动。那个男人低下身子,头部几乎和地面平行,下颌大张。在他面前一步远的地方有个孩子。这个成年人的头猛地一摆,大嘴嘭地一口,把这婴儿含在嘴里。咕噜一声,只见男人的喉部稍稍一鼓,小婴孩已经滑进了他的食道。

"不!"

穿袍服的男人被阿夫塞的呼叫惊得抬起头来,发现他正站在门口。他用一只张开爪子的手朝阿夫塞猛地一挥。"卡嗒哈尔帕嗒尔斯。"他低声吼道,"我是血祭司!"声音低沉,粗哑,像硬挤出来的,"走开!"

卡特-朱勒突然出现在阿夫塞身后,显然是被他的惊呼唤来的，"阿夫塞，你在这儿干什么？"

"他在吞吃婴儿！"

"他是帕尔-朵拉特，血祭司。这是他的工作。"

"但是——"

"跟我来。"

"但他在吞吃——"

"过来！"朱勒的头部和颈部都比阿夫塞高，她伸出一只手臂，挽着他的肩膀，把他从屋里推了出去。

阿夫塞惊恐地回头看了看，发现穿袍服的男人又铲起了一个婴儿，这是剩下的婴儿中最小的一个，很可能是在阿夫塞帮助下破壳而出的那一个。

阿夫塞感到一阵恶心。

朱勒带着他走出过道，穿过大门，来到屋外。外面的阳光非常刺眼。

"他杀了两个婴儿。"阿夫塞说。

朱勒的目光投向远处，看着外面的卡罗部族，"每一窝他要杀掉七个婴儿，才算完成任务。"

"七个！就是说——"

"只剩下一个。"朱勒说。

"我不明白。"阿夫塞说。

"是吗？"

"是的。"朱勒的尾巴无动于衷地摆动着，"这是为了控制人口。我们需要空间和食物。两者都必须非常丰富，才够分配。一个雌性每一窝产八个蛋，但只允许存活一个。"

"太可怕了。"

"这是必须的。我不是学者，阿夫塞。但就连我也知道，如果每一代的人口增加八倍，用不了多久就没有空间了。有人告诉我，只需要五代，一头昆特格利欧恐龙就会有成百上千个后代。"

"三万二千七百六十八个。"阿夫塞不假思索地说，"八的五次方。"

朱勒惊讶地摆动着尾巴，"我不懂，'八的五次方'是什么意思？"

"这是对大数字的新表达方式——"

"生活中有些事，比计算更重要。你一点都不知道血祭司的事？"

阿夫塞低下头，"不知道。"

"但你总知道每窝有八个蛋吧？"

"我以前从来没认真想过。"

朱勒轻轻磕着牙齿，"我一直觉得你们这些读书人挺好笑，只知道把鼻口埋在满是灰尘的旧书页里，却对日常生活一窍不通。多数孩子都被杀死了，这几乎不是什么秘密。毕竟，看在上帝尾巴的分上，这样的事，怎么可能不泄露出去？你可以跟我长篇大套地说你的专业,怎么对婴儿被杀的事一无所知?"

"难道大多数人都知道婴儿被杀?"

"是的。这些是生活中令人不愉快的方面。我们接受它们,但用不着总是想着它们。"朱勒低下鼻口看着阿夫塞,"自然,多数人只是抽象地知道,没有真正目睹一个正在工作着的哈尔帕嗒尔斯。就连血祭司本人,工作之前也必须强迫自己进入迷狂状态。吃婴儿真让人反胃。"

阿夫塞一时还以为朱勒语带双关,最后一句是句俏皮话。当然不会;她不可能——也许真的有可能? 也许。她不得不随时面对这种残酷场景,最后逐渐变得无动于衷起来。

"我不知道。"阿夫塞只简单地回答道。

"那么,现在你知道了。"她点点头,行了个让步礼,"现在你有东西思考了。去吧。"

她轻轻推了他一下,不是不友好的表示,只不过是一个育婴堂妈妈不假思索地触摸她的孩子而已。阿夫塞一阵小跑离开了。早些时候似乎还那么可爱的太阳,现在变得燥热、刺目,令人很不舒服。

他在一棵树下躺下来,闭上眼睛。他现在惊恐地明白了,戴西特尔号舱房门上雕刻的复杂诡异的图案到底描绘的是什么。画面上,五个创始猎人之一的梅克特正穿着祭司长袍,一截小尾巴从她的嘴里掉了出来——梅克特是个血祭司。看来,吃掉同类幼仔的习俗要追溯到古代的五猎手宗教。这很可能是唯一一个从那个宗教沿袭下来、至今仍然被广泛实施的习俗,是鲁巴尔教派在崇拜拉斯克先知的现代社会扮演的唯一角色。

阿夫塞苦思冥想。他想到了死去的小家伙,想到了生存的残酷。他想得最多最久的,是他那七个死去已久、从未谋面的兄弟姐妹。

午夜的时候,阿夫塞突然惊醒了。每个受过教育的人都知道,"陆地"分为八个省:首都省、克夫图勒尔省、楚图勒尔省、玛尔图勒尔省、爱兹图勒尔省、阿杰图勒尔省、詹姆图勒尔省和弗拉图勒尔省。国王或女王是整个"陆地"的领导者,同时还是首都省的统治者。其他七个省的省长无条件地忠于首都的君王。阿夫塞在首都的游行队伍里见过所有这些省长们,从最远处弗拉图勒尔省的省长伦-库尔班到卡罗部族所在的阿杰图勒尔省省长伦-哈克图德。阿夫塞曾经很奇怪,他们都和已故的伦-伦茨——迪博的母亲——同样的身高,同样的年纪。

事情已经很明显了。这七个省长自然都忠于女王。他们是她的血亲,她的——阿夫塞细数着省长们的名单——她的五个姊妹和两个兄弟。

血祭司不会吞吃皇家小孩。相反,跑得最快的一个被选为国王或女王,剩下的七个则成为各省的省长。他们绝对忠诚,因为他们的生命和这个君主政体紧密地联系在一起。如果没有皇族后代的特权,他们就会和普通平民的婴儿一样被吞食。

伦茨的兄弟姐妹们现在统治着这七个边远省份。迪博的七个同胞在出生后不久就被秘密带走。当他们的——阿夫塞不得不搜索字眼,因为使用它们的机会太少了——阿姨或者叔叔去世的时候,他们将成为各省的统治者,拉斯克的后代统治了整个世界。

也许这已经是众人皆知的事实,只是阿夫塞以前不太关心现实生活。如今他懂了。也许这才是所有成人仪式中最重要的一环:天体的运动是单纯的,可以预测的,而政治却比自然界的任何事件更复杂、更精细。

阿夫塞俯卧在黑暗中,再也睡不着了。

第二十六章

阿夫塞知道,是该回首都的时候了。一方面,离开太久萨理德会生气;另一方面,迪博现在是国王了——肯定会发生很多事情!

第一次离开卡罗部族到首都的时候,阿夫塞跟着一支角面商队,走得很慢。但这一次,每个部族都必须选送贡品献给新国王,因此卡罗部族组织了一小队人马,骑的是最快的奔跑兽。阿夫塞向贡品队提起了他和迪博的朋友关系,于是被邀请加入这个小队。他非常高兴:可以把旅途时间缩短三分之二。

他们乘骑的奔跑兽和卡登的坐骑有点相似:滚圆的身体,坚硬的尾巴,跨幅很大的长腿,长脖子,小脑袋,大眼睛。但它们属于内陆种群,皮肤是平淡无奇的粉棕色,眼睛是绿色而不是金色,喙嘴闪着黑光。

阿夫塞爬上去,在鞍座上坐好。柔软的尾巴缠着奔跑兽那坚硬的尾巴,通过摆动尾巴来指挥奔跑兽朝什么方向走。尾巴缠在一起还可以帮助阿夫塞稳稳地坐在兽背上,即使快速奔跑也不至于摔下来。

队伍里还有三个人:塔尔-朵尔图,卡罗部族的族长;德特-扎玛尔,卡罗部族的高级祭司之一;以及帕司-德拉沃,阿夫塞毫无根据地推测这个人可能是自己的血缘父亲。德拉沃是卡罗部族中最有本事的猎人,他负责保证小队在旅途中有东西吃。

随着一声"拉嗒克!"的叫喊,他们在黎明时分出发了。阿夫塞用尾巴拍打了一下奔跑兽,奔跑兽立即甩开两条长腿大步前进,地平线也随之上下晃动。阿夫塞在戴西特尔号上经历过大风大浪,这时却发现,如果没有奔跑兽快速运动带来的凉风,他非被这种上下颠簸弄呕吐不可。他用手臂紧紧抓住它的长脖子,竭力让自己镇定下来。由于惊吓,他本能地想张开爪子,但又提醒自己不要这样,以免抓破奔跑兽的肌肤。

到了中午,阿夫塞的胃部痉挛有所缓解。骑在他旁边的扎玛尔教给他一个小技巧,就是尽量使自己的呼吸和奔跑兽的步伐保持一致:当它移动左脚的时候吸入空气,当它的右脚踢进泥土的时候呼出空气。渐渐地,阿夫塞掌握了奔跑兽跑动的频率。大家下来让奔跑兽休息的时候,阿夫塞觉得自己的身体好像仍然晃个不停。

没吃没喝连续走了一整天,晚上睡觉时,头上已是繁星满天了。阿夫塞抬头看着巨大的"天河",想弄懂它到底是什么。月亮们仍然在起起落落。他思绪奔涌,想知道天空中所有的秘密。最后,他疲倦了,沉醉在美丽的夜色中,愉快地睡去,无梦一觉到天明。

奔跑兽是一种凶猛的野兽。以它们奔跑的速度,四只兽紧密协作,可以捕获相当大的猎物,喂饱自己。

早晨的时间不能浪费。一头头坐骑呆滞不动,看来是吃饱了。休息一会儿后,它们又被驱赶着出发了。

小队沿着克雷布河走了很多天。河流弯弯曲曲向前流着,阿夫塞一边看,一边想:自己从前是怎么回事,竟然相信覆盖着世界表面的水体是一条河,只不过比眼前的克雷布河大一些。人人都那么相信这一点。

终于,他们离开了阿杰图勒尔省,来到玛尔图勒尔省的平原地带。几天过后,帕司-德拉沃宣布,他要去捕捉一种特殊的动物当晚餐:一只"尖齿颚"。阿夫塞磕磕牙齿,坦率地说:"尖齿颚?没有哪个昆特格利欧恐龙能抓到它。它跑得太快了。"

"啊哈。"德拉沃说,"但是奔跑兽能赶上它。"

阿夫塞的胃里一阵翻腾。吃被另一种动物杀死的猎物?德拉沃从阿夫塞的脸上看出了他的心思。他磕了磕牙。阿夫塞发现自己也经常这样磕牙:先响亮,随即低下来,跟自己的笑声差不多。"不用担心，孩子。我们亲自去捕猎，只不过骑在奔跑兽的背上罢了。"

他们果真这样做了。尖齿颚是"陆地"食肉动物中很少见的四足类。它在草原上捕猎，杀死雷兽和铲嘴。它的脚上有肉掌，跑起来悄无声息。这种动物脸型狭长，两颗长而弯的獠牙从下颚向上伸出。阿夫塞听说它的肉很鲜甜：现在可以亲口尝尝了。

扎玛尔和朵尔图没有参加这次行动。德拉沃很快便发现了尖齿颚的踪迹。他和阿夫塞骑上他们的两足奔跑兽，朝尖齿颚的必经之路出发了。

大半个上午都花在追踪这个家伙上。终于，他们看见它了，长着鳞片的棕色肩膀在草丛后面若隐若现。

德拉沃做了个手势，表明可以发动攻击。他们的坐骑猛地朝尖齿颚冲去。猎物抬起头来，发出一声黏湿而尖利的嘘声，跳起来朝远处逃去。

尖齿颚是食肉动物，原本是奔跑兽的天敌。德拉沃他们花了很多时间去训练奔跑兽，使它们愿意追逐尖齿颚，而不是躲开它们。它们追得可真猛啊！阿夫塞身下的坐骑飞速狂奔，他拼命稳住自己，尾巴和奔跑兽的尾巴紧紧地缠在一起。狂风扑面而来，风势大得难以想象。

尖齿颚钻进高草丛中，只有趁草叶波动时，才能在叶片间隙中看见它的部分身躯。

他们不断向猎物逼近。

尖齿颚突然一个急转弯。阿夫塞不明白它为什么要这样做，但相信对方的动物本能。他自己的尾巴猛地一拽，命令坐骑随着尖齿颚马上转弯。经过食肉动物转弯处时，阿夫塞发现地面上有道裂沟。如果他没有改变方向，坐骑肯定会绊倒，甚至会摔断双腿。

德拉沃的坐骑斜着冲了过来，从左边靠近尖齿颚，阿夫塞也从右边飞奔过来。猛然间，德拉沃从坐骑上纵身跃起，阿夫塞也飞身前扑。大地扑面而来，快得令人头晕目眩。阿夫塞跃到尖齿颚肩上。但德拉沃没有对准目标，一头栽在地上，尖齿颚肩背上只剩下阿夫塞一人。

阿夫塞的尖爪抓进尖齿颚的皮肤。

只需一口……

尖齿颚脖子一弯，想把阿夫塞摔下来。阿夫塞的上下颌猛然一合，朝着尖齿颚的头和身体相连处狠狠咬下去。咔嚓一声，他一扭身子，咬断了这头四足动物的脊椎。

正在挣扎的尖齿颚停止了反抗，顺着惯性向前冲出几步，砰地瘫倒在地。阿夫塞被弹了起来，但他仍然没松口。德拉沃爬了起来，朝阿夫塞和尖齿颚躺倒的地方奔来。

"这么小，技术却这么棒！"德拉沃大叫着。他是真心高兴，并没有因为自己没有亲手杀死尖齿颚而沮丧，"我从没见过这样的事!"他盯着阿夫塞,仿佛有些疑惑,随后用左手作了个奇怪的手势:第二和第三指上的爪子伸出,第四和第五指张开,拇指压在手掌上。

阿夫塞熟悉这个手势,和戴西特尔号舱门上五猎手雕刻画像上的一样,克尼尔也在他面前比画过这个手势。但他刚刚遭到两次撞击——第一次是撞上尖齿颚的厚皮,第二次是这家伙倒在地上带来的冲击——脑子晕晕乎乎的,不太清楚自己在干什么。阿夫塞心不在焉地重复了一遍这个手势,但仍然弄不明白这傻乎乎的比画意味着什么。

德拉沃却似乎欣喜万分。"我去叫其他人。"他说着,深深地鞠了一躬。

阿夫塞觉得不必傻等其他人。他撕下一大块肋腹肉。肉味确实鲜甜……

剩下的旅途平淡无奇。阿夫塞每天都在星星的陪伴下睡去,头顶上是明朗的苍穹。只有下雨时才住进德特-扎玛尔带来的一顶帐篷里。穿过奇马尔火山的山口后,首都的石头和土坯建筑物终于出现在他们眼前。

终于到家了。阿夫塞想。他磕了磕牙,这才发现自己的变化。他很高兴去了卡罗部族,但那已经不是他的家了。他的家在首都。他非常高兴自己回家了。不过,等见了他的老师、首席宫廷占星师塔科-萨理德后,阿夫塞怀疑自己还会不会仍然这样高兴。

第二十七章

　　阿夫塞沿着螺旋形的坡道朝宫廷办公楼的地下室走去。他知道萨理德肯定会发脾气:他朝觐回来得太晚,还冒冒失失对老师的学说表示怀疑。他并不急于领教老师的暴怒,于是故意在先知毯画前逗留了一阵。灯火反射在薄薄的玻璃罩上,一闪一闪地跳动着。三百七十二天前,他最后一次看这幅画的时候,画面上的很多部分都看不明白。但现在,一切都一清二楚了。拉斯克航船桅杆顶上的那个奇怪的桶是瞭望桶,和戴西特尔号上的一样;"上帝之脸"上的那些黑色斑点——"上帝的眼睛"——其实是卫星投下的阴影。阿夫塞还惊讶地发现,这幅画上,眼睛散布在"脸"上的各个地方,而不是集中在最宽的部分。画家——著名的黑尔-维勒塔夫——或者不是一个训练有素的观察者,或者就是由于作画的时间离朝觐太久,记错了位置。真是的,在她的画上,太阳清晰可见,可"脸"却依然全部亮起。这是不可能的。

毯画的边缘是一些扭曲的、面目可憎的魔鬼。这些人被认为在光天化日之下散布关于先知的谎言。阿夫塞从前总是被他们的外形吓住。可是现在,他看他们的眼光不同了。他们显然不是怪物,也不是假扮成昆特格利欧恐龙的魔鬼。

还有拉斯克本人,这个先知。维勒塔夫见过拉斯克吗?她真的知道他到底长得什么样儿吗?在她笔下,先知的表情安详而高贵,眼睛半闭——阿夫塞不由得磕磕牙,这个表情再合适没有了。

看够了这幅画后,阿夫塞继续慢吞吞地沿着走廊走着,终于到了萨理德办公室的靳塔加木门前。阿夫塞鼓起勇气敲了敲侧柱上的铜条,大声道:"我可以进入你的地盘吗?"他发现自己的声音夹杂着一丝颤抖。

他等待着粗暴而低沉的一声:**哈哈特丹**,但什么声音也没有。几下心跳过后,阿夫塞又叫了一次。仍然没有回答。他把手掌按在凹槽条上,门开了。

萨理德的办公室里空无一人。阿夫塞穿过房间,来到老占星师的工作台前。桌上有很多文件和皮纸,叠放得整整齐齐,但覆满了灰尘。

阿夫塞审视着房间,发现萨理德最喜欢的一些东西不见了:那个总是盛着香水的大陶瓷碗;经常用来描画星座图的绘画工具;包有皮革封面的数学著作;加乌多克石,还有那个铭刻着老占星师许多学术成就的半圆形饰物。

阿夫塞离开房间,沿着走廊,来到宫廷大地测量员埃博-法尔鲍姆的办公室。阿夫塞又在外面喊了一声,请求进去。法尔鲍姆允许了。阿夫塞推开门走进屋。

法尔鲍姆比萨理德年轻多了,但仍然比阿夫塞大许多千日。她正趴在一张板床上,矫正一部上面装有几个调节轮的金属机器。"阿德卡布?"她说,"看在先知爪子的分上,是你吗?"

阿德卡布是在阿夫塞之前的学徒占星师,法尔鲍姆经常无意之间把阿夫塞叫成那个名字。阿夫塞只是报以一笑,从不放在心上。毕竟,她是宫廷中很少几个试图记住下属名字的官员之一。再说,萨理德学徒那么多,要弄清楚前后顺序也不是一件容易的事。

阿夫塞弯腰鞠了一躬,"你好,法尔鲍姆。很高兴又见到你。"

"是你!天啊,你长大了!"

阿夫塞明白,离开这么久,他的体积很可能有了显著增长。"谢谢。"他含糊地说,"法尔鲍姆,我在找萨理德。"

测量员推开卧板,身体靠在厚实的尾巴上,"你没听说吗?"

"听说什么?"

法尔鲍姆低下头,"你走后不久,萨理德就病了,一直在家休息。"

"他怎么了?"

　　测量员磕了磕牙,声音有些悲哀。"他老了,阿夫塞。"法尔鲍姆看着地面,"坦白地说,我很惊讶,他居然熬了这么久。"

　　阿夫塞的尾巴来回摆动着。"我马上去看他。"他朝门口跨了一步,脑子里突然闪过一个念头,"已经任命继任者了吗?"

　　"还没有。因为我们失去了伦茨女王——你至少听说过这个消息吧,还有迪博继位,所以来不及做什么。另外,迪博不愿任命继任者,他不想让萨理德认为自己快死了。但是,说真的,他活下来的希望很渺茫。"

　　"我要去看萨理德。"阿夫塞说。

　　法尔鲍姆点点头,"他会很高兴的。代我向他问好。"

　　萨理德住在离皇宫几百步远的一幢小房子里。房子用土坯砌成,最普通的那种,地震后很容易整修或重建。房子的外表是红棕色,涂了一层薄薄的防水釉料。去萨理德的房子之前,阿夫塞先回到自己狭小的住处,独自待了一会儿。但时间这么短,对理清他的思路毫无用处。萨理德曾经无处不在。这个老人既让他害怕,又是激励他不断进步的动力。无法想象皇宫里会没有萨理德。

　　这座土坯建筑的形式很特别,显得不太规整。窗户乍看上去同样歪歪斜斜,再看时才会发现雕刻得极其精致。这个单元还住着另外几位宫廷官员,萨理德的公寓在最底层。阿夫塞知道萨理德的住处,但以前从没来过。

阿夫塞走进里面的主通道。两面墙上点着灯,烛火发出轻微的爆裂声。萨理德的印记刻在走廊尽头的一扇门上,样式和他办公室门上的不一样。从雕刻手法上看,印记是萨理德亲手制作的。看得出是出自业余爱好者之手,但雕刻得确实很不错。萨理德还是个木刻爱好者?阿夫塞想,他还有什么其他方面是我不了解的呢?

他用爪子叩了叩门上的铜条,请求进去。屋里似乎发出了什么声音,但很微弱,听不清楚。

他推开门。里面是萨理德的起居室,像他的主人一样,严肃、苛刻。四个角落分别放着四张装饰华美的日用板床;书架上放满了书;一张图样繁复的拉斯图塔尔木板上放着金银棋子,这盘棋只下了一半。阿夫塞匆匆走进卧室。那儿,俯卧在石头小床上的,正是萨理德。他看上去又衰老又疲惫,脸上的皮肤松垮垮地垂着,黑眼珠布满血丝。床上堆着些软皮纸,一条雷兽皮毯盖住了大半个身子。屋子很暗,没有灯,窗帘也拉上了。

床边的一张桌子上放着萨理德最喜欢的陶瓷碗。碗上有些裂缝,一定是摔破以后重新粘好的。不幸的是,不是所有东西都这么容易修好。他低头看着萨理德,"老师……"

萨理德衰老的身躯慢慢活动起来。"阿夫塞?"声音又干燥又嘶哑,"阿夫塞,是你吗?"

阿夫塞鞠了一躬,"是我,老师。"

萨理德咳嗽起来，仿佛刚才努力说话耗尽了他的体力。他的喉头发出一阵嘶哑的声音，说出来的话像嘶嘶的吐气声，"这么久才回来。"

"对不起，老师。"阿夫塞感到胸口一痛，这是悲哀的疼痛。他这才意识到他一直思念着萨理德——以后也会思念他的，"您教会了我很多东西，有了这些基础，我才能在航行中有所发现。"

猛咳几声后，萨理德的声音清晰了些，"我听克尼尔说你们绕着世界航行。"

"是的，老师。但不是人人都相信。他们认为我们糊涂了，或者在欺骗他们。"

萨理德虚弱地磕了磕牙，"我敢肯定他们会这样。"他吃力地喘息着，"但我相信你们。"

"真的？"

"自然是真的。你看到了'上帝之脸'？"

"是的，老师。"

"而且——"另一阵剧烈的咳嗽，萨理德的身子都随之震动起来。阿夫塞朝老占星师靠近了些，几乎要侵占到他的地盘了，"而且，你还发现了什么？"

"老师，现在不是说这个的时候。等您身体好一些——"

萨理德又咳嗽起来，"我好不了啦，阿夫塞。我老了，快死了。"

阿夫塞知道萨理德说的是实话。他只希望在昏暗的屋里,自己鼻口颜色的改变不会被发觉。"不,您会好起来的。您只是需要休息——"

"把你的发现告诉我。"萨理德的声音变了,变成阿夫塞过去经常听到的严厉的、必须服从的声音。

"是,老师。我——我知道您不会赞同我的观点。我相信'上帝之脸'是——请原谅我——一颗行星,和凯文佩尔、帕特佩尔或者其他任何行星一样。"阿夫塞已经准备好接受萨理德的斥责,但他没有。

"太好了。很好,阿夫塞。"一阵咳嗽之后,他轻声道,"我知道你非常聪明。"

阿夫塞顿时呆了,尾巴在空中画了一个宽大的弧形,"什么?您早就知道?"

萨理德又咳嗽了几声,这才重新开口,但声音更加虚弱,"是的,我早就知道。但我太老了,什么都做不了。你——你还年轻。"又是一声咳嗽,"你还年轻。"

"但您没有望远器,您是怎么知道的?"

"好几个千日前,克尼尔就带了一部望远器给我。那时你还在卡罗部族,没来首都。"

"我听说你拒绝了——"

"在宫廷里,如果不学会谨慎行事,我待不了这么久。我希望你自己去作出这个发现。我不能把我知道的告诉任何人——连克尼尔也不知道具体情况，虽然他同意帮我怂恿你。"萨理德轻轻摆动着尾巴，"我俩是育婴堂的同学，关系好得像一个人。"

阿夫塞紧紧盯住老师如夜晚般漆黑的眼睛，但看不出萨理德的目光正望着哪里。"我不明白。"

萨理德又咳了起来。阿夫塞静静地等老人打起精神继续说下去。"如果'脸'是一颗行星。"萨理德说，"那么，拉斯克宗教的基础就是错误的。"他深吸一口气，继续往下讲，"需要一个年轻人去为之战斗，把世界的真相告诉人们。我有各个部族年轻人的专业测试结果，我从中仔细筛选，在发现你之前放弃了六个学徒。我几乎看不到希望了。我知道，如果你连挑战自己老师的勇气都没有，当然更不可能挑战耶纳尔博。我需要检验你坚持真理的勇气。"萨理德的鼻口转向阿夫塞，"现在我明白了，这一次，我总算选对人了。"

阿夫塞低头接受老师的称赞，但他仍旧不十分明白。"呃，我还有别的发现，老师。"他说，"您知道一些行星上绕着星环吗？"

"星环？"萨理德的头在睡床上轻轻摇动，"啊，那种东西原来是环。我老眼昏花，看不太清楚。我也许太保守，没弄清它到底是什么。星环。是的，有道理。"萨理德的声音像拂晓的微风一般微弱，但还是听得出其中的钦佩之情，"我敢说，它不是实体的。颗粒状的？"

阿夫塞点点头，"颗粒组成的环。"

萨理德一声叹息，深深呼出一口气，"当然，应该是这样。"

"当卫星靠它们的行星太近。就形成了这样的环。"

"很有道理。"

"可是，老师，我们的世界离我们的行星太近了，所以很不稳定。"

萨理德想把头从床上抬起来，但失败了。他虚弱地咕哝了一声。一会儿之后，他说："所以，学生已经超过了老师。嗯，每个老师都希望学生超过自己。祝贺你，阿夫塞。"

"祝贺？ 老师，世界就要毁灭了！"

"不管它毁不毁灭，我已经看不见了。现在的问题是，我要把一个艰巨程度超出我的想象的任务交给你，孩子。我很抱歉。"

阿夫塞感到指尖发痒，这是极度惊讶的反应，"您是什么意思？"

"喔，阿夫塞——"老占星师再次陷入一阵猛烈的咳嗽。平息下来后，他接着道："噢，阿夫塞，如果这个世界即将毁灭，那么，我们必须——"老师干瘪的脸上闪烁出光芒，这是智慧的闪光，这种卓越才智曾在老师无数有关恒星、行星和卫星的著作中体现出来，"——我们必须逃离这个世界。"他竭尽全力，勉强抬起头，"你必须让人民相信你，并且照你说的做。"

阿夫塞靠在尾巴上，被萨理德的话惊呆了。"逃离这个世界？

老师——"

　　但萨理德又开始咳嗽起来。之后,他说:"我必须等你回来,阿夫塞。我必须知道你就是这个人。"随后,他的黑眼睛闭上了,身体重重地陷进皮床单,渐渐地停止了呼吸。

　　"老师?"

　　没有任何反应。

　　阿夫塞从绶带下端的小口袋里掏出萨理德在戴西特尔号起航前送给他的旅行者水晶,六边形的,宝石红。他把它放到高级占星师头边,"一路走好,萨理德老师。"

第二十八章

　　阿夫塞离开萨理德的家朝皇宫走去,准备通知官方他的老师已经去世了。乌云密布,太阳在云层后面变成了淡紫色,阿夫塞并不真正关心自己到底要去哪儿。他完全被萨理德刚才那番话弄迷糊了。

　　"那不是阿夫塞吗?"一个声音引起了阿夫塞的注意。他回过头来。说话者是一个接近中年的雌性,体重也许是他的两倍。

　　"是的,我是阿夫塞。"他看着她的脸。她没有行让步礼。阿夫塞并不认识她,"你是——"

　　"杰尔丝-帕尔萨博。"她说,"杰尔丝"这个名字来源于伟大的工匠——"杰尔萨克",经常被那些有很深宗教信仰的妇女选来用作名字的开头部分。类似的名字还有很多,比如"德特",源于"德图恩",就是一个雄性经常选用的名字,特别是那些有祭司职位的雄性。

"你好,帕尔萨博。"阿夫塞说,"你怎么会认识我?"

她把手放到宽大的臀部上,"我在附近见过你。"

"是吗?"

"是的,你在皇宫里工作。"她说着,好像这是一项罪名。

"我是一个学徒占星师。"

"我听说有人鼓捣这玩意儿,就像我鼓捣我的牙齿一样。"这话真粗俗,阿夫塞想。但他没有回应。帕尔萨博继续用粗哑的嗓门说:"你刚朝觐回来?"

阿夫塞的尾巴画了一个半弧形,然后小心地收起来,说道:"是的,这是我第一次朝觐。"

"我听到很多关于你的故事。"

阿夫塞磕磕牙,装出很幽默的样子,"白天的还是晚上的?"

她没理会他,嚷嚷起来:"你亵渎上帝!"

正好有两个人从对面经过。帕尔萨博的吼叫使他们停了下来,一个人侧头听着。

阿夫塞本想马上走开算了,但他从小受的教育是尊重年长的人。"我说的全都是事实。"他温和地回答道。

"你看了'上帝之脸',却认为那是一个骗局。"

现在,两个过路人毫不掩饰他们在偷听,另外两个行人也停下脚步。大家被帕尔萨博的话惊呆了。**卡尔萨特奇**——骗局——是一个很少听见的字眼。很难相信有人能在光天化日之下公然行骗。

"我没有骗人,尊敬的帕尔萨博。"阿夫塞说。

"可你说'上帝之脸'不是,呃,不是真正的'上帝之脸'。"

阿夫塞低头看着地面,黑沙地上满是鹅卵石。他再次抬起头,发现第五个过路人也停下来想看热闹。"我说的是,"阿夫塞说道,"'上帝之脸'是一颗行星。像凯文佩尔和帕特佩尔一样,像其他所有的行星一样。"两个旁观者发出一阵低语。

"这难道还不算亵渎上帝?"帕尔萨博质问道。

"这是科学观测,"阿夫塞说,"这是事实。"

三个年轻雌性加入了人群。一会儿之后,一个体积庞大的老年雄性也加入了。

阿夫塞只听一个旁观者向身边的小伙子道:"听上去好像是在说什么亵渎上帝的事。"

"事实?"帕尔萨博喝道,"一个小孩子知道什么真相?"

"我相信自己的眼睛看到的东西。"阿夫塞扫视着周围那一张张表情古怪的脸,又转向帕尔萨博,"好了,这儿不是争论这个问题的地方。我会把我所看到的事实写成一篇论文,也许到时候我可以借一份复印件给你。"

一个男子向前走了一步,"你在拿她开玩笑吧,孩子?"

阿夫塞抬头看了看,"什么?"

"她不识字。"他转向她，"是吧，帕尔萨博？"

"是不识字。我一个铁匠，读书写字对我有什么用？"

阿夫塞在皇宫里待得太久，几乎忘了多数老百姓都是文盲。这下子，他可算是尾巴扫到了粪堆上。"对不起。我并不是故意侮慢你，只是——"

刚才说话的那个男人说："像这样议论上帝，这是谁给你的权利？"

"我没有这种权利。"阿夫塞说，"我只是说出我看见的事实。"

"自以为看到的事实。"帕尔萨博反驳道，"朝觐是一种迷狂状态，很多人都觉得自个儿好像看见了什么——特别是第一次朝觐的人。"

"我保证我看见了。"

"这些亵渎上帝的话，还是留给你自己吧！"帕尔萨博边说边用尾巴拍打着沙地。

"不！"另一个声音叫道。到这时，停下来听的人更多了，"我想听。告诉我们你都看见了什么。"这群人阿夫塞一个也不认识。这时，一个身穿红黑相间长袍的低级祭司沿着街道走来，想看看到底发生了什么事。

"我看见的是，"阿夫塞说，"'上帝之脸'有盈亏周相，像月亮那样。"

人群中有人点点头，"是的，我也看见过。"

阿夫塞寻找着说话者,他看到了一张友好的脸。"对,那你知不知道,"阿夫塞说,"这意味着'上帝之脸'和月亮一样,是被太阳照亮的。"

"月亮是被太阳照亮的?"这人吃惊地说。对他来说,这显然是一个全新的概念。

"自然是的!你以为它们的光亮是从哪儿来的——从油灯那儿?"阿夫塞立即意识到自己这样说话有些让人难堪,"对不起,我只是想说——太阳是唯一真正的光源。"

太迟了。那人已经对他起了敌意。"照我看,这点儿光似乎不大够,瞧我们这儿黑乎乎的。"他不友好地说。

帕尔萨博的声音盖过了他,"看看,连你自己都说不清楚。开始说'上帝之脸'是一颗行星,现在又唠叨起月亮来。"

人群边缘的那个低级祭司看起来很激动,急匆匆地朝礼拜堂走去。

阿夫塞回过头看着帕尔萨博,"有些行星也会经历周相,像月亮一样。"

"一派胡言!"帕尔萨博说,"行星只是一个个亮点罢了。"

"不,不对。它们是球,球形的。它们要经历周相。我亲眼看见的。"

"什么?"人群中又响起一个声音,"你怎么会看见它经历周相?"

"我用了一种名叫望远器的仪器。"阿夫塞说,"它可以把影像放大。"

"我从没听说过这种东西。"帕尔萨博说。

"它用的是玻璃镜片。你也知道,一滴水下面的物体被放大了,望远器也是同样的道理。"帕尔萨博嗤笑道:"这些亵渎上帝的事儿,都是一滴水告诉你的?"

"什么?不,不,不。我只是在说望远器的原理。我说的是事实。迪博国王也见过这种仪器,另外还有很多人也看到过。"

"那么,这个奇妙的仪器在哪儿呢?"帕尔萨博说。

"噢,现在我已经有了一个自己的望远器了,但那个第一次让我看到这些东西的望远器不在我这里。它不是我的,是戴西特尔号船长瓦尔-克尼尔的。"

"哦,瓦尔-克尼尔!自然是他!"帕尔萨博很得意,"你知道他们是怎么说他的?"

"是个优秀的船员?"阿夫塞说。

"他是个叛教者,孩子。他奉行的是古代的仪式。"

阿夫塞从来不知道有人这样评价克尼尔。但无论如何,这与他发现的真相毫不相干。他正想指出这一点时,人群中忽然有人替他说了:"但是,这和'上帝之脸'有什么关系?"

阿夫塞转头看着说话者。这是一个比好斗的帕尔萨博年轻得多的雌性。他礼貌地鞠了一躬,决定对这个人友好一些。

"这个问题问得非常好。如果用望远器看'上帝之脸'——也就是我们看见的那个挂在空中的物体,就会知道它是一颗行星,我们的世界在绕着它旋转。"就在这时,阿夫塞看见刚才那个低级祭司又回来了,后面跟着宗教大师德特-耶纳尔博。

"可我从来没见过'上帝之脸',只见过它的画。我们全班同学去看过一次先知毯画。我看不出它是一颗行星。"女孩说。阿夫塞发现她太年轻,还没有去朝觐过。

阿夫塞弯下身体,尾巴翘在空中。他从地上挖起一撮黑沙。

"看见这沙子了吗?"他说,让沙子从指缝落到地上。

"当然看见了。"

"这是玄武岩和地面火山岩风化之后形成的。"他指着前方,"看到那儿的奇马尔山峰了吗,就在远处?"

"看到了。"

"那儿也覆满了同样的沙子。你能看见吗?"

"别傻了。"女孩说,"山那么远,怎么看得见。"

"对啊。同样的道理,其他那些行星离我们太远,我们不可能看清楚上面的细节。但只要放大观察,就能看出它们是一些巨大的球,和'上帝之脸'一样。而我们的世界正围绕着'上帝之脸'旋转。"

帕尔萨博哼了一声,可女孩看上去挺感兴趣,"我还以为,世界是沿着'大河'漂流的。"

"不,这是不对的。这只是一个错误的传说。我们已经绕着世界航……"

帕尔萨博又嘘了一声,"看见了这个！做了那个！呸！"

"戴西特尔号的全体船员都绕着世界航行了一次。"阿夫塞说,竭力压制住自己的愤怒,"还有船上的所有乘客。"

聚集起来的人越来越多,每个人都礼貌地和身边的人保持一定距离,所以阿夫塞能清楚地看到最外层的围观者。耶纳尔博就站在那里。"你真的绕着世界航行过?"那个年轻女孩问。

"是的,一点不假。"

她点点头,"总有一天,我也要绕着世界航行。"

"别说蠢话！"帕尔萨博的尾巴啪地朝女孩的方向一甩,"世界是平的。"

女孩看着地面,小声说:"他说有很多证人。"

阿夫塞很高兴自己有了一个同盟者。"是的,有许多证人。"他看了看四周的人群。有些人,如帕尔萨博,带着明显的敌意:爪子伸出,嘴巴张开,露出牙齿;另一些人似乎仅仅是感到好奇。他想起了萨理德,想起了萨理德要他做的事。也许现在就可以开始做了,也许这正是开始的好地方,也许……

"我还有更多的事实要告诉你们。"他说。他已经下定了决心,话像连珠炮似的滚出来,"很多事实,我们生活在一颗月亮上,绕着一颗行星——"他听到几个人尖利的吸气声,知道自己又发布了一条爆炸性新闻，"是的，事实如此。我们的世界本身是一颗月亮，和'逃逸者''缓行者'或者'奔跑者'一样。我们生活在一颗月亮上，这颗月亮绕着一颗行星转动。我承认，这些事实只有学术价值。它能使我激动，我很希望这些知识同样会使你们中的大多数人激动。但我同时也承认，知道世界运动的方式几乎没有什么意义。"他逐一朝人群中的每个人点点头，试图取得大家的支持，"你还是得睡觉，工作。你必须狩猎，必须吃饭。我刚才说的事实不会对任何事物产生影响。"有些脑袋向他点头，他得到了鼓励，继续说道，"但我还发现了一个事实，一个灾难性的事实，它将改变一切。"头上响起一阵滚雷。阿夫塞抬头看看铅色的天空。

帕尔萨博咕哝道："这表明你又要亵渎上帝了。"但就算是她也知道，空中传来的雷声只是一种巧合。她磕了磕牙齿。

阿夫塞咽了口唾沫。下面的话是最关键的，至关重要。那些到现在为止并不相信他的话的人肯定不会接受他将要说出的事实。真是一副重担啊，重量几乎是有形的，伸手可触。终于，他艰难地说道："世界就要毁灭了。"

人们的反应和他的推测一样：多数人的表情是不相信，或者是嘲笑，还有一些是害怕。阿夫塞小心地举起一只手，尽管很激动，他还是收住了自己的爪尖，"我说的是事实，这是我观测的结果。我们太靠近'上帝之脸'了；我们绕着它旋转的轨迹是不稳定的。我们的世界将被撕裂开。"

"荒谬!"一个声音大叫。

"不可能!"另一个声音吼道。

"这孩子疯啦。"第三个声音咕哝着。

"我没疯。这不是我凭空想象出来的。"阿夫塞竭力使自己的语调保持平静,"我说的绝对是事实——**经得住检验的**事实。"

帕尔萨博张开爪子,"不存在的事物你是没法证明的。"

"不错。"阿夫塞说,"我不能证明。但我能用事实证明刚才我说的这些话。"

帕尔萨博扭动手指。她身边的一个旁观者——就是当阿夫塞建议帕尔萨博读他的论文时表示出敌意的那个家伙——轻声对她说:"让他说,帕尔萨博。我敢肯定,他准会让自己的尾巴缠成一个解不开的大结。"

阿夫塞本来想把自己的推理过程写出来,小心地列出每一个可能引发争议的问题,然后逐一阐述,证明为什么他的解释是正确的。但此刻,在这儿,在大街上,身边围着一群文盲,一群没有经过任何训练,也没有兴趣去理解一系列复杂推理的人。他在这儿,直接和这些人面对面争论,而不是通过发表学术论文,或者抄写员手抄的文件等安全公正的途径,和几百个学者交流。他陷入了大麻烦。

可是,他还有什么选择? 人群后面那个人不正是信使加尔班吗? 是的,她一定会将这个故事传播到四面八方。

阿夫塞斜靠在尾巴上，做出被动的、不带任何威胁性的姿势。"要理解我亲眼看到的事实，大家必须先了解一些占星学知识。"

"我们都知道凶兆和吉兆。"帕尔萨博厉声说。

"不，不。我们在天空中看见的那些天象的象征意义是由祭司来解释的，或者至少是由比我本人级别更高的占星师——"

"你们瞧！"帕尔萨博向众人喊道，"他承认自己愚昧无知。"

"我承认有些东西我不知道，但有些东西我知道。比如关于我们，我们的——系统——如何运转，我愿意向每一个想了解这个问题的人证明我的观点。我可以向你们保证，那些声称可以通过观测天象来预测你们未来命运的人做不到这一点。"阿夫塞发现站在人群外圈的耶纳尔博阴沉着脸。自己的话可能有点鲁莽，但是，看在先知爪子的分上——看在萨理德爪子的分上——他说的是事实！

"想一想吧，"阿夫塞说，竭力保持镇定，"道理很简单。如果我们这些在戴西特尔号上的人从'陆地'东岸出发，一直向东航行，最后居然能抵达'陆地'西岸——那么，世界当然是圆的。'陆地'永无止境地顺着'大河'航行的说法便是错的。"他朝听众斜了斜鼻口，"这是确凿无疑的。"

"你说的是'如果'。"帕尔萨博挖苦地说。

"那是事实。不可否认的事实。我是在这儿，在光天化日之下说的，就算我弄错了——我认为我没错——你们也应该相信瓦尔－克尼尔，或者船上的其他船员，他们不可能搞错航行的方向。"帕尔萨博张开嘴，好像要说点什么，但站在她旁边的某个人——可能是一个与她很亲近的熟人，因为他居然轻轻碰了碰她的肩——说："先听他把话讲完。"

阿夫塞朝他的这个新同情者点点头，"谢谢你。"他现在不再面对着帕尔萨博，她似乎再也不能代表大众了。相反，他轻轻抬起头，面对所有人道："如果世界是圆的，那么，它又是什么呢？嗯，我们看见天空中有很多圆形物体。我们看见了太阳。但我们的世界和太阳不一样。它不能燃烧，不能发出炽白的火焰。我们的世界也不像'上帝之脸'，它没有被一些弯曲的彩带所缠绕。在我们看来，我们的世界已经够大的了。我绕着它航行过，所以知道它的大概面积。但'上帝之脸'更庞大，我们的世界绝对无法相比。最后，我们说说月亮。有的月亮表面有云覆盖，有的是岩石。所有月亮都会经历盈亏周相。这意味着它们的表面部分是交替处于光亮和黑暗之中。一部分是白天，而另一部分是夜晚——跟我们的世界一模一样。我确信你们中的一些人知道，当首都是半夜的时候，那个观看'上帝之脸'的人却正好处在正午时分。"

雷声又一次震动天空，雨点更大了。阿夫塞发现人群中有些人正在理解他说的话。

"我还可以提供其他证据，使大家理解我的推论：'上帝之脸'是一颗行星，我们围绕着'上帝之脸'旋转。事实上，我们是离'上帝之脸'最近的月亮。"阿夫塞回想起在戴西特尔号甲板上和迪博的谈话。他直视着帕尔萨博,"你现在知道,我说的并不全都是坏事吧。我们比任何其他月亮都更靠近'上帝之脸'。这难道不是一个吸引人的观点吗?"

"那倒是。"帕尔萨博说,"如果你不直接说'上帝之脸'只不过是——是一种自然物体的话。《圣卷》上说,'造物主是不可言说的'。"

"还有,"阿夫塞装着没听到帕尔萨博的话,继续着,说出自己最难以被人接受的推论,"自然规律告诉我,因为我们如此靠近'上帝之脸',所以,这个世界注定要遭到毁灭。我们的世界将被某种力量撕裂成碎块,正是这种力量引起了火山和地震。"

"现在的火山和地震比古时候频繁多了。"人群中有人说道。帕尔萨博怒视着说话者,"对不起,"对方耸耸肩,"并不是所有的人都不识字。"她怒气冲冲地掉过头去,既不看阿夫塞,也不看刚才那个说话的人。

"所以,你声称我们就要灭亡了。"另一个声音说道。是女人的声音,听起来好像很害怕。

机会到了,阿夫塞发现,现在正是让这些人接受萨理德理念的时候。

"不,"阿夫塞说,"我只是说我们的世界必将毁灭。"

"那还不是一样吗?"起初和阿夫塞说话的那个女孩说,"如果我们脚下的世界都粉碎了,我们肯定会死。"

"那倒不一定。"

"你是什么意思?"帕尔萨博的朋友问。

"是这样的,你们想一想。我们现在有许多的船在'大河'上航行——"

"你说它不是'大河'。"帕尔萨博说。

"是的,它不是;它更像一个巨大的湖。但我相信,'大河'这个名字会一直用下去,就像说我们有五十个部族,而实际上远不止那个数。"

她点点头,至少承认了阿夫塞后面这个说法。

"大家想想,既然我们可以造船在水中航行。"阿夫塞继续说,"我们当然也可以在空中飞行——"

"什么?"帕尔萨博惊奇地说。

"翼指就能飞。"阿夫塞简明扼要地说,"许多昆虫也能飞。我们没有理由不可以飞。"

"它们有翅膀,傻瓜。"

"是的,是的。但我们可以造一种可以飞的容器,像孩子们玩的那种可以在空中飘浮的玩具。"

"就算我们能飞,又怎么样?"人群中的一个妇女说。

"那样的话,我们就可以从这个世界飞到另一个世界。也许是另一颗月亮。或者是一个绕着另一颗行星旋转的月亮,或者到一个与我们这里完全不同的新世界去。"

人群中爆发出咔嗒咔嗒的磕牙声，阿夫塞不由得有些畏缩。

"胡扯！"帕尔萨博说。一道闪电，照亮了人群。

"不。"另一个声音说，"我就读过这样的航行故事，加特–塔格里布的幻想小说。"

"那是小孩子读的故事。"帕尔萨博讥笑道，"一文不值。"但那个塔格里布迷又说话了："我想听这家伙多说点。"

"我非常愿意多讲一些。"阿夫塞说。雨下得更大了，他倾斜着鼻口看了看头上的乌云，"但恐怕现在不是时候。明天吧，正午的时候我到广场中心来。请所有想进一步讨论这个问题的朋友都来参加。"想了一想之后，不知为什么，他又加上一句，"我有一个叫鲍尔–坎杜尔的朋友在宫廷屠宰场做事，我会安排一顿腰腿肉给大家吃。"

大多数人似乎对此很满意，但帕尔萨博离开时仍然对阿夫塞怒目而视。闪电划破天空，人们急匆匆四散而去。

阿夫塞想跟耶纳尔博谈谈，感谢他为自己安排了戴西特尔号的航程。但祭司已经离开了。

算了。阿夫塞想，反正我马上就会见到他了。

高级祭司德特–耶纳尔博回到礼拜堂，爪子激动地大张着。这孩子到底怎么了？阿夫塞再也不是朝觐之前的那个阿夫塞了。

也不是和瓦尔-克尼尔交往之前的那个阿夫塞。

耶纳尔博拍打着尾巴。

对各地流传的故事,他真该多多留意才是。是的,鲁巴尔教派的追随者仍然遍布八个省。但耶纳尔博并不在乎那些有关克尼尔的流言,认为那都是毫无根据的小道消息。任何公众人物都会引起这样的谣言,甚至有关他自己的谣言也不少。

可那个小伙子的头脑已经被腐蚀了。他传播小道消息,亵渎上帝。

这是不允许的。绝不允许。

耶纳尔博走进礼拜堂主厅。为了节省雷兽油,大多数灯都灭了。但有几盏灯仍然亮着。灯光中,他望着这个大厅:房间是圆形的,屋顶是一个圆盘,代表缠绕着彩带的"上帝之脸"。耶纳尔博经历过多次朝觐,多次瞻仰过"上帝之脸"。他和伦茨女王及她的前任萨尔登女王一起去过,还将和新国王迪博去进行下一次朝觐。

他看过"脸",感受过迷狂,听到过上帝的声音。

这不是谎言。不可能是。

他把体重移到尾巴上,看着模拟河。这是一条凿在木板条之间的河,罪人就从河里涉过。它已经快干涸了,上次祭祀之后,很多水都蒸发掉了。

但这只是一条模拟河而已。那儿存在着一条真正的"大河","陆地"的确在它上面漂浮着,而"上帝之脸"也的确在审视着这条河道,以确保"陆地"的安全。

这是事实。

肯定是事实。

这是他的整个生命所系。

也是所有人的生命所系。

耶纳尔博久久地看着罪人河。终于,他平静下来。房间里的安详气氛感染了他,信仰带来的平和使他放松了,抚慰着他,他安心了。

他知道自己该做什么了。

第二十九章

阿夫塞希望自己和迪博的重逢是一件私事。毕竟,他曾经独自见过迪博的母亲,已故的伦茨女王。迪博本人——迪-迪博,他现在仍然这样称呼他——也肯定会安排时间和他归来的朋友见面。

但是,阿夫塞来到皇宫大门时,卫兵并没有像上次那样行让步礼。相反,他们转身跟在他后面,靠得很近,超过了通常所允许的距离。他们的个子比阿夫塞大得多,他必须走得很快,才能躲开他们紧逼过来的步伐。

他没有时间欣赏石卵大厅那各种各样光滑发亮、中间镶嵌着水晶的半圆形卵石。卫兵在他后面排成一排,跟着他。大厅那复杂而不对称的墙减弱了他们那巨大的脚步声。

他们进了一间巨大的圆形屋子,门是用红色的特拉加木头做成的。阿夫塞走得太急,差点没注意到国王的印记已经换了:塔科-萨理德和德特-耶纳尔博的侧面头像不见了;相反,印记的大部分是一只朝外伸出的手,张开在一幅"陆地"的平面图上。奇怪的选择,阿夫塞想。迪博完全知道这样的描绘现在已经过时了。

一个卫兵冲到阿夫塞前面,用爪子重重地敲了敲门上的铜条。

阿夫塞听到了他朋友的声音,心里一阵温暖,**"哈哈特丹。"**

卫兵推开门,阿夫塞和他那高大威猛的护送者一同跨进办公室。

那个躺在被磨得发光的玄武石高高撑起、装饰精美的御床上的人——正是迪博。他的头上多了几道惹人注目的新纹饰。包括一个复杂的、像网一样朝外张开的扇形纹饰,从他的右眼开始,一直延伸到耳洞。左手腕上戴着三个银圈,表明他现在的身份。他瘦了些,不过只有像阿夫塞这样的好心人才会在这种时候还去想他的胖瘦问题。他成熟了——可以说变得冷漠了。很明显,他老练多了。

阿夫塞想,迪博可能也在这样评价自己。国王的眼睛可能正在上上下下地打量着自己,只不过因为眼球太黑,不能肯定。

办公室里不止迪博一人。大约十步远的地方,就在御座的两旁,放着一些顶端镶有精致镀金饰物的长椅。左边坐着高级祭司德特-耶纳尔博。右边坐着一个中等身材的人,胸部有点凹陷。

阿夫塞不知道他叫什么名字,但知道他是一位宫廷顾问——显然级别非常高,因为他被允许坐在一张卡塔杜凳上。

凳子的左右站了很多人。一些人穿着祭司袍服,另一些人佩戴着橘红色或蓝色的绶带,表明他们都是皇家职员。伦茨那张有轮子的工作台不见了。

阿夫塞深深鞠了一躬。他希望能得到迪博常有的那种略带讥讽的问候——也许是有关阿夫塞过分瘦弱的俏皮话。然而,第一个说话的是德特–耶纳尔博,不是迪博。

"你是阿夫塞?"祭司说道,语气很严厉。

阿夫塞眨眨眼睛,"是的。"

"你搭乘戴西特尔号进行了一次朝觐?"

"您知道我去朝觐了,大人。是您为我安排的。"

"回答'是'或者'不是'。你搭乘戴西特尔号进行了一次朝觐,船长是一个名叫瓦尔–克尼尔的人?"

"是的。"

右边很远的地方,一个披着职员绶带的人正在一个小皮本上作记录。

询问过程要记录下来?

"你声称在这次航行中有所发现?"

"是的。有几个发现。"

"那么,这几个发现是什么?"

"世界是圆的。"人群中发出几声尖厉的嘘声,"我们称作'上帝之脸'的物体实际上只是一颗行星。"

人们的尾巴像蛇一样急剧地来回摆动起来。所有人都在交换着惊疑的神色。

"你真的相信这种说法?"耶纳尔博说。

"世界是圆形的。"阿夫塞说,"我们一直在向东航行。从'陆地'东岸的首都出发,沿着一条直线向前,最后回到'陆地'西岸的'三森林湾'。"

"你弄错了。"耶纳尔博直截了当地说。

阿夫塞感到手指尖一阵刺痛,"我没有弄错。迪博也在船上,他很清楚。"

耶纳尔博的尾巴拍打着地面,尖厉的噼啪声在房间里久久回响着。"称国王为'陛下'。"

"好的。陛下很清楚。"阿夫塞转过头,直视着迪博,"对吗?"

可迪博什么都没说。

耶纳尔博指着阿夫塞,"我再说一次,你弄错了。"

"不,大人。我没弄错。"

"小子,你胆敢——"

"请停一停。"一个声音气喘吁吁地说。他就是那个坐在迪博右边的高级顾问,他喘息着站起身来,每一次轻微的移动对他来说似乎都很费劲,凹陷的胸部不停地起伏着。其实他并没有老到那种程度,但他的呼吸很不顺畅——可能呼吸系统有毛病,阿夫塞猜测。

顾问冲着正在记录的职员点点头。职员放下本子,沾满墨水的爪子举在旁边。

顾问慢慢走过去,每一步都伴随着一阵喘息。终于,他走近了阿夫塞,盯着阿夫塞的脸看了几下心跳的时间,然后,用只有阿夫塞能听见的、拖长的唏嘘声轻声道:"告诉他们你错了,孩子。这是你唯一的机会。"

"但是我没有——"

"嘘!"

阿夫塞尽量压低声音,"但是我没有弄错!"

顾问又瞪了他一眼,呼吸更加嘶哑艰难了。最后,他轻声说:"如果你想保住性命的话,认错吧。"他转身回到他的卡塔杜凳子上,步伐缓慢而痛苦。一个佩戴橘红色和蓝色绶带的人扶他坐了下来。

耶纳尔博看上去对顾问的干涉颇为恼怒。他再次转身面对阿夫塞。

"我说过,你弄错了。"

阿夫塞停了一会儿,轻轻地说:"我没错。"

那个呼呼喘气的顾问闭上了眼睛。

"你就是错了。我们已经听说了戴西特尔号如何追踪一个大水蛇,如何被抛起并且转向。你,还有其他人,都被所发生的事弄糊涂了。你毕竟不是船员。你还不习惯河水的骗术,它可以戏弄你的头脑。"

"我没弄错。"阿夫塞再一次坚定地说。

"你肯定错了!"

"我没有。"

另一个祭司说道:"他的鼻口没有变成蓝色。"

阿夫塞满意地磕磕牙。鼻口的颜色已经清楚地表明:他说的是真话。如果他在撒谎,鼻口的皮肤就会因心慌而变色。屋里人人都能看见,人人都知道,尽管耶纳尔博一直在怒气冲冲地叫嚷,但阿夫塞说的是真话!

"那么,他就是一个奥格塔罗特人。"耶纳尔博说,"一个魔鬼。只有魔鬼能在光天化日之下撒谎。"

阿夫塞激动地说:"一个魔鬼?"

"就像先知毯画里描绘的那样。"耶纳尔博大声说,"就像《圣卷》里写的那样。一个魔鬼!"

人群中有一半的人都张开了爪子。"魔鬼……"

"看在上帝的分上,"阿夫塞说,"我不是魔鬼。"

"什么?"耶纳尔博说,他的声音已经十分尖厉了,"你还知道上帝?"

"我的意思是——"

"你说上帝是一个骗局，是一个自然现象，只是一颗行星。"

"是的，但是——"

"现在你却要求助于全能的上帝来证明你不是魔鬼？"阿夫塞左右看了看。人群中，一些人已经开始上下摇摆身体。

"魔鬼"这个词不断在他们之间传来传去。

"我是一个占星师！"阿夫塞大声叫道，"一个学者！"

"魔鬼。"人们严厉地低语，"魔鬼。"

"我说的是事实！"

"魔鬼。"大家吟诵起来，"魔鬼。"

"我们之中有一个魔鬼！"耶纳尔博一边说，一边转动着身体，袍服拂动着，"有一个魔鬼在我们中间！"

"魔鬼，"人群重复着，"魔鬼。"

"这个魔鬼指责我们的宗教！"耶纳尔博的尾巴把地板敲得砰砰响。

"魔鬼。魔鬼。"阿夫塞的爪子伸出，鼻孔愤怒地张开。屋里充满了狂野的躁动。

"有魔鬼玷污我们的上帝！"耶纳尔博嘴巴大张，龇牙咧嘴，露出参差不齐的牙齿。

"魔鬼。魔鬼。魔鬼。"

"不能让魔鬼活下去！"

阿夫塞感到人群朝他拥来，他的兽性本能活跃起来，屋子在他周围旋转着——

"不!"迪博的声音把所有人都镇住了。

透过汹涌的人头,阿夫塞看到国王站了起来。

已经蹲伏在地准备跃起的耶纳尔博转过头,看着迪博。"但是陛下——他是毒药。"

"不。大家都回到自己的位置上。谁要动他,先要通过我这一关。"

阿夫塞的身体放松下来,"迪博……"

但国王并没有看他。他转过身,尾巴从支座上甩开,"把他关起来。"

第三十章

　　阿夫塞还以为自己对皇家办公楼的地下室了如指掌。毕竟，萨理德的办公室就在那里，许多其他宫廷官员的办公室也在那里。但这次他却被带到一个以前从来不知道的地方。卫兵带着他走下一条陡峭的坡道，下面是一些阴暗拥挤的房间。有的根本没有门，像储放什么设备的储藏室。有的有门，用粗糙苍白的加拉马加木头做的，上面刻有各个后勤服务部门的印记，包括门房和准备食物的部门等。

　　走廊尽头有一道门，印记上画着一个三角形，三个大小不等的正方形和两个圆形，所有这些图形都被框在一个巨大的正方形里面。阿夫塞想弄清这是不是有什么宗教或皇室的含义，但最后终于明白它的意思仅仅是"杂物储存间"。打开门时，铰链吱嘎作响，阿夫塞被领进去。这间屋子又暗又潮，大概有十步宽。里面还有一些板条筐,一个已经坏了的木制传动装置,几乎和阿夫塞一样高,看上去像水轮上的零件。一面墙上悬着一盏灯,一个角落放着一张蜕下来的蛇皮。

卫兵转身走出房间。

"等等。"阿夫塞说,"我刚才讲的是事实。"

没有回应。

"请听我说。"

一个卫兵走了出去。另一个转过头来,好像想和阿夫塞说点什么,但最终还是走了出去,随手关上那扇破败不堪的门。

阿夫塞知道门不会上锁——锁门的唯一理由是避免某些危险动物伤害到孩子,而小孩子是不会允许来宫廷地下室这个肮脏的地方玩的。但是他敢肯定,那些表情严肃、威猛雄壮的卫兵就站在门外,防止他逃跑。

我会怎么样?阿夫塞想,他们不会把我永远关在这儿的。他在屋子里踱来踱去,尾巴在满是灰尘的地板上唰唰甩动着。他曾经想当然地认为迪博是他的同盟者,并且想,一旦国王听到了阿夫塞的观点,就会集中所有资源,研究解决这个问题。

时间越来越少了。阿夫塞想。随后,他忽然打了个哆嗦,意识到,不只是世界在逐渐枯竭,他的生命也在逐渐枯竭。

他们真的认为我是魔鬼?是的,从古代开始,《圣卷》上就这样称呼这类东西,也称他们为**奥格塔罗特**反叛者。他们反叛拉斯克，所以绝对要被杀掉的。但这些故事都只是传说。他们怎么会如此视而不见，如此可怕得视而不见呢？

阿夫塞并不是唯一知道事实真相的人。克尼尔知道，迪博知道。戴西特尔号上的乘客和船员——至少那些有足够的数学知识和头脑去理解他们所看见的事实的人——也知道。还有娜娃托，可爱的娜娃托，她也知道。

难道他们都保持沉默？如果不保持沉默，他们会受到怎样的惩罚？

犯罪。

这个单词很古怪，很古老。阿夫塞在一些旧书中读到过这个词。在三百八十千日之前的大饥荒中，一半的植物死于瘟疫。接着，一半的动物也死了。那时存在犯罪这种事。他还记得那种古老的惩罚，当时，如果一头昆特格利欧恐龙偷吃了另一头昆特格利欧恐龙的食物，双手就会被砍掉。四百天内又会长出新手，但罪人通常会从中吸取教训。

他们会砍掉我的双手吗？肯定很痛，很不方便，但它们会长出来的。在那些知道事实的人中，谁会站出来宣讲真理？一想到娜娃托，那个发明了如此美妙精致仪器的娜娃托会失去她的双手，哪怕只是一小段时间，阿夫塞都感到十分痛苦。再说克尼尔吧，他刚刚长出新尾巴。在他那样的年纪，长出新器官是一件很费劲的事。他不能再失去了。

也许，他们保持沉默是明智的。

但是我不能。

阿夫塞回想起在戴西特尔号上产生怀疑的那个时刻。那天，他待在桅杆顶上高高的瞭望桶里，看到朝觐者们在下面的甲板上举行祭祀仪式，"上帝之脸"在头上翻腾，风从他的脸上刮过。

那时，他想过跳下去，摔落到甲板上，结束自己的生命，不去搅乱这个世界的秩序。但那是在见到娜娃托、看到她画的草图、了解整个真相之前。

世界就要毁灭了。

已经没有任何选择。现在沉默，意味着让整个昆特格利欧恐龙种族灭绝。

我必须坚强，必须坚持下去。

储藏室散发出一股霉味，阿夫塞很不喜欢。他尽量不做深呼吸。他绕着屋子转了一圈，触摸各种物体，逐渐习惯他的新家。冰凉的石头墙，粗糙的木制板条箱。这是个很粗陋的房间，没有人照看它。他自己的住处也很简朴，但这儿简直不是人住的。

他斜靠在尾巴上，发出一声长长的叹息。

成人仪式。

他现在全都经历过了：离开家乡的部族到首都，开始学习占星术，攀爬猎手圣坛，参加第一次狩猎，进行第一次朝觐。

还有娜娃托。

可爱的娜娃托。

他的手伸到头边,触到了纹饰那小小的疤痕:上面是猎手纹饰,还有戴西特尔号上的德特–布里恩加上去的朝觐者纹饰。

或许,必须参加成人仪式的不仅仅是个人,整个种族也不得不经历这个阶段,才能壮大成熟。他想到了黑暗时期,最早的鲁巴尔宗教时代吞吃同类的时期,想到了宗教和迷信统治下的现代文明。那么,即将到来的又是什么呢? 童年时代终结之后,等待着昆特格利欧恐龙的是什么?

阿夫塞看着灯光中飘浮的尘埃,不知过了多长时间。

"我可以进入你的地盘吗?"

他抬起头。声音透过粗糙的木门传来,惊了他一跳。没有人会想到在这个门上装一个铜条。尽管如此,这个声音还是很有礼貌。他现在已经不敢奢望什么礼貌了,因为他已经被烙上了魔鬼的印记。阿夫塞睁大眼睛,答道:"**哈哈特丹**。"

门"嘎吱"一声打开了。两个卫兵仍然站在门口,一边一个。在他们中间站着的,是身穿罩衣、个子瘦长的鲍尔–坎杜尔,他的朋友,宫廷屠夫。坎杜尔的长臂上托着一只银盘,里面装着几大块肉。冒着热气,显然是刚宰杀的。

"你好,阿夫塞。"坎杜尔说,虽然端着盘子,他仍然行了一个让步礼。

"坎杜尔! 见到你真是太好了。"

坎杜尔走进屋子,把盘子放在一只板条筐上,然后走到门口。使阿夫塞非常吃惊的是,他并没有出去,而是关上门,把卫兵挡在外面。

"我想这些东西足够两个人吃。"坎杜尔说。

阿夫塞看着盘子。是的,够两个人吃。他想,只要你不像我一样饿。

"我可以和你一块儿用餐吗?"坎杜尔的话音仍然拖得长长的。

"你愿意和一个魔鬼一起用餐?"

坎杜尔磕磕牙,"我不认为你是魔鬼。"他伸手在盘子里抓了一块肉,"你读过第十一册《圣卷》吗?'所有的昆特格利欧恐龙都蒙受恩典,但没有任何人比有技艺的猎人受的恩惠多',我参加过那次雷兽聚餐。那头野兽是你干掉的,阿夫塞。就是鲁巴尔本人都会为那次猎杀感到骄傲。"

阿夫塞抓起一块肉,扔进喉咙,一口吞下,"初学者的好运气而已。"

"你太谦虚了,这也是值得称赞的。我还听说了你杀死卡尔-塔古克的事。"

"那么,戴西特尔号航行的故事传出来了! 你肯定听说了我们绕着世界航行的事。"

"是的,听说了。"

"你相信吗?"

坎杜尔又抓了一块肉,但里面夹杂着一片肥肉。他用指爪把它拨弄出来,然后噗的一声把肉吞进嘴里。"我不知道。"之后,他做了一个阿夫塞至今仍没搞明白意思的动作。他举起左手,第二和第三根手指的爪子伸出,第四和第五个手指张开,随后又把拇指压到手掌上。

"对不起。"阿夫塞说,"我多次见过这种手势,但一点儿也不知道它是什么意思。"

坎杜尔点点头,"你在哪儿看见的?"

"先知毯画上的魔鬼。他们做的就是这个手势,你没看见吗?"

"现在你应该知道了,那些被叫作'魔鬼'的人不见得就是魔鬼。"

阿夫塞的声音低了下来,"说得也是。"

"还在什么地方见过?"

"戴西特尔号,我的舱门上刻有五个创始猎人的画像。他们中有两个人做出这个手势。有一次瓦尔-克尼尔船长也做过。"

"还有呢?"

"在我杀死尖齿颚之后,帕司-德拉沃也做过。他是一个来自我家乡卡罗部族的猎人。"

"是的,我认识德拉沃。"

阿夫塞的瞬膜颤动了一下，"真的？"

"他现在就在首都，对吧？卡罗部族的代表，为了祝贺新国王登基？"

"是的，是这样。"

"我昨天在一次祭祀上遇见了他。"

"昨天是奇数天。奇数天没有祭祀活动呀。"

"哦，没有，是没有。这是一次特别的祭祀，是在猎手圣坛举行的。"

"什么祭祀活动要在那儿举行呢？"

坎杜尔没有回答这个问题，只是又做了一次那个复杂的手势，"仔细看着这个手势，阿夫塞。我们还有更多的东西是你不知道的。"

"谁有更多的东西？"

"我们。"

阿夫塞惊讶地张大嘴，但坎杜尔没有再说什么。终于，阿夫塞愁眉苦脸地说："我还以为至少迪博会站在我这一边。"

坎杜尔磕着牙，突然爆发出一阵大笑，差点嚼碎了自己的食物，看得阿夫塞胃里一阵翻腾。

"对不起。"坎杜尔说，举起一只手，"你还年轻，我知道。但是真的，阿夫塞，你不至于那么天真吧。"

阿夫塞感到指尖一阵尖锐的刺痛。他不喜欢被嘲笑，"你是什么意思?"

"迪博是先知拉斯克的儿子的女儿的儿子的女儿的女儿的儿子。"

阿夫塞并不知道他朋友的精确谱系,但代数听起来好像是对的,"是的。那又怎样?"

"而且,拉斯克之所以成为先知,是因为他发现了'上帝之脸'。"

"嗯哼。"

"现在迪博当政。在他之前,是他的母亲伦茨当政。原因就是:他们的祖先受到上帝的启示,进行了首次朝觐,发现了'上帝之脸'。"

"故事是这么说的。"

"但你现在跳出来说:等等,不,那根本不是什么'上帝之脸',只是一件自然存在的物体。"

"我明白了。"

"你明白了,但你还没有真正明白。迪博和皇族通过上帝赋予的权力实施统治,这是上帝的恩典。要让他支持你的说法,说没有上帝——或者,至少他祖先发现的东西并不是上帝? 如果它不是上帝,那么拉斯克就不是先知。如果他不是先知,那么皇族就没有上帝赋予的权力。如果皇族没有上帝赋予的权力,那么迪博就无权统治这八个省和五十个部族。支持你——或者允许其他人支持你,就意味着他要放弃现在的王位。"

阿夫塞斜倚在尾巴上,他曾经发誓要更好地了解世界的真相,但是,他又一次失败了。"我——我从没有那样想。"

"你最好想想。这是使你从这一团乱麻中理出头绪的唯一线索。"

"但是真相——"

"真相不是问题的关键。"屠夫说道,"至少对迪博来说不是。再也不是了。"坎杜尔又抓了一块肉放进嘴里,然后站起身,朝门口走去。

"等等。"阿夫塞说。

"我要回去做事了。"

"我还有话要说。"

"什么意思?"

"没有那么简单。这不仅仅是说君主政体面临危机,也不仅仅是说'上帝之脸'只是一颗行星的问题。"

"是吗?"

"这个世界就要毁灭了,坎杜尔。"

坎杜尔的内眼皮在黑眼珠上一眨,"什么?"

"事实是,我们生活在一颗月亮上,而这颗月亮非常靠近它的行星:这样就会产生分裂力量。分裂力量使'陆地'摇晃,分裂力量引起火山爆发,分裂力量还会把世界撕裂。"

"你肯定吗?"

"我能肯定。我观察过那些离自己的行星很近的卫星。它们都被撕裂了,变成了由碎石组成的星环。"

"你看见了? 用肉眼看见的?"

"不,用一种设备,一台仪器看到的。它的名字叫望远器。它可以把物体放大。"

"我从未听说过这种东西。"

"有这种东西,是詹姆图勒尔省杰尔博部族的一个工匠制造出来的。任何人都可以用它看到我所说的事实。"

"迪博知道这些仪器吗?"

"哦,是的。他还亲自用过它,在我的指导之下。"

"我怀疑他们会不会允许工匠们继续制作这种东西。"坎杜尔摆动着尾巴,"你能肯定吗? 世界真的要毁灭了?"

"是的。"

"有多快?"

"谁说得准? 我一直在测算,想弄清现在的火山爆发及地震与从前的各个时期相比到底严重了多少。我猜测,仅仅是猜测,也许只有三百千日的时间了。"

坎杜尔磕着牙齿,发出一连串快速清脆的撞击声,"三百千日? 孩子,从现在开始还有几代的时间呢! 你担心它干什么?"

"因为——因为我们必须做点什么!"

"做什么？阿夫塞，未来总会有未来的办法。不要因为它毁了你自己。"

"毁了我自己？坎杜尔，我发誓，我的一生都要为此而战。"

"也许你会成功的。"

阿夫塞站了起来，"我要尽全力争取。"

"你想反对皇族？那是叛国罪。"

"我不想反对任何人。我只是为真理而战。"

坎杜尔摇摇头，然后又举起左手，做了一个刚才做的手势。"记住这个手势，阿夫塞。只有知道这个手势的人才值得信赖。"

"但是——"

"我必须走了。"坎杜尔迅速鞠了一躬，离开了。

阿夫塞完全没了胃口，但他必须保存体力，这才是明智的。下午剩下的时间里，他吃了五块肉，思绪飘浮得很远很远。

第三十一章

鲍尔–坎杜尔走到"猎手圣坛"所在的那座巨大的锥形石堆旁。它的基座被小心地藏在灌木丛中，那儿建有台阶。昆特格利欧恐龙不喜欢台阶，尾巴会磕磕碰碰的，但这些台阶确实有它们的用处。坎杜尔分开灌木丛朝前走。他攀爬了很长一段路，但到达顶端的时候只是稍微有点喘。恒风很快便使他凉快下来。

作为屠夫，坎杜尔对骨骼的结构非常熟悉。他一直很欣赏圣坛的构架，尤其是它那股骨和锁骨、尾椎骨和胸肋骨并置的设计。很特别。

他看到了里面的狩猎队长杰尔–特特克丝。她远远地站在飘浮着的、由昆特格利欧恐龙颅骨做成的球体旁边。风声太大，特特克丝还不知道坎杜尔已经到了。坎杜尔低下身子，对霍格的颅骨表示敬意。霍格是这件作品的守护神，他的颅骨摆在球体中央，是五个棕色的古老颅骨中的一个。然后,他大声说道:"我可以进入你的地盘吗,特特克丝?"

特特克丝正斜靠在尾巴上。她转过身,坎杜尔发现她手里拿着一本皮面册子。封面的隆起部位是鲁巴尔的印记:这是一本鲁巴尔教派的禁书。明显是新版本,可能是最近联系的出版社印刷的。官方出版社不敢印刷这样的书。

"**哈哈特丹**,坎杜尔。"特特克丝说,并没打算把这本书藏起来,"你迟到了。"

"皇宫里工作太多,我脱不开身。"他磕磕牙,"只要迪博国王想吃什么东西,其他所有事都得放到一边去。"

特特克丝点点头,"在填饱迪博之前,你找到机会去看过那个人吗?"

"是的。我给他带了一些吃的去。"

"他还好吧?"

"他很害怕,也很迷惑。但还好。"

"恐惧是最好的导师。"特特克丝说,"他很聪明。"她看了看山下的"陆地","既然你已经和他谈过了,你还有什么疑惑没有?"

"没有。克尼尔是对的,你也是对的。他肯定是那个人。他今天还告诉了我一些事,只有那个人才知道的事。"

"什么事?"

"他说世界就要毁灭了。"

特特克丝的头飞快地朝四周转了转，然后面对坎杜尔，眼睛死死地盯着他，"这是真的？"

"他相当肯定。他说在三百千日之内，世界就会灭亡。"

"那么久？但这就像鲁巴尔的书上说的那样：'一个人将来到你们中间，宣告世界即将灭亡；听从他，因为那些不听从他的人将遭毁灭。'"

一提到鲁巴尔的名字，坎杜尔就做出那个仪式性的手势表示敬意，"我已经尽了我的全力来保护他。直到那个时候我仍然有疑问，但现在再也没有了。"

"他知道自己是谁了吗？"

"特特克丝，我想他还不知道他是谁。但我也什么都没透露。他自愿发誓把自己的一生都奉献给这件事。"

沉默，只有呼啸的风声。然后，特特克丝说话了："我看见他第一次狩猎的时候，就知道他很特别。我从来没见过任何新手有那样的技巧，那样的决心。"

"他捕杀的那头雷兽确实是庞然大物。"

"庞然大物？坎杜尔，那是我第一次感到自己会送命。我们根本没有办法击败那头怪物——没有任何办法！但阿夫塞成功了。他救了我们全体。克尼尔回来的时候讲阿夫塞杀死了那头攻击戴西特尔号的大水蛇，我完全相信。'那个人将击败陆地和水中的魔鬼；他杀戮的血将浸透土地，染红大河。'"

"但现在他们把阿夫塞叫作魔鬼。"坎杜尔说,"他昨天在国王办公室差点被当场杀掉。是迪博对他的感情救了他。但皇家顾问正劝说迪博处死他,谁也不知道这种感情还能延续多久。"

"但是,杀死一头昆特格利欧恐龙……"

"这种事从前也发生过,特特克丝。在拉斯克时代,不接受他观点的猎人都被处死了。"

特特克丝郑重地点点头,"你说得对。我们必须尽快采取行动。"

"我们的信使有消息吗?"

"他们今天晚上离开。"

"克尼尔呢?"

"他正在往戴西特尔号上装载补给品。天亮的时候就出发,去西岸接一批鲁巴尔教徒。和阿夫塞在那儿登陆的时候,他对许多猎人讲述了阿夫塞杀死大水蛇的故事。他确信那儿会有很多人愿意跟他来这里。"

"即使是戴西特尔号且一切进展顺利,也需要至少五十天。"坎杜尔说。

"对。但我们的信使把人召唤到这儿至少也需要这么长的时间。每一个知道这个手势的人都会被召唤。"

"我们在哪儿集合?"

"在鲁巴尔神庙的废墟那儿,就在奇马尔火山山峰旁。"

坎杜尔的尾巴划出一道宽大的弧形,"我不喜欢那个地方
——那儿的建筑都快被熔岩淹完了。"

"但没有人会去那儿,那是最理想的接头地点。"

坎杜尔点点头。"我想也是。"他回头看了看飘浮的颅骨球,
"阿夫塞本人还不知道这个手势。"

特特克丝眨眨眼睛,"他不知道?"

"真的不知道。"

"你给他做了这个手势?"

"自然做了。"

"那他现在知道了。"特特克丝说。

"这样行吗?"

"但愿能行。我们的人还不多,不能为他做得太多。他必须
坚持六十一天。"

坎杜尔有点不懂,"六十一天?"

特特克丝的手掌轻轻拍打着书的封面,"那天是传统的鲁巴
尔盛宴日。那一天,我们将进军首都。"

第三十二章

除了坎杜尔带过一次食物来，接下来的十四天里，没有一个人来看过阿夫塞。事情已经很清楚了，那些人希望隔离会迫使他屈服。但事实上，经历了戴西特尔号上的封闭生活，以及跟着卡罗部族的代表队长途跋涉来到这里的旅途，阿夫塞发现和自己的思想独处是一件令人愉快的事。

终于有了一个来访者，一个他不希望见到的访客。囚室门猛地被打开。阿夫塞跳了起来。门口站着一个人，长袍飘动。是高级祭司德特–耶纳尔博。

阿夫塞没有行礼。"我不想见到你。"他说。

"我祈祷我的一生再也不要遇到像你这样的人。"耶纳尔博发出"嘶嘶"声，"但是，既然你在这里，我不得不对付你。"他取出一张皮纸递给阿夫塞，"我希望你在上面画上自己的印记。我亲自看着你画。"

阿夫塞读着上面的文字:我,阿夫塞,前宫廷首席占星师的学徒,阿杰图勒尔省卡罗部族成员,特此声明:我对上帝的存在没有疑问。她是唯一真正的上帝,她创造了生命,"上帝之脸"是她真实的面容,拉斯克是一位真正的先知。我否认任何相反的看法,放弃和撤回任何我过去可能说过的与此声明不符的言论。我愿意把我的印记画在下面,没有受到任何强迫,完全出于自愿。愿上帝垂怜。

阿夫塞把它还给耶纳尔博,"我不同意。"

"你必须同意。"

"否则?"

"否则你就要承担由此造成的一切后果。"

"我已经丧失了我的工作和我的自由。你们还要剥夺什么?"

"相信我,孩子。你不想知道的。"

"你们不至于杀了我吧。那是违反教义的。"

"我们有权消灭魔鬼。"

"如果迪博也像你们一样认为我是魔鬼的话,我早就被杀掉了。他不认为我是魔鬼。"

耶纳尔博的声音听起来很不高兴:"要救你,光靠诡辩是不行的。《圣卷》赋予我的办公室非常权力。我可以按照我的意愿决定你的命运。"

"你用死亡来威胁我？你想谋杀？"

"据我所知，你亲自杀死了一个戴西特尔号上的船员，一个叫诺尔–甘帕尔的人，对吧？"

"那不一样。他陷入了达加蒙特——他疯了。"

"也许在我们谈话的过程中，你也发疯了。也许我除了撕裂你的喉咙之外别无选择。"

"我和任何人一样冷静。"

"是吗？"耶纳尔博一步步逼近阿夫塞，"我是一个祭司。我的工作就是驱使个人或者团体进入迷狂状态。只用几句话，我就可以让你陷入迷狂，或者煽动起门外站着的卫兵。"

"迪博不会允许你那样做。"

"你敢肯定？"

"你会被发现。只要他或者其他人问你我发生了什么事，你就会被发现。"

"是吗？"

"当然是！你的脸会变色。"

"会吗？"耶纳尔博把牙齿磕得啪啪响，"你要知道，不是任何人都可以成为祭司。它需要特殊的性情，特殊的天赋，特殊的方法。你见过任何祭司的鼻口因为说谎而变色吗？"

阿夫塞迅速向后退了一步，拉开他们之间的距离，"不……你是说你可以公开撒谎？不，那是不可能的。你只是想让我紧张，想吓唬我,逼我放弃信仰。"

"是吗？ 你想做个测试吗?"耶纳尔博靠得更近了,"同意那张皮纸上的声明吧,阿夫塞。救救你自己。"

"我是要救我自己。还要救我们大家,甚至包括你。"

耶纳尔博摆动着尾巴,"你太年轻了。但是,除了最近的执迷不悟外,你一直是个聪明人。放弃吧,阿夫塞。"

"即使我在那份声明上画上我的印记,又能证明什么呢？ 任何一个问我是否真正改变了观点的人都会很快发现我没有改变;至少我不能公开撒谎……对此我非常感激。"

"感激谁,阿夫塞？ 我想你并不相信上帝。"

"我的意思只是……"

"是的,我知道你的意思。自然,你不得不离开首都;而且我们也不会允许任何部族收容你。再也不会有人见到你了。"

阿夫塞大张着嘴。

"为什么如此惊讶呢?"耶纳尔博说,"这肯定比死亡好吧。你是个优秀的猎人,我们都听说过你的故事。喂饱你自己没有任何问题。嗨,你甚至可以继续钻研你的占星术。我会为你安排好,你还可以有——那破玩意儿叫什么来着？ ——望远器帮助你的研究。"

耶纳尔博停了一会儿,"而且,"祭司用一种做作的、不友好的声音说道,"我们甚至还可以安排一个自愿者去陪你。我知道你在杰尔博部族有一个朋友。她和你志趣相投,也相信异端邪说。"阿夫塞唰地抬起头。耶纳尔博做了个夸张的姿势,假装想记起什么,"嗯,她叫什么名字? 有点奇特的名字,我好像记起来了。娜娃托?啊,是的,我敢肯定是这个名字。瓦博-娜娃托。"

阿夫塞的脉搏快速跳动,"你怎么知道她的?"

"每个部族都派了代表团来祝贺新国王。我是从德特-扎玛尔——和你一块儿到这儿的那个祭司——那儿知道的。你到卡罗部族之前到过杰尔博部族。杰尔博部族的代表非常愿意回答高级祭司提出的任何问题。"耶纳尔博把鼻口转向阿夫塞,"想想吧,孩子! 赶快把你的印记画到这份声明上。然后,我保证你和你的朋友都可以安全离开。爱兹图勒尔省的南岸有大片陆地,足够你们两个狩猎、生活和学习,那是一个绝对和平的地方。"

"我们永远不可能见到其他人了?"

"只不过是小小的代价而已,对吧? 我在给你一个台阶下,阿夫塞。"祭司看着他,仿佛在想该不该继续说下去,"我喜欢你,孩子。我对你很感兴趣,我曾经去找萨理德安排你的朝觐。你是如此聪明,啊,也许有点心不在焉,但至少总是有礼貌的,很热情。我不希望你出任何问题。"他又一次温和地拿出那张皮纸,"拿去,阿夫塞。把你的印记画在上面吧。"

阿夫塞接过那张纸,又读了一遍。这一次读得很慢。他要确信自己理解了每一个象形文字的含义,以及每一个句子的重要性。

这确实是一个颇有诱惑的建议……

他张开左手最长那根手指的爪子,他经常用这只爪子画印记。耶纳尔博从他长袍的小袋里掏出一小壶墨水,开始撬盖子。

但就在这时,阿夫塞张开他剩下的爪子,猛地把那份声明撕成碎片。纸片掉到地板上,洒得满地都是。

耶纳尔博狂怒地把尾巴敲得砰砰响,"你会为你的决定后悔的,阿夫塞。"

阿夫塞两臂交叉着放在胸前,身子斜靠在尾巴上,"总会有一点吧。"

第三十三章

　　首都的中心广场挤满了以网格队形排列的昆特格利欧恐龙。每个人都在礼仪允许的范围内尽可能靠近别人。这就意味着，从一个较高的视角，比如说阿夫塞现在站的这个木头平台上看过去，他们的头在广场上形成了整整齐齐间隔开的点，每个点之间的距离是两步。

　　迪博明显有些心神不定。正是他的命令，或者至少是他批准的命令，才把阿夫塞带到了这里。

　　迪博的犹疑不决使阿夫塞感到了小小的安慰：自从耶纳尔博造访他的小囚室，到现在已经有二十六天了。阿夫塞敢断定，那次见面以后，耶纳尔博肯定马上就去觐见国王，要求把他带到这里来。

　　六个卫兵押着阿夫塞，每人的体积都是他的两倍。其实大可不必动用这么多卫兵。但他们似乎要向公众展示,阿夫塞远比他那瘦弱的体型危险得多。卫兵们粗暴地驱赶着他,把他推上斜坡,押到平台上。他现在站在上面,草草搭起的木头平台在他身下吱嘎直响。两名卫兵把他绑在一根柱子上。他的手臂被绳子紧紧地捆在柱子后面,尾巴也被拴在一根板条上。

用甲壳背的皮做成的皮绳把阿夫塞的双手捆得很紧,他感到手掌一阵刺痛,手指也麻木了。他的爪子张开,但却感觉不到它们的存在。

平台后面,一个甚至比阿夫塞还年轻的昆特格利欧恐龙慢吞吞地击打着一面鼓。

阿夫塞抬头看了看。头顶,紫色天空映衬下,盘旋着七只巨大的"翼指"鸟。

阿夫塞又把目光投向下面排列着的脑袋。他们分开了,让出一条道来。一个披着长袍,带着拉斯克权杖的人朝他走来,正是高级祭司德特－耶纳尔博。他走过之后,身后的人群又合拢了。

阿夫塞的心剧烈地跳动起来。

耶纳尔博走上通往木头平台的斜坡。人群发出激动的欢呼,接着是一阵尾巴敲击地面的砰砰声。他看着阿夫塞。

一刹那,阿夫塞发现耶纳尔博的整个姿势都变了:他直立起来,尽可能站得笔直,摇身一变成了一个演说家。他摆了一个经常在礼拜堂做出的姿势,那种特别的、可以帮助他控制别人的姿势。他面对人群,抬起手臂,开始祷告,用一种古意盎然的说话方式喊出一些句子。这是拉斯克航行时代的说话方式,可以由此追忆拉斯克发现的真理。然后,他指着阿夫塞,宣布道:"我们中间有一个魔鬼!"人群来回摇摆着,完全被他的话煽动起来了。"他从最黑暗的火山坑,从那流淌着岩浆;弥漫着烟雾和致命气体的地方来到我们中间。他对我们所有人都极其危险!"

"保护我们!"人群中有人呼叫着。

"把我们从魔鬼手中拯救出来。"另一个声音叫道。

耶纳尔博抬起头,又做了一个祷告的姿势。"不要害怕!"祭司说,"我会把所有人从魔鬼手里解救出来的。"最后,他把头转向阿夫塞,"你是阿夫塞?"

阿夫塞的声音有些颤抖:"我是萨尔—阿夫塞。是的。"

"闭嘴!塔科—萨理德是一个虔诚的教徒。你不能用他的名字,玷污他的名声!"

阿夫塞低头看着自己的脚。他的三只脚爪深深地挖进粗糙的木头之中。

"阿夫塞,我给你最后一次机会。"耶纳尔博说,"排除你身体中的毒素吧。放弃它!"

阿夫塞抬头看着天空,"太阳出来了,你可以看见我是诚实的。但即使是在黑夜,我也不会收回我自己说过的话。世界就要毁灭了——"

　　耶纳尔博的手啪地扇过阿夫塞的脸。因为被紧紧捆住,阿夫塞没能躲开这一击。他尝到了嘴里流出的鲜血,牙齿被击碎了。"闭嘴!"

　　阿夫塞咽下血水,把眼光移开。用的是掌背?耶纳尔博的自控能力真强啊。他有意避免用爪子和牙齿,以免弄出鲜血,刺激人群的嗜血冲动。此人真的精于控制群众,就像迪博精通乐器一样。

　　耶纳尔博转向人群。"塔克卡马斯!"他大叫道。人群让开一条道,又一位祭司走了上来。这是一名雌性,双手捧着一个镶嵌珠宝的小盒子。她把盒子递给耶纳尔博。他打开它。盖子是青色的,有一个很小的铰链。里面装着一把黑曜石匕首,放在上等的黑丝绒上,在阳光下闪着淡紫色的光。他伸手取出匕首,爪子不由自主地张开了。

　　祭司将匕首举过头顶,向四周转动,好让周围的每一个人都能看见。人群发出一阵喘气声和嘘声。耶纳尔博是不会空手攻击阿夫塞的,这样的场景会刺激起人群的杀戮本能。不,只能用武器——令人不愉快的、怯懦的、软弱的工具。阿夫塞知道,耶纳尔博只消用几句话或者一个适当的姿势,就可以把这些人带到骚动的边缘。祭司转头对着他,"你说的话,魔鬼,是彻头彻尾的谎言。你声称看到了那些亵渎上帝的东西,所以,你使我们别无选择。"他朝卫兵点点头。

　　一名卫兵抓住阿夫塞的喉咙,尖利的爪子刺进他的皮肤,他脖子下的垂肉痛苦地隆起。阿夫塞试图撕咬这个卫兵,但另一个卫兵扑了上来,用她巨大的手肘压住阿夫塞的鼻口。阿夫塞的头扭向一边,闭上眼睛。耶纳尔博靠得更近了,他能感到身下的板条在晃动。

突然,几根强壮的手指拨开了他的右眼皮。模糊的亮光透过瞬膜射了进来,他看到了一个影子。他张开瞬膜,想看得更清楚些。朝他逼来的那个阴冷而锋利的东西,是一柄黑曜石尖刀。

匕首占满了他的整个视野。他知道自己不会死在这儿的,不过也许死在这儿会更好。

刀尖猛地刺进眼睛,阿夫塞感到一阵难以置信的疼痛,如此强烈,如此尖利,比阿夫塞从前所知道的任何痛苦都难以忍受。阿夫塞发狂似的挣扎,但卫兵们比他强壮得多。他的左眼也被掰开了。他快速滚动着那只眼睛,想尽可能地把眼球缩进颅骨里面。他最后看到的东西是月亮,在午后的阳光下,苍白而黯淡。

然后是第二次刺戳,第二次剧烈的疼痛。

一片黑暗。

除了疼痛,阿夫塞还感到有一种像肉冻样的东西流到了他的鼻口上。

他的头剧烈疼痛,心在狂跳,感到一阵恶心。

阿夫塞突然发出一声号叫。但耶纳尔博的声音盖过了它。"魔鬼再也不能声称他能看见那些亵渎上帝的东西了!"

　　人群欢呼着。那只攫住阿夫塞喉咙的手也松开了。钻心的疼痛。他想眨眼睛,但眼皮不能在刺穿了的眼球上滑动。他的身体痛苦地扭曲着。

　　万幸的是,他终于失去了知觉,瘫倒在木头柱子上。

第三十四章

迪博显然认为挖掉阿夫塞的眼睛已经算很仁慈了,总比处死他要温和些。国王有着无边的仁慈,他释放了阿夫塞,让他可以在首都自由游逛。他剥夺了他的职位,剥夺了他的家,剥夺了他的光明。

但给了他自由。

他的眼睛永远长不出来了。骨头和肌肉,这些东西都可以重新长出来,但是眼睛这个器官——它们受到的损伤是永久性的,不可逆转。

阿夫塞决心不要过多地在乎失去的眼睛,也不要成为那些愿意帮助他的人的负担。他逐渐学会了辨别这个城市的各种声音:脚爪踩踏石头路面发出的噼啪声;家养角面沿街走动时雷鸣般的脚步声;各种交谈声,有的近而清晰,有的远而模糊;小贩们的叫卖声；没有纹饰的乞丐的恳求声；每个分天响起的礼拜堂的鼓声；还有正开进港口的航船声。在所有这些噪声之后，是那些从前大部分时间里被他的耳朵忽略了的声音：呼呼的风声，沙沙的树叶声，翼指飞过头顶"噗噗"的翅声，以及昆虫的啁啾声。

气味也可以帮助他辨别方向：其他昆特格利欧恐龙身上传来的体味；灯油的臭味；小推车载着刚宰杀的鲜肉嘎吱嘎吱从城市中心的屠宰场送往周围的餐厅时发出的美妙香味；从金属加工厂传出来的酸味；空气中的花粉味；鲜花的香味；暴风雨来临之前的臭氧味。

他甚至可以根据皮肤对热量变化的反应知道太阳什么时候出来了，什么时候藏在云朵后面。

杰尔-特特克丝和鲍尔-坎杜尔成了他的固定陪伴，他们中总有一个一直陪着他。阿夫塞不明白他们为什么要花这么多时间来照料他，但他仍然非常感激。坎杜尔用特拉加树枝为阿夫塞做了一根拐杖。阿夫塞左手拄着它探明前面的路。他学会了判断路面上每一个小隆起都表示什么，坎杜尔或特特克丝偶尔会提醒道："这儿有一个路坎。""那是一块松动的石头。""小心——角面粪！"

坎杜尔和特特克丝是唯一愿意和他说话的人。阿夫塞没有被刻上回避的纹饰符号——他犯的罪确实是十恶不赦，但还不至于落到不准吃自己猎杀的食物的地步。不过，除他之外，首都只有一对瞎眼的昆特格利欧恐龙，但他们都非常老。人人都可以立即认出阿夫塞,那个瘦削的年轻人,拄着拐杖,摸索着走来走去。那件事过后,再也没有人敢冒风险和他说话。

阿夫塞不再是一个囚徒,但也不是一个占星师。德特–耶纳尔博属下的一个祭司代替了萨理德的位置,显然没有必要再收学徒了。坎杜尔在自己的小公寓里给阿夫塞留了一个空间,就在首都旁,是一个有两间小屋的公寓。

今天是他瞎眼的第二十一天。阿夫塞发现身旁走着的坎杜尔和平常有些不一样。他的声音很紧张,体味透露出激动。

"你怎么了?"阿夫塞终于问道。

坎杜尔的步伐有点晃动。阿夫塞听见这位朋友爪子踩在石头上的"踢踏"声都发生了变化。"你是什么意思?"

"我的意思是,尊敬的坎杜尔,你们一直都在干什么事情?"

"什么都没有,真的。"因为看不见说话人的鼻口,阿夫塞不知道他说的是不是真话。多数情况下,说谎是很愚蠢的,昆特格利欧恐龙一般不会作这种尝试。但是今天,坎杜尔的回答好像并不可信。

"得了,肯定有什么事。比狩猎更刺激你的事。"

一阵噼啪噼啪的磕牙声,之后是坎杜尔的笑声。"什么都没有,真的。"接着打了阿夫塞一拳,"你知道现在几点了吗?"

阿夫塞擅长计数,能够记住礼拜堂钟鼓声的次数,"日出后已经四个分天了。或者更晚一点。"

"这么晚了？"

"是的。有问题？你在盼望发生什么事吗？"

"我们要到中心广场去。"

阿夫塞还擅长计算路口，"从这儿开始走还有十一个街区，你也知道我走路有多慢。此外，我——我不愿意到那儿去。"

坎杜尔停了一会儿，"是的，我猜你也不愿意。但值得你去，我发誓。"阿夫塞感到一只手挽着他的肘部，"跟我走！"

和别人的身体接触是另一件阿夫塞必须逐渐习惯的事。当坎杜尔突然碰到他时，他的爪子本能地张开了，但几下心跳的时间之后，又缩了回来。

阿夫塞的步子很慢——他必须用拐杖感觉前面的石头。幸好有坎杜尔的帮助，他们配合得很好。阿夫塞在心里记下各个地方的标记。一股腐臭味传来，意味着他们快到城中心了，城市主要的排污水沟就在下面。很快，他们走得更近了，几乎可以听到汩汩的流水声，附近市场的喧闹声，还能闻到育婴堂里的火堆燃烧冒出的烟味。这是一个确切的信号，他们确实来到了城市的中心。

终于，中央广场传来了一些声音。翼指的"噼噗"声永远都是有的：阿夫塞能想象出这东西栖息在拉斯克及其后人的雕像上，梳理着它们白色的羽毛，张开坚韧的翅膀，偶尔飞到空中攫取昆虫，或者衔上一大块被坐在广场周围一圈公共凳子上的昆特格利欧恐龙扔掉的肉。一般的运输工具在这儿是被禁止的。一辆车从他们身边经过,把石头路面压得嚓嚓响。这车肯定是给宫里办事的。是的,一定是某个高级官员的座驾,因为阿夫塞能够听到前车轴转动时发出特别的嘎吱声——一种最新流行的奢侈品,只有最精致的车辆才装有这种东西。从散发出的甲烷臭气和那又宽又平的脚爪的叩击声来判断,至少有两头铲嘴在拉着这辆车。

突然,阿夫塞抬起头——一种本能的动作,试图向上看的动作。铲嘴雷鸣般的吼叫撕破了天空。不是从附近传来的,也不是刚才经过的那几只小铲嘴。不,它来自奇马尔火山的方向,离港口很远——那是一声怒吼,一声回肠荡气的呼啸。

很快,路面开始轻微摇动起来。一阵响亮的脚步声。一群什么东西正沿着这座城市的街区前进着。不,不,不是同一种东西——砰砰的脚步声有完全不同的重量,不同的步伐。是动物吗?昆特格利欧恐龙,成百个昆特格利欧恐龙,在旁边奔跑着,他们的声音逐渐增大,好像有什么游行队伍到了广场上。

传来更多铲嘴的叫声,还有角面的低吼,以及甲壳背格雷博-格雷博的声音。

阿夫塞的爪子张开,尾巴紧张地摆动着,"发生了什么事?"

坎杜尔的手紧握着阿夫塞的胳膊肘,继续扶着他穿过广场,"有些事情早就应该发生了,我的朋友。你的仇就要报了。"

阿夫塞停下来,把瞎了眼睛的脸转向坎杜尔,"什么?"

"他们到了,阿夫塞。从'陆地'各处赶来的人民,你的人民到了。"

"我的人民?"

"鲁巴尔教派的人。猎人们。你就是那个人。"

"什么人?"

"那个人。也就是当鲁巴尔被角面刺伤,临死的时候谈到的那个人,'一个比我更伟大的猎人,这个猎人将是一位雄性——是的,一位雄性——他将领导你们全体进行最伟大的狩猎。'"

"我知道鲁巴尔曾经那样说过。但是——"

"没有什么但是。你就是他所说的那个人。"

"你不是认真的吧?"

"我当然是认真的。"

"坎杜尔,我只是一个占星师。"

"不,你不仅仅是一个占星师。"

队伍越来越近了。阿夫塞感到大地在身下摇动。铲嘴的叫声震耳欲聋。

"他们到了。"坎杜尔说。

"怎么了?"

"多么动人的景象啊,阿夫塞。你应该感到骄傲。广场尽头,穿过塔塞弧门,进来了五百个鲁巴尔教徒。年轻的,年老的,雄的,雌的。一些人徒步,一些人骑在奔跑兽、角面、铲嘴和甲壳背上。"

"天啊……"

"他们正朝这边走,每个人都朝这里走来。有的我认识:猎队队长杰尔–特特克丝,还有达尔–里根博和作曲家霍–巴本。对了,那人肯定是帕司–德拉沃,从你家乡卡罗部族来的——"

"德拉沃也在这儿?"

"是的,他,其他还有几百个人。"

浩大的队伍穿过广场,阿夫塞感到脚边的石头都震得跳了起来。人群的体味排山倒海般涌来,阿夫塞不由得张开了爪子。狩猎……

"阿夫塞,这是多么壮观的一幕啊!"坎杜尔惊叹着,"旗帜在风中上下翻飞。红色代表鲁巴尔,蓝色代表贝尔巴,绿色代表卡图,黄色代表霍格,紫色代表梅克特——像一道道彩虹。他们右手高高举着违禁的《仪式书》,看得清清楚楚。再也不存在什么秘密崇拜了! 这个时刻已经来临。"

"什么?"这些日子以来,阿夫塞第一次因为看不见而感到恐慌,"坎杜尔,什么时刻已经来临了?"

"狩猎宗教重新开始的时刻!"坎杜尔的话几乎被逐渐逼近的喧嚣声所淹没,"阿夫塞,他们在这儿,他们在向你欢呼。五百只左手举了起来,向鲁巴尔致敬——"

"什么?"

"这个手势! 他们在向你致敬! 阿夫塞,做一个同样的手势回答他们! 回答他们吧!"

"可我想不起——"

"快点!"坎杜尔说。他感到屠夫把手放到他的手上,扳着他的手指,"缩起爪子,还有这个。好,现在,举起你的手。对了!把你的拇指压到手掌上——"

人群疯狂起来。阿夫塞听到他的名字被一遍一遍呼喊着。

"他们都想来看你。"坎杜尔说。他朝人群中的什么人说了句什么。

阿夫塞听到沉重的爪子划过石头的声音。一股热气拂过他的脸,"这儿有一只铲嘴,骑到它背上去。"

阿夫塞非常熟悉这种牲畜。卡罗部族的人时常捕获这种猎物,偶尔还会圈养起来。成年铲嘴的长度也许有他本人体长的三倍。棕色,皮肤上有碎石状花纹,头顶上有奇怪的肉冠(种类不同,肉冠的形状也不同),嘴的前端突出,又宽又平。它们可以用两条腿走路,但缓步行走的时候通常用四条腿。

"在这儿,"坎杜尔说,"我来帮你。"

阿夫塞感到有一只手伸了过来,然后是另一只手,一会儿过后,第三只、第四只手。这么多陌生人的触摸,他的心不禁怦怦乱跳。

"别担心。"一个熟悉的女声说,"是我,特特克丝。"

大家把他抬到铲嘴背上,阿夫塞用双臂紧紧搂住它的短脖子。这家伙在他的身下不时地动弹,他听见一声轻微的尖啸,那是空气穿过肉冠上长长的腔室发出来的声音。

什么也看不见。阿夫塞感到一阵晕眩。

突然，铲嘴的胁腹晃动起来。阿夫塞知道是坎杜尔或者特特克丝在拍打它的体侧，驱赶它。铲嘴的两只前腿腾空而起，阿夫塞顿时被抬到空中。它的背上有一座小鞍，阿夫塞双脚踏进脚蹬，这样他就可以站直身子，身体和这牲畜的脖子平行。铲嘴重新四蹄着地，他的眩晕消失了。他甚至敢于松开抱着它脖子的左手，重复着鲁巴尔教派的手势。人群的欢呼如同山呼海啸。

"那个人来了！"

"阿夫塞万岁！"

"猎手万岁！"

阿夫塞希望自己能看见他们。这当然是个误会，但感觉很好——就像一顿美餐之后沐浴在阳光之中的那种感觉——被某些人需要，被任何人需要的感觉。他发现自己开始说话，声音如此微弱，只有第一排的人能够听到。"谢谢你们。"

"和我们说说吧！"一头雌性喊叫着。

"告诉我们你是怎样揭穿那个骗子先知！"一头雄性请求道。

揭穿那个骗子先知？"我只是看到了拉斯克没有看到的东西而已。"阿夫塞说。

"大声一点！"坎杜尔说，"他们想听。"

阿夫塞提高声音说："我的专业训练使我能够看到拉斯克看不到的东西。"

"他们把你叫作魔鬼！"很远的一个声音说。

"但拉斯克才是魔鬼！"另一个声音吼道，"正是他在光天化日之下撒谎。"

阿夫塞感到胃部开始翻腾。这样的话……"不。"他说，举起右手，示意大家安静。人群静下来了。阿夫塞突然发现，这里真正能够控制局面的人是他，"不，拉斯克只是弄错了。"和你们所有人一样……

"那个人是仁慈的！"一个声音叫道。

"那个人是智慧的！"另一个声音喊着。

阿夫塞想，以后也许再也不会有这么多人听他讲话了，现在或许是向民众传播真理的最好时机。这是他生命中的第一次，或许是唯一的一次，他控制着局势。应该抓住这个机会。

"你们都听我解释过世界是如何变化的。"他说。因为不习惯大声说话，他的喉咙有些疼痛，"我们的世界是一颗月亮，它围绕着一颗叫作'上帝之脸'的行星转动。而这颗行星和其他所有的行星一样，绕着我们的太阳转动。"

"看啊！"有人尖声说，"拉斯克的谎言被揭穿了！"说话人的声音听上去已经接近疯狂。人群又开始沸腾起来。

"听着，现在，我要告诉大家一个重要信息！"阿夫塞已经敢把两只手松开了，不再抱着铲嘴的脖子，"我们的世界就要灭亡了！"

"就像预言说的那样！"一个拉长的声音大喊道，听起来像是坎杜尔。

　　阿夫塞听到人群里响起一阵嗡嗡声。"我们还有一些时间。"他叫道,"虽然这个世界注定毁灭,但在它毁灭之前,我们还有很多个千日的时间。"

　　"几千日的祈祷时间!"另一个声音说。

　　"不!"阿夫塞在铲嘴背上调整了一下位置,两只手都举了起来,"不! 几千日的准备时间! 我们必须离开这个星球!"

　　人群的声音现在变成了不解和迷惑。

　　"离开这个星球?"

　　"他是什么意思?"

　　阿夫塞希望自己能够看见他们,能够知道他们脸上的表情。他能够说服他们吗?

　　"我的意思是,"他说,"虽然这个世界即将毁灭,但这并不意味着我们种族的灭绝。我们可以离开这里,飞到另外的地方去。"

　　"飞?"整个广场的人都在重复这个词,语气各异,从迷惑到嘲讽都有。

　　"是的,飞! 坐着运输工具——船——飞,就像我们现在用它在水上航行一样。"

　　"我们不知道怎样坐着它飞。"一个声音说。

　　"我也不知道。"阿夫塞说,"但是我们一定能够找到办法——我一定能够! 这将意味着改变我们的生活方式。我们必须使自己了解科学,必须尽量学习。翼指可以飞;昆虫也可以飞。如果它们能够做到,我们也能够做到。唯一的问题是发现它们飞行的方法,适应我们的需要。科学可以给我们答案;知识——真正的知识,可以得到证实的知识,而不是迷信,不是宗教的愚蠢——可以拯救我们。"

人群终于沉默了,只剩下牲口的低吟。

"我们必须学会一起工作,一起合作。"他闻到了他们的体味,知道他们有些困惑,"自然——或者说上帝——给我们提出了一个巨大的挑战:我们很难肩并肩合作;我们的地盘本能迫使我们分开。但我们必须克服这些本能,做有理性、精神健全的生物,而不做生物属性的囚徒。"

阿夫塞把头从左边转向右边,好像看到了每一个人的脸。他能够听见嗡嗡的交谈声。这儿一声评论,那儿一声提问,后面一声争论,前面一声叹息。

"但是,阿夫塞。"一个声音传来,盖过了其他声音,"我们需要地盘……"

阿夫塞紧紧抓住铲嘴的脖子,这样向前斜身行让步礼的时候不至于失去平衡。"当然。"他说,"但是,一旦我们离开这个星球,我们所有的人就会有足够的地盘。我们的'陆地'只是广阔无垠的宇宙中的一个非常小的部分。我们将到星星上去!"

就在这时,响起又一个声音,被扩音号角放大了,压过了其他所有声音。

"我是高级祭司德特-耶纳尔博。马上散开。我已经集合了忠于国王的人,立即离开,否则我们会冲进广场。我再说一遍:我是德特-耶纳尔博——"

这个傻瓜!阿夫塞感到人群散发出的体味浪潮般向他涌来。他的爪子张开了,爪尖刺进铲嘴的脖子,它发出一声尖叫。阿夫塞能听到昆特格利欧恐龙相互推挤的声音,他们靠得太近了。他们向祭司转过头去。形势一触即发。

"你难道不害怕吗,耶纳尔博?"阿夫塞喊道。

"散开!"

"你难道不害怕吗?"猎人们重复着。

耶纳尔博的声音从扩音器里传出来:"我只害怕你们的灵魂堕入万劫不复之地。"

"你怕我们的人民活下来。"阿夫塞说,"去叫你的支持者吧,耶纳尔博。你真的想用你的祭司,你的学者,你的那些仪仗队卫兵来对抗'陆地'上最优秀的猎人? 撤退吧,不然就太迟了!"

"我再说一遍,"耶纳尔博说,"散开。如果现在离开,我们不予追究。"

坎杜尔声如雷霆,差点震聋阿夫塞的耳朵:"谁授权你这样做,祭司?"

扩音器的声音四处回荡:"八省五十部族的国王、迪博陛下的授权。"

"那么，"坎杜尔询问道，"胖迪博凭什么授权给你?"

"他是——"耶纳尔博停住了。但人们已经知道了他要说的话。他是拉斯克的后代。

"拉斯克是骗人的先知!"一头雌性喊道，"迪博的授权不算数。"

广场内响起一片赞同的声音。

"赶快散开!"耶纳尔博说。

"不。"阿夫塞说。他的声音盖过了喧嚣，"我们不会散开。命令你的人后退。"

他们等着耶纳尔博的答复，但是没有。

"只要洒出第一滴血，耶纳尔博，争斗必将逐步升级，我们谁都无法阻止。"阿夫塞声音嘶哑，他的喉咙没有受过演说训练，"这你知道得一清二楚。命令他们撤退吧。"

耶纳尔博的声音又传了过来，但这一次的音调有所不同。他转过头，向忠于皇室的人喊道:"冲啊!"祭司吼叫着，"把广场上的人清除掉!"

只有这一次，阿夫塞庆幸自己什么也看不见。

第三十五章

鲍尔–坎杜尔抬头看着阿夫塞，他坐在有着管子般肉冠的铲嘴上，尽量保持身体的平衡。这个人，依旧是那么小，那么瘦弱。眼皮盖在撕裂的眼球上。由于不习惯于面对大众讲话，他的声音已经嘶哑了。

坎杜尔又把目光投向广场。鲁巴尔教派的人几乎全都站到了东边。有的人骑在角面上，躲在有骨头有褶边的巨大脖子后；有的人骑在绿色或棕色的奔跑兽上；还有一些人坐在铲嘴上——这种兽几乎没什么战斗力，但它们是很不错的坐骑；一小部分猎人站在甲壳背那宽大的硬壳上。这是一种脾气暴躁的食草动物，身子的大部分都包裹着甲壳。但五百个猎人中的大多数都徒步站着，正全神贯注地思考着萨理–阿夫塞——那个人——的讲话。

但现在，效忠国王的人在德特–耶纳尔博率领下，穿过首任国王拱门,冲进了广场。耶纳尔博高高地坐在一只"尖头褶"背上。

猎人们很快转过身来。徒步的人转得很快,骑在大牲口背上的人也驱策着他们的坐骑转了一个半圆。牲口们遵从着主人们的喝令和嘘声。

坎杜尔估计两军之间的距离有七十步。他们这边有五百个猎人。耶纳尔博那边也许有一百二十个祭司、学者和宫廷官员,每个人都坐在皇家坐骑上。

这些效忠皇家的人不中用:他们中多数人过着舒适的生活,依靠像坎杜尔这样的屠夫来狩猎和杀戮。不,无论从数量还是从技术上,他们根本不能和鲁巴尔教派的人相提并论。但他们的坐骑精神健旺,没有因为长途跋涉来到首都而精疲力竭。坎杜尔花了点时间观察他们的坐骑。甲壳背肌肉发达的尾巴末端绑着硬棒。一个猎人永远不会在战斗中使用这样的硬棒,但学者和祭司却可能如此自降身份。绑了硬棒之后,只要甲壳背尾巴一摆,便很可能击破昆特格利欧恐龙的头颅。

还有角面,它们头颅的正面有三根有尖头的骨杆:两只眼睛上方各伸出一根长的,短的那根则从鼻口顶端伸出。坎杜尔见过很多猎人被这种野兽刺伤,或者由于太冒险,或者由于太粗心。就连德姆–皮罗托——除阿夫塞之外,坎杜尔所认识的最优秀的猎人——都是被角面刺倒的。此外,这种动物的脖子上还长着骨盾,在它的头颅背后张开,像一堵骨墙,可以保护背上的学者和祭司。

除此之外还有尖头褶，耶纳尔博骑的就是它。这种动物很少见，和角面属同一品种，脖子四周短短的骨头褶边上长着长长的尖骨钉。它的每只眼睛上方也各有一个小而尖的疙瘩，但真正的角只有一个，奇大无比，竖在口鼻上。

坎杜尔本想再好好估算一下，但发现自己正逐渐失控，血液沸腾起来。

"冲啊！"耶纳尔博通过锥形黄铜喇叭呼叫着，"把广场清理干净！"效忠者们开始缓缓拥进。广场挤满了人，坐骑相互碰撞。这么多野兽，足以在无意之间碾碎某个昆特格利欧恐龙的脚或尾巴。

简直疯了。坎杜尔想，绝对的疯狂。与此同时，他也咆哮起来，低沉而悠长——

阿夫塞感到地面在震动，知道皇家坐骑正在向他和猎人们冲过来。空气中充满了浓厚的体味。他不想要这些。他从来没想到会是这样。他所想的只是告诉人们真相，让他们看见——看见他自己再也不能看见的东西。

阿夫塞的爪子张开了。

坎杜尔挤过一群猎人，冲了出去。其他鲁巴尔教徒也朝前冲去，和皇家效忠者之间的距离越来越小。徒步的坎杜尔比坐骑上的人更灵活。他和另外一百个猎人冲在前面，三个趾头的脚把卵石和尘土踢向空中,四周顿时尘土飞扬,灰蒙蒙一片。

坎杜尔的心脏随着自己的脚步声怦怦直跳。狩猎开始了!

四十步,三十步。

一群翼指从广场四周的雕像上飞起,在空中盘旋。又粗又响的叫声像爪子在石板条上刮过,应和着撞击在石板路面上雷鸣般的脚步声。

二十步。十步。坎杜尔已经能够闻到他们的气味,闻到他们的激动,闻到他们的恐惧。

五步——他跳了起来,一脚踢开卵石,朝空中飞跃而去。一下子跃过自己和对方队伍最前面那个人之间的那段距离。这是一个皇家仪仗队卫兵,正骑在一只角面背上。

那头三只角的牲畜猛然看见一个尖叫着的昆特格利欧恐龙朝自己的胁腹冲来。它试图转向左边——

——却撞在另一只角面身上,后者是很稀有的品种,通常长着鼻口的地方却有最坚硬的骨头——坎杜尔扑到这只三角动物巨大的肉墙上,黄褐色的肌肉荡起阵阵波纹,以被击中的那一点为中心四散开来。

屠夫的爪子插了进去,借着爪子一抓之力,跃上角面后背。

那个皇家卫兵是头雌性,比坎杜尔稍大一些,笨拙地从鞍上滚了下来。

——坎杜尔的下颌猛地咬住她的喉咙。

他解下把她死死固定在角面背上的皮绳,尸体滑到石头路面上,鲜血四溅——

——然后,他从这头角面背上跳到一头毗邻的牲畜身上。他的脚朝前伸,趾爪张开,猛地朝那个惊恐万状的骑手胸部戳去。这是一个坎杜尔认识的学者,坎杜尔把他撞倒在地。

坎杜尔四下看了看冲突现场。每个皇族效忠者都在和一个鲁巴尔教徒混战。大嘴猛咬。爪子狂撕。鲜血流淌到石头路面上,坐骑的皮肤也被染得血迹斑斑。人人的鼻口两边都沾满了血。随着一阵骨头被咬碎的"嘎吱"声,坎杜尔看到那个来自卡罗部族的帕司-德拉沃利索地杀死了一个骑在奔跑兽上的效忠者。但随后又惊恐地看见,德拉沃被耶纳尔博骑着的尖头褶狠狠一撞,成了这牲畜的牺牲品。它那巨大的鼻角猛地刺向德拉沃,戳穿了他的肠子,就像手爪戳穿腐烂的木头。

耶纳尔博的两只后腿立起,站在尖头褶上,垂肉胀成一个巨大的红宝石颜色的球——

坎杜尔感到一阵恶心。这个场面刺激了他……他胸部鼓起,视觉模糊。坎杜尔发疯之前的最后一个念头就是:耶纳尔博是他的。

阿夫塞知道自己什么也不能做,可他还是想做点什么。但冀指的尖叫声,铲嘴雷鸣般的吼声,砰砰的脚步声盖过了他的声音。

"停下！"他拼尽全力，用他那未经训练的嗓门大叫着。

但是不可能——不可能——停下。

突然，阿夫塞感到身下的铲嘴惊恐地狂奔起来，他被猛地摔向空中。黑暗中，他不知道自己会被扔到哪里，于是迅速把身体蜷成一个球，鼻口埋到胸前，手臂抱住头部，尽可能弯曲着四肢，尾巴也卷成一团。

一声惊叫……

他自己发出的……

然后，他撞到了——

坎杜尔从那头硬鼻兽的屁股上滑下来，爪子击倒一个摇摇晃晃的效忠者。这家伙试图拦截他。

耶纳尔博一直在用他的锥形喇叭大声吼叫，但吼出的每个句子到后来都变成了谁也听不清楚的、牲畜似的嘶哑咆哮。他的尖头褶低下头，正用一只粗壮的前脚扒拉着德拉沃尸体上被它的鼻角戳掉后剩下的部分。

耶纳尔博发现了冲过来的坎杜尔。他猛地拉了一下坐骑脖子褶边上凸起的两个最大的尖钉，好像要引起那牲畜的注意。它抬起头，扔掉德拉沃，试图及时截住屠夫。尖头褶的嘴凶狠地朝坎杜尔猛咬过来，但坎杜尔晃动着身体，扭来拐去地奔跑着，躲开了它的撕咬。

广场太拥挤了,尖头褶转不过身去。坎杜尔又向前一跳,这次他抓住了这牲畜脖子周围骨冠上的两个尖钉。他用这两个尖钉支撑着自己爬到尖头褶的背上。耶纳尔博想把他推下去,但祭司根本不是屠夫的对手,没有人是……

坎杜尔张开大嘴,发出一声压抑已久的咆哮,而且——

这一口是为了帕司-德拉沃!

他合上大嘴,一口咬进耶纳尔博的垂肉,把它撕得大开,热气嘶嘶地从里面冒出来。

这一口是为了阿夫塞!

他又一次深深咬进祭司那肉鼓鼓的喉咙,锯齿状的牙齿咬穿了肌肉、软骨和肌腱。当坎杜尔的下颌砰地咬上耶纳尔博的颈椎骨的时候,他的五个犬齿全被磕掉了——

这一口是为了真理!

但他身下的坐骑突然摇动起来——

——整个广场都在摇动——

短暂的迷糊之后,坎杜尔以为某种大怪物——比如一头巨大的雷兽,像阿夫塞首次狩猎所猎杀的那头——进入了城市,因为卫兵都离开他们的岗位到这儿来了。

但是,不,隆隆的巨响在持续,摇动的声音越来越大,地平线也疯狂地晃动起来——

　　阿夫塞确信自己撞到地面的时候已经失去了知觉,可能只是短暂的一会儿,也可能是很多个分天。他说不清楚。

　　他听到周围的人群一阵骚乱,昆特格利欧恐龙的惊叫和疯狂的打斗声混杂在一起。

　　阿夫塞的身体左侧伤得很厉害。他知道和脊骨相连的几根肋骨已经摔碎了,腹部的那些骨头也碎了。还磕掉了几颗牙……

　　就在这时,地面突然开始晃动起来。我要死在这儿了。他想,被这些野兽碾得粉碎,就在同一个广场,那天我本来就该死了。

　　但摇动不是因为脚步,也不是因为惊慌逃窜的爬行动物。

　　大地在摇动——

　　——摇动——

　　动物在尖叫。

　　是地震。

　　坎杜尔听到了牲畜们可怕的咆哮,偷眼看了一眼地面。地上的卵石和尘土都在跳动。

　　一阵恐惧向他袭来。刹那间,他的狂怒消失了。他松了手,耶纳尔博的尸体扑通一声倒在尖头褶背上,一股血柱从已经断开、但仍连着胸部的头颈处喷了出来。坎杜尔把尸体推到起伏不定的地面上。耶纳尔博头朝后扭曲着滚落下去。"陆地"持续晃动。尖头褶旁的一头坐骑——是甲壳背,骑在它上面的老头已经害怕得蜷缩起来——惊恐万状。它向后逃窜,从高级祭司左边的什么东西上踩了过去。

广场的所有雕像都在支座上摇摇欲坠。帕多尔制作的拉斯克先知的巨型大理石雕像前后摇摆了几次后,突然坍塌下来,砸死了一个正好在它下面的倒霉的猎人。许多坐骑都在乱冲乱撞,之后就是惊慌逃窜。有些昆特格利欧恐龙已经冲出了广场,其实留在这里可能更好,这儿毕竟是一块空旷地面,附近没有任何建筑物。

坎杜尔身下的尖头褶也在冲撞,想把他从背上甩下来。他惊恐地发现,整个广场都在摇动起伏,像一头睡着的怪物突然颤动着醒来了。

那个人!坎杜尔想,那个人怎么样了?

附近的几头角面转身冲出广场,圆柱子似的腿脚不顾一切地乱踩着地下的东西。但坎杜尔是个屠夫,知道古老的驾驭动物的技术。

他笔直地站在尖头褶背上,牢牢抓住褶边上一根向前伸出的尖钉。

尖头褶和其他品种的角面一样,有一些球状结把它的大脑袋和身体连起来。长长的尖钉就像航船舵轮上的尖齿,坎杜尔可以利用这些尖钉驾驭这头巨兽。

尖头褶走动起来，坎杜尔和他的坐骑协调得就像一个人。他们越过昆特格利欧恐龙那喧闹的海洋，飞快地、平稳地穿过地震的波涛——

"闪开!"坎杜尔对惊叫的人群大声吼道。但昆特格利欧恐龙和动物们已经惊恐万状，根本没有听见他的声音。尖头褶向前穿行，朝广场东面奔去。

坎杜尔朝后望了一眼。远处，那些傻瓜们正试图从首任国王拱门处逃出去。拱顶的石头前后摇晃着，咣当直响，终于倒塌下来。拱门剩下的部分悬吊着，摇摇欲坠，随后也轰然倒塌。噼啪的碎石声盖过了惊呼。尘灰扬起，像一片巨大的灰云。

坎杜尔的双手紧紧拽住坐骑的尖钉，继续朝前走。站在尖头褶巨大的肩膀上，他可以清楚地看见整个广场。但是，他想找的那张脸在哪里? 在哪里?

三个昆特格利欧恐龙挡住了路，明显是脑子迷糊了。坎杜尔的每一只脚爪都戳进了尖头褶的后背皮肤，驱使它朝前走。两个昆特格利欧恐龙摇摇晃晃让开了道。让人吃惊的是，尖头褶非常温和地用它的尖角把第三个恐龙轻轻推到一边。

到处都看不到阿夫塞的铲嘴。那个人已经安全离开了吗?

不。坎杜尔终于发现了阿夫塞，躺在泥地里。他的周围围了一圈猎人，嘴巴大张，牙齿露出，在那个人四周形成了一圈活的保护屏障。即使在地震的恐慌中他们也不愿离开他。阿夫塞的尾巴已经变成了一堆血淋淋的肉酱,明显是在猎人们未来得及保护他之前被惊慌逃窜的牲畜碾碎的。

地面又开始起伏。阿夫塞好像在痉挛。如果只是痉挛的话,坎杜尔想,至少意味着他还活着。他脸上有血,胸部一侧有一处巨大的伤痕。

坎杜尔推了推尖钉,示意坐骑低下头。他抓住褶边中部的一只尖钉,摇晃着滑到地面,急急忙忙冲向阿夫塞。

靠近坎杜尔的猎人朝他行了让步礼,让开一条道。坎杜尔冲了进去,身下的石板路仍然微微晃动着。他把手掌放到阿夫塞鼻口的末端,看他是否还有呼吸——还有。坎杜尔含糊地咕哝了四个鲁巴尔教派祈祷时的音节,这才大声呼叫着阿夫塞的名字。

没有反应。坎杜尔又叫了一次。

终于,一个微弱而迷惑的声音问道:"谁?"

"是我。鲍尔-坎杜尔。"

"坎杜尔……"

"是我。你能站起来吗?"

"我不知道。"阿夫塞的声音嘶哑,非常微弱,"地震了,对吗?"

"是的。"坎杜尔说,"战斗已经结束了,至少现在是这样。效忠者已经躲开了。"

其实,大多数猎人也跑掉了。

坎杜尔很高兴阿夫塞没能亲眼目睹那令人不堪的场面,"你一定要试着站起来。"

阿夫塞从地上抬起鼻口,喉咙里发出一声轻微的呻吟,"我的胸口受伤了。"

"我来帮你,让我来。"

坎杜尔把手伸到阿夫塞左臂下。他发现阿夫塞太虚弱了,爪子甚至没有本能地张开,对抗这小小的侵犯。他轻轻转动着这个前占星师,又小心地把自己另一只手放到他的另一只手臂下。地面再次晃动起来,坎杜尔扶住阿夫塞,直到震动平息。昆特格利欧恐龙的惊叫声在渐渐减弱;许多人都死了或者正在死去,更多的人已经远远地退出了广场。坎杜尔抬头看了看。发现了那尊新铸的雕像,迪博的母亲,已故的伦-伦茨女王的雕像,就在他上面,也在支座上来回摇晃着。

"起来,你一定要起来。"坎杜尔帮助阿夫塞站了起来。

突然,一阵比任何滚雷更加猛烈的隆隆声震响起来,大地更加剧烈地晃动着。连护卫阿夫塞的猎人们也惊恐地四下逃开。坎杜尔拉起阿夫塞,把他拖到左边。大理石伦茨像砰地倒下,正好砸到阿夫塞刚才躺倒的地方。碎石溅射进了坎杜尔的大腿。

他寻找着声音的源头。那儿,远处的奇马尔火山正在喷发,黑色浓烟涌向天空。

"我们必须尽快走出去。"坎杜尔说,"相信我,我来领着你。"

他用一只手臂挽着阿夫塞的肩膀,另一只手臂扶着他的胳膊肘。两人开始一起朝前跑。每跑一步,阿夫塞都发出一声轻微的呻吟。

第二次爆炸划破了天空。坎杜尔回头看了一眼。奇马尔火山的一个山头不见了。空中尽是铺天盖地的卵石,有的甚至落到了这儿——中心广场上。

一个前滚,卵石擦破了皮肤,坎杜尔和阿夫塞同时摔倒在一个土堆上……

"对不起,阿夫塞!"坎杜尔喊道,声音压过了火山的咆哮,"我没看清楚路。啊,奇马尔火山正在喷发。"他抓住阿夫塞的手臂,重新扶着他站起来。但阿夫塞的步子更艰难了,两人的速度慢了下来。

坎杜尔竭尽全力,扶着阿夫塞继续走。

尽管疼痛,尽管火山爆炸,阿夫塞还是听到了什么。他抬起鼻口。有声音从港口传来。

五声钟响……

两声鼓响……

五声钟响……

两声鼓响……

一声大,一声小,钟声,鼓声,钟声,鼓声。正是他在朝觐期间听厌了的声音——戴西特尔号那独特的鸣响。

"坎杜尔。"阿夫塞说。听上去好像恢复了点力气,"我们必须赶快去港口。"

身后的火山仍在咆哮。

"什么？为什么？"

"我听见戴西特尔号的鸣号了。我们可以从水路逃生。"

坎杜尔立即掉转方向,"到那儿得花一点时间。"

"我知道时间不多了。"阿夫塞说,"我尽量不拖后腿。"

坎杜尔那双有力的手拖着他朝前跑,"不知道瓦尔-克尼尔怎么了。他发誓要到这儿来参加鲁巴尔教派的游行。肯定是被风浪耽搁了。"

"他现在到了。"阿夫塞说,"赶快!"

他们跑过首都的街区。有些昆特格利欧恐龙和他们跑的方向一致,有些跑的却是完全不同的方向。跑过育婴堂时,阿夫塞听到了孩子们的哭叫。

终于,他感到一股冷风扑面而来。谢天谢地,至少恒风的风向还没变,正把火山喷发的烟雾吹离这个城市。这意味着他们已经离开了大片建筑物,现在可能已经能够看到港口了。

"就在那儿,阿夫塞。"坎杜尔说,"我看见戴西特尔号了。"两人跑下长长的斜坡,朝码头奔去,"我从没见过这么高的浪头;戴西特尔号来回摇摆着,就像——"

"就像学徒不停地向每一个经过身边的人行让步礼。"阿夫塞说。他已经有力气磕牙了，"那种场面我再熟悉不过了。快！"

他们离码头更近了。阿夫塞听到了波浪的拍击声，比西边火山爆发的咆哮声更响。

"小心。"坎杜尔叫道，"我们要上跳板了。"

那根阿达巴加板条上还有其他几个人，正争先恐后地朝船上跑。这时已经顾不上考虑什么谦让地盘的礼节了。

阿夫塞感到浪花溅到脸上。踏上那块通向船体的窄小板条时，他差点失去了平衡。晃动，晃动——坎杜尔看到了一个矮短壮实的人影，正匆匆跑过跳板。

迪博。

国王也在逃跑。坎杜尔只想冲上前去，趁他还没有逃到前甲板，把他推到滔滔河水中去。

但是，甲板前端的老瓦尔-克尼尔扶着国王上了船！

这很自然。克尼尔在封闭的戴西特尔号上待了六十一天。船长离开首都的时候，那个人的眼睛还没有瞎。克尼尔只知道那天发生在皇宫觐见室的事，正是迪博的干涉使阿夫塞免于被耶纳尔博处死——突然，跳板"啪"地响了一声，在空中晃荡起来，阿夫塞和坎杜尔栽进水中。

"快爬上来！"坎杜尔叫道。阿夫塞被踩碎的尾巴还在流血，周围的水都被染红了。在坎杜尔帮助下，阿夫塞抓住了跳板上的一块板条，爪子戳进滑溜溜的木头中。他双手交替，把身体向上拉去。坎杜尔也这样向船上爬。透过栏杆望过去,坎杜尔看见了在甲板最前端的克尼尔和迪博。让他吃惊的是,两个人都靠在船舷边,帮助那些仍然吊在悬垂的跳板上的人跨过栏杆,爬上甲板。阿夫塞和他越攀越高,这些板条就像梯子上的一级级阶梯。戴西特尔号还在不断摇晃。跳板猛地拍打在船体上,坎杜尔感到自己的指关节被砸碎了。

再高一点。再远一点。

"我……不知道……能不能……爬上去。"阿夫塞气喘吁吁地说。

"不远了!"坎杜尔叫道,"坚持住!"船身一晃,跳板浸进水里。

坎杜尔感到冰凉的河水浸到了他的大腿和尾巴上。

很多双手伸过来,把阿夫塞拽到船上。一会儿之后,国王本人向坎杜尔伸出手,把他拖到戴西特尔号的甲板上。

坎杜尔转头向后看。黑色的沙滩上,许多昆特格利欧恐龙仍然无助地站在那里。一些人试图游过来。另外一些船正掉转船头,离开港口开进大河之中。

又有两个带着救生绳的恐龙被拉上船。之后,克尼尔下令开船。"我们船上已经有四十人了。"他声音低沉地对迪博说,"再多装的话,就会因为争抢地盘狂性大发。"

戴西特尔号迎着波浪向前航行。四面红帆,每一张都绘着与假先知拉斯克相关的图形,被大风刮得噼啪直响。

　　远远的背景变成了剪影,那是首都倒塌、毁坏的土坯房和大理石建筑物。再往后是一片黎明似的亮光,那是从奇马尔火山喷出的熔岩。

第三十六章

鲍尔-坎杜尔打量着四周。阿夫塞趴在戴西特尔号起伏的甲板上,已经精疲力竭。两个船员弯下身子,把那个人抽搐的尾巴包裹在一张软皮里,用一块很讲究的布擦洗他的脸和手臂。迪博国王已经到甲板下面去了。瓦尔-克尼尔站在附近。坎杜尔最后一次看到克尼尔的时候,他的尾巴因为新长出来,还是苍白色的。但现在已经和其他部位的皮肤一样,呈深绿色,受伤之处也完全愈合了。

克尼尔戴着红色皮帽,对坎杜尔点点头,"你救了那个人。"

坎杜尔摇摇头,道:"不,船长。是他救了我。"

克尼尔看着这个俯卧在甲板上的人。"有人想见他。"他朝甲板下面的斜坡走去,脚下的木板被他的体重压得嘎吱嘎吱响。坎杜尔扶着栏杆观察着远处喷发的火山,黑色的浓烟持续不断冲向天空。和阿夫塞一样,他也是在年轻的时候被征召到首都的。那已经是很久以前的事了。现在,首都是坎杜尔唯一可以称作"家"的地方。他来回摇摆着尾巴,看着这个城市在浓烟中死去。

身后一阵轻微的"噼噗"声,将他惊醒过来。坎杜尔转过身,发现克尼尔上来了,身后跟着一个女人,比阿夫塞稍微大一点。随着她一起沿着斜坡上来的,还有一、二、三……八个小恐龙。他们中一半可以行走,一半磕磕绊绊。从鼻口到尾巴尖的长度估算,没有一个体长超过坎杜尔前臂的。小恐龙一路发出轻微的惊叹声,完全没注意到"陆地"上正在发生的可怕灾难——事实上坎杜尔发现,他们的高度不够,无法越过船舷的栏杆看到"陆地"。

阿夫塞仍然俯卧在甲板上。一个船员给他端了一碗水。同样精疲力竭的坎杜尔向照顾阿夫塞的人点点头表示感谢。但克尼尔示意他们退到一边去。看到躺在地上的阿夫塞,那个女人吃了一惊。她冲到他身边,孩子们也在后面摇摇摆摆地跟着。

坎杜尔尽量靠近一些,竖起耳朵,想听听他们到底说些什么。

"阿夫塞?"女人说。声音充满忧虑。

那个人从甲板上抬起头,声音嘶哑,生涩,"谁?"

"是我,阿夫塞。娜娃托。"

阿夫塞想把头抬高些,但这样做显然太累了。他又倒在板条上。一个孩子蹒跚着跑过去,开始朝他的背上爬。"什么东西?"阿夫塞吃惊地问。

"一个小婴儿。"

"是吗?"他的身体放松下来,"我看不见,娜娃托。"

她蹲下来,眯缝着眼睛。查看他的脸,"看在上帝的分上,你真的看不见,阿夫塞。对不起,我不知道。"

阿夫塞好像想说点什么,但却一个字也说不出来。他们分开的时间太长了——

终于,第二个孩子打破了他们的沉默。也许是受第一个孩子行为的鼓励,他也朝阿夫塞的大腿上爬来。

"是另一个孩子?"阿夫塞问道,声音充满惊奇。

娜娃托好一会儿没回答,好像对阿夫塞的失明一时还适应不了。终于,她说话了,"是的。她的名字叫加尔普克。"

阿夫塞伸出一只手,抚摸着这小小的人儿。当阿夫塞在加尔普克的背上摩挲的时候,她舒服地咕哝着。

"她是你的孩子吗?"

"是的。也是你的。"

"什么?"

"她是你的——"她的声音颤抖着。隔了好久,才说出一个词,一个不熟悉的词,一个很少谈到的词——"女儿。"

"我有一个女儿?"

"不止一个。"

"再说一遍?"

"阿夫塞,你有三个女儿,五个儿子。"

"八个孩子?"

"是的,我的阿夫塞。八个。他们都在这儿。"

"因为那天晚上?"

"当然是的。"

阿夫塞的手停止了抚摸,"但是——但是——血祭司……你知道他们的事吗?"

"知道。"娜娃托说,"以前只是模模糊糊地知道一点。克尼尔又给我详细解释过。"

"可是,既然有血祭司,怎么八个孩子都在这儿?"

"是这样,这些蛋是在戴西特尔号上孵出来的,这儿没有血祭司。但即使有,你的孩子也是安全的。你是'那个人',阿夫塞。血祭司的传统属于猎人宗教,因此不会有猎人吃掉你的孩子。"

"你的意思是八个孩子都会活下来?"

娜娃托高兴地说:"是的。"

一个孩子爬到阿夫塞背上。第一个爬上来的孩子已经到了阿夫塞圆圆的头顶,她那薄薄的尾巴刚好搁在阿夫塞的右耳洞旁。

"真希望能看见他们。"

"我也希望你能看看他们。"娜娃托轻轻地说,"他们很漂亮。哈尔丹——就是你头上的那个——长着金色的皮肤,年龄大些以后会变成深绿色。还有克尔布,他还有点害羞,现在正拽着我的腿,他的眼睛和你的一模一样。"

"啊。"阿夫塞说,声音显得很高兴。

"另外,还有托雷卡、黑尔巴克、德罗图德、亚布尔和戴纳克司。"

坎杜尔知道阿夫塞熟悉这些名字:都是有过重大发现的已故占星师的名字。"好名字啊。"阿夫塞说。

"我很高兴有了他们。"娜娃托说,"我从没梦想过会亲自给我的孩子起名字。"她把哈尔丹挪到一边,温柔地对阿夫塞说,"我想你。"

"我也想你。"阿夫塞说。他完全陶醉在背上三个小家伙的动作中,"但我还是不明白,你怎么会在这儿。"

"克尼尔知道你就是那个人,首都有个叫特特克丝的也知道。"

"她是皇家猎队的队长。"阿夫塞说,"但我不是那个人。"

娜娃托伸出手,抚摸着他的前额,"那个人要带领我们进行最伟大的狩猎,克尼尔说你想带我们到别的星星上去。在我看来,那就是最伟大的狩猎。"

阿夫塞什么都没说。

"无论如何,"娜娃托说,"克尼尔、特特克丝,还有其他一些最有影响力的鲁巴尔教徒,他们全都相信你就是那个人。耶纳尔博刚开始为难你的时候,戴西特尔号就出发到西岸去搭载支持你的猎人们。克尼尔回到詹姆图勒尔省的时候,停泊在三森林湾,就是你朝觐以后离开的地方。而我的部族就在附近。他从鲁比–卡登那里得知我已经有了你的蛋。克尼尔让杰尔博部族的血祭司相信你确实就是那个人。"她抬头看了看那个声音粗哑的老船员,他正站在几步远的地方,"他的话很有说服力。于是他们放过了我生在育婴堂里的所有的蛋。"

阿夫塞说:"你们来得正是时候。"

克尼尔终于说话了,声音低沉,"我们本该早一点到的,但绕过贝尔巴角的时候遇到了坏天气。"

"船长?你也在这儿?又听到你的声音,真是太好了。"

"再见到——听到你的声音,我也很高兴,孩——阿夫塞。"

阿夫塞磕磕牙,"只要你愿意,你照常可以称我孩子,先生。"他举起手,抓住抚摸着他的前额的娜娃托的手,"我很高兴你们来了。"他对她说,"但是……"

"但是你必须休息。"她说,"你已经精疲力竭了。"

克尼尔向前跨了一步,"我带你到下面去吧,阿夫塞。你可以住我的房间。"

"谢谢。"阿夫塞说,"但我还是想住我的旧房间——就是门上刻有五猎手的那间,如果它还空着的话。至少我熟悉那儿的摆设。"

"只要你愿意。"克尼尔说,"要我帮你站起来吗?"

"好的。娜娃托,你能把孩子们带走一会儿吗?"

"好。"她拎起阿夫塞头上的加尔普克,小家伙被抱起来时发出吱吱的叫声。她又小心地从阿夫塞身上抱走其他几个孩子。克尼尔朝阿夫塞伸出手,过了好一会儿才发现阿夫塞看不见。

"我要接触你了。"克尼尔说,"我要帮你站起来。"他抓住阿夫塞的前臂。

"对不起,娜娃托。"阿夫塞站起来,气喘吁吁地说道,"我真的需要睡一会儿。"

"别担心。"她轻轻抚摸着他的手臂,"我们有的是时间。"

第三十七章

阿夫塞平躺在地板上,想放松下来。克尼尔和坎杜尔叫玛尔-比尔托格给他从头到脚做了全面检查。比尔托格虽然不是医生,但受过急救训练。比尔托格说,阿夫塞尾巴的后半部分必须切除,之后,被砸碎的骨头才有可能重新长出来。截尾手术只能等他恢复体力,找到一家合适的医院以后才能做。有人给他端了一碗水和几碗血,他听见皮窗帘被拉上了。这显然是不必要的,反正他什么都看不见。

终于,屋里只剩下他一个人。

阿夫塞睡了。

不知过了多久,他被一阵敲门声惊醒。

隔着木门,一个熟悉的声音说道:"我可以进入你的地盘吗?"

"迪博?"阿夫塞说,仍然昏昏沉沉,非常虚弱,"**哈哈特丹**。"

门"嘎吱"一声开了，阿夫塞听见了国王的脚步声，渐渐来到他躺着的地方。

阿夫塞想抬起头，但力气仍然没有恢复，胸部还在疼痛。

"你怎么样，阿夫塞？"迪博说。

"很累。浑身疼痛。你觉得我会怎么样？"阿夫塞发现自己的语气带着愤怒。

"也是。"迪博说，"对不起。"

"是吗？"

阿夫塞听见板条"吱"地响了一声，那是迪博在移动身体。他猜想国王可能蹲了下来，想好好看看他。"是的。"

"首都怎样了？"

"还用说，当然损失巨大。但一些建筑物还在。"

"皇宫呢？"

迪博沉默了一会儿，"已经夷为平地了。"

"你的政府怎样了？"

阿夫塞听到迪博磕了磕牙，"政府还在。我的权力不是存在于建筑物中。"

"存在于谎言之中。"

迪博的语气出人意料的温和，"是吗？我的祖先拉斯克第一个绕着世界航行了一半。他确实是第一个凝视'上帝之脸'的人。如果没有他，你就不可能进行你的航行，不可能发现你发现的东西。你说世界要毁灭——"

"是的。"

"好吧，如果是这样，至少一部分知识应该归功于拉斯克。"迪博又磕了磕牙，"政府仍然存在。"他简单地重复道。

"不，"阿夫塞说，"不，不存在了。至少，你的政府不存在了。"

"不存在？"

"不可能存在。任何东西都不会存在。世界就要毁灭了。"

"你坚持那种看法？"

"你看见今天发生的事了。"

"陆地摇动，火山爆发。这些情况从前也发生过。"

"它会再次，再次，再次发生，而且会逐渐恶化，直到这个世界像蛋壳一样碎裂。"

"你真的这么想？"

"是的，迪博。我真的这么想。"阿夫塞停了一下，"萨理德知道真相。在他去世之前就知道。"

"那么，你要我做什么？"

"做必须做的事情，无论那是什么。你拥有权力。"

"也许吧。鲁巴尔教徒今天差点占领了首都。"

"你终究会重新控制局面的。你今天是因为毫无准备，但其他省可以帮助你恢复权力。"

"是的。"迪博缓缓说道，"我想他们会的。"

"毕竟,各省的省长不都是你的亲戚吗?"

"什么?"

"他们不是你的亲戚吗?"阿夫塞说。

"不,他们不是。"

"也许吧。我看不见你是不是在撒谎。所以,我不必把听到的一切都当成有价值的真话,对你说的话也是这样。"

"你已经变得更老练了,阿夫塞。"

"是的。这是成长的一部分。"

迪博的声音柔和下来,"是的,的确如此。"

"无论如何,"阿夫塞说,"关键在于,其他省的省长们忠于你。而整个'陆地'只能集结起五百个鲁巴尔教徒。这么少的人坚持不了多久。"

"你这方面的预言是正确的。"迪博说。

"我的所有预言都是正确的。"阿夫塞说。

"是吗?"

"你知道是的。"

迪博的声音有些变了,他肯定已经背对阿夫塞了。"你相信你是对的,但我不得不确证一下。按你说的做,将耗费庞大的资源,我们生活的各个方面也会发生巨大变化。"

阿夫塞翻了个身,想找到个比较舒服的姿势,稍减胸口的疼痛,"你回到首都后,可以到我的住处找我的笔记本。即便屋子垮了,也能从碎石中找到它们。让娜娃托或者其他任何有学问的人帮你弄清那些方程式。你会看到,世界的毁灭是不可避免的。这不仅仅是我相信的问题,迪博。这是真理。这是可以证明的真理。"

"但很难理解。"国王说。

阿夫塞有点怀疑,迪博会不会是伦茨的八个孩子中反应最慢、最迟钝的。真要是那样的话,他能胜任这个任务吗?迪博能够领导他的人民朝正确的方向前进吗?现在,昆特格利欧恐龙比其他任何时候都需要真正的领导,真正能带领他们走向未来的人。

"我相信你,我的朋友迪博。"阿夫塞终于说,"你会知道,你会理解,而且你会做你必须做的事。"

木地板吱嘎一响,迪博又在走动了。

"我要做正确的事。"国王说。

"我希望你会。"阿夫塞回答道。

"你好了之后,我将任命你担任我的宫廷占星师。"

阿夫塞叹了口气,"一个瞎眼的占星师?我能做什么?"

迪博轻轻磕磕牙,"很多代以来,萨理德和他的前任们都是在宫廷办公楼的地下室里工作,而不是出去看星星。一个瞎眼占星师会有什么劣势?"

"我——我仍然对你不满,迪博。我难以释怀。你允许他们弄瞎了我的眼睛。"

"但我阻止了耶纳尔博杀你。"

"只是暂时的。"

"难道坎杜尔没有告诉你吗？耶纳尔博死了。当然，不可能知道是谁杀死了他。但这个高级祭司确实在中心广场的混战中被杀死了。追究谁杀死了他没有意义；人人都疯了，不能责备任何人。"

阿夫塞感到受伤的尾巴抽搐起来，"耶纳尔博死了？"

"是的。"

"那么，谁是他的继任者呢？"

"祭司有他们自己的承袭体系。他们将任命新的高级祭司。"

阿夫塞粗重地喘了口气，"祭司们会有什么变化吗？我很怀疑。不过这或许真的是一个全新的开始。"

他感到一只手放到自己的肩膀上，"是的。等你准备好了，我们就回首都。"

"你说什么？我们现在在哪里？"

"我们回到港口了。戴西特尔号已经停泊了。火山爆发停止了，流入城市的熔岩也因为暴雨而冷却了，凝固成了岩石。"

"娜娃托怎样了？"

阿夫塞听到迪博用嘴巴发出一记响声。"啊，娜娃托，对啊。"片刻间，国王的声音又变成了过去那个爱开玩笑的迪博，"好你个古板的老角面，居然不按季节交配。你应该感到惭愧才是。"

"娜娃托会怎么样?"阿夫塞又问。

"照我看,她没有犯罪。她可以随便做她高兴做的事。"

"可以回她的杰尔博部族? 回到陆地深处?"

"她可以选择回去,是的。可她没有。"

"什么?"

"是这样,我的首席占星师需要一个助理。当然喽,你能做很多事,可你的情况——"迪博顿了顿,"我问她是否愿意留在首都帮助你。她说愿意。"

刹那间,阿夫塞的心房剧烈跳动起来,感到一种从未有过的欢乐。然而,他最终还是摇了摇头,"不。"

迪博换了一个姿势,木条又"吱"地一响。"我还以为你会很高兴的。她把你们相遇的经历告诉了我。"

阿夫塞聚起力气,支撑着离开地板,站了起来。他的尾巴伤得太厉害,无法支撑体重。他伸出一只手扶住墙壁。"她想留下来,我当然很高兴。但做我的助理,这个工作不适合她。她非常优秀,迪博。她的目光远大,"——他搜寻着合适的词——"像望远器。"

"克尼尔也这样说。但如果不做你的助理,又做什么呢?"

阿夫塞朝迪博声音的方向转过头去,"你相信我对未来的看法吗? 你会带领我们逃离这个世界吗,在它毁灭之前?"

迪博沉默了几下心跳的时间。最后,终于下定决心,一字一句,坚决地说:"是的。"

"那么，就让她做这个项目的主管。让她负责——叫它什么来着？——昆特格利欧恐龙的出逃。"

"这个项目需要几代人的努力。"

"也许。"

"你相信她是这项工作的最好人选？"

"这是毫无疑问的。"

沉默。只有船上木板的"嘎吱"声，波浪的拍击声。"就这样定了。"迪博终于说，"我把这项任务交给她。给她所需要的一切人力物力。"然后又说，"你准备好没有，我们到甲板上去？"

"我想我准备好了。"

"我帮你一把。"迪博伸出一只手臂挽着阿夫塞的肩膀，阿夫塞也挽住了他。

年轻占星师身体的重量放在国王身上。他们一起走上斜坡，来到甲板。恒定的微风吹拂着他们。阿夫塞的鼻口感到了太阳的热量。

甲板响起一阵"嘎吱"声，一会儿之后，传来娜娃托的声音："阿夫塞，你还好吗？"

他朝声音的方向点点头。"还有些痛，但好多了。"他磕磕牙，"我终于体会到克尼尔的感受了。尾巴不好走起路来真困难。"他真希望自己能够看见她，"孩子们还好吗？"

"他们都很好，全在这儿。"

"这儿?"

"克尼尔在下面的货舱里找到一辆手推车。虽然不是什么理想的婴儿车,但就算在育婴堂也找不到合适的。保育员告诉我,从没制造过可以同时容纳八个宝宝的婴儿车。"她停了一下,"这辆手推车看起来很像那么回事,加尔普克在睡觉。"

"我们走吧。"迪博说。他和阿夫塞开始跨过连接处,朝戴西特尔号的前甲板走去。一会儿过后,阿夫塞听到了娜娃托手推车的"嘎吱"声,还有微弱的"吱吱"声,那是加尔普克发出的声音。

"我们这是到哪儿去?"站在他们身边的娜娃托问道。

翼指在头顶鸣叫。从国王的声音里,阿夫塞听出他的鼻口正朝着天空。

"到星星上去。"迪博说。